AF279667

Lino García Morales

Continentes

Edición e impresión por BoD – Books on Demand
info@bod.com.es – www.bod.com.es
Impreso en Alemania – Printed in Germany

ISBN: 978-8-4132-6601-5

A Hugo, Héctor y Viki.

Hay una frontera envuelta en niebla que el lenguaje no puede traspasar.

Alex Ross

Esta novela que ahora tiene en sus manos es continuación de *Islas*, separadas por una gran ruptura, pero unidas por la música. La música aquí es un sueño, un fin en sí misma, un modo de vida, una banda sonora de la existencia, que las palabras simplemente no pueden describir. Si desea escuchar algunas de las canciones de esta banda sonora puede hacerlo en Spotify a través de la URI o del código QR:
spotify:playlist:2cSczfjwbT2MPVi6A2uEVK.

El autor fue miembro de agrupaciones como Cartón Tabla y Música d' Repuesto. Si desea escuchar el álbum *av abuc*, de este último, puede hacerlo en Spotify a través de la URI o del código QR:

spotify:album:339pyVQospHsXsPsIsAdts

No escribo más que palabras que quisiera borrar.

Fernando Schwartz

From: aceite <G@madrid.es>
To: perico <ppp@yahoo.com>
Subject: 8-

Mostrón!!!
+ d un año sin saber d ti!
ya estaba preocupado
te adjunto Islas, mi primer novela
con las palabras siempre estás en el filo de la
verdad y de la falsedad; así que no me tengas
demasiado en cuenta
cada vez cuesta + separarlas
hay muchas cosas q' cambiaría, otras q' quitaría,
otras q' faltan, por supuesto, pero tenía que
acabar y acabé
no tengo + tiempo

así q' eso es lo q' hay
ya no recuerdo cdo escribí la primera línea, quizá
después del regreso d Ana, cdo todo se hundía, por
mucho q' nos resistíamos a reconocerlo o fue en
Madrid, no se
es insoportable la sensación d inamovilidad
la vida parece + foto q' película
a pesar d los años
a pesar d un cambio de siglo! (quién nos lo iba a
decir)
¿qué pasa con la eternidad?
Ahora mismo estoy en un pto d inflexión vital
me sumo a la lista del paro (la recacareada burbuja
.com al final reventó) y, por otra parte, como las
desgracias siempre vienen juntas, me exigen de Cuba
que regrese (ya tú sabes!: apátrida, disidente, pin
pon fuera abajo la gusanera, queda'o, etcétera,
etcétera)
hay otras dos cosas que no me merecen compartir la
misma lista pero acabé el doctorado y estamos
esperando un chama
así que estoy bien, la suma d todo es positiva!
soy libre y soberano y si, me imagino lo que me vas
a decir que haga
eso haré!

qué t voy a contar q' no sepas?
sin comerlo ni beberlo hemos sido islas primero,
continentes después, para acabar siendo nada
somos náufragos, sobrevivientes, fichas de un juego
que juegan otros
no tenemos banderas, ni pañoletas, ni anclas, ni
nada d lo q' agarrarse

ya me estoy poniendo trágico

es + difícil d lo q' imaginaba

la verdad no teníamos ni idea d lo q' pasaba: ni
dentro, ni fuera, ni a un lado, ni al otro

miro a atrás y no veo a nadie, ni a Bebé, ni al
Abuelo, ni a ti, ni a Wolf, ni a Padilla, pero los
siento

solo yo con todos dentro

lejos, como todos

el Abuelo se quedó pa' apagar el morro, Bebé...
dust in the world, a ti t hago in Japan aunq' el
Buda dice q' andas por México (también hay por ahí
circulando una versión q' t localiza en Buenos
Aires; Zelig), Wolf emigró d Egipto (sí, sí, allí
mismo: Tutankawolf) a Miami, el Buda en BsAs (aunq'
también hay versión Italiana), Padilla también en
Miami

el ventilador nos ha hecho continentes q' por mucho
q' se toquen a miles de metros d profundidad no se
pueden ver

a la Habana solo he podido viajar una vez en todo
este tiempo

al Abuelo apenas lo vi una tarde en el parque del
Amadeo

nos tiramos sobre la hierba mirando el cielo azul y
despejado, el mismo de las quemaduras en la sangre
d la carátula d Música para sordomudos, con esos
ruidos sordos del mediodía, igual q' como lo dejé
—Aquí no pasa nada. Ni aviones —fue casi lo único
q' dijo

ahora tengo 4 discos en la mano (huellas en la
cara?), un enorme paquete sin cerrar sobre la mesa

pa' llevar a correos (voy a probar con Islas en un concurso) y muchas dudas

el primer CD es una selección d música d los 70, la génesis d todo lo q' vino después?

la descarga q' oía mientras me salía la primera pelusilla del bigote y el sobaco, cdo conocí a Bebé y empezó la aventura, tú todavía no habías nacido!!! 8-

la pongo y siento el calor d esas fiestas oscuras con un sonido infame, el humo denso d esos años d acusaciones y prohibiciones ideológicas por todo, el ruido d las feromonas…

el segundo es una recopilación cortesía del viejo Manduley del rock en Cuba

todo lo q' quedó registrado, lo q' él pudo atrapar y conservar (no es lo mejor, está mal grabado, pero es lo q' hay)

sabes q' está a punto d acabar su libro del rock en Cuba? ensayista? antropólogo? historiador? curioso? d no ser por su pincha seríamos solo nada

menos q' nada

el tercero pertenece a nosotros: ensayos, improvisaciones, ruidos del Wolf, fragmentos d entrevistas en la radio (algunas manipuladas por el Abuelo), tus termocefalias...

igual d mal casi todo pero ahí está: el Patio d María, las entrevistas, los experimentos, las sesiones en mi cueva

el último es mi homenaje particular al grupo: huellas d versiones, ideas q' nunca llegaron a puerto, momentos q' no volverán

lo he grabado, mezclado y masterizado todo en la sala d mi casa en Galileo, quién lo iba a decir?

Los 4 CDs son la banda sonora de la novela pero lo
probable es q' se queden conmigo
las islas se piran sin música (siempre el silencio)
llevaré los tochos a la oficina postal y con cara d
borrón y cuenta nueva le diré al empleado d turno –
Solo certificado por favor, no hace falta que sea
urgente
Total, ha tenido que esperar una década
no t pierdas, discúlpame la muela
un quiero rompestrechezd'corazón

G

----- Original Message -----
From: perico <ppp@yahoo.com>
To: aceite <G@madrid.es>
Subject: Mi hermano!!!!

>
> --- aceite <G@madrid.es> wrote:
> > houston, aquí la luna... q' pinga t pasa?
> > bróer... q' es d' tu vida?
> > igor me dio tu dire
> > ojalá estés del otro lado
> > un abrazo rompeestrechezdcorazón
> >
> >
> > te requiero con co...
>
> Hace poquito vi a Ale Frómeta de casualidad y
> al despedirlo se me partieron las costillas de
> Nostalgia tanguera superdesarrollada!!!
Discúlpame

> todo este silencio... por ahora ha sido así,
> pero veo que vienen vientos de los que mueven las
> cosas veladas!!!
>
> Ya está saliendo música!!! pero
> todavía no está del todo
> cocinada....Pero estoy luchando a full contra la
> pereza!!!!
>
>
> Otro quiero de tu hermano
>
> perico.-
>

> Do you Yahoo!?
> Yahoo! SiteBuilder - Free, easy-to-use web site
design software
> http://sitebuilder.yahoo.com
>

Se fue, se fue
y no lo dejaron volver

Mira a quien tu sabe con la rosca izquierda
Parece que afloja pero aprieta
Se cae, se cae, pero se levanta
La mancha no se quita ni se ablanda

Arroyando va
La comparsa atrá'
Maquinando va
Y no pasa na'
Y la eternidad
¡¿Y qué?!
Y otra vez será
Y que no lo clonen

Caminando
Por las calles de Madrid
Olvidando
Lo que tuve, lo que fui
Deseando
Que se pase el nubarrón
Sin perderme

Siempre que llueve escampa
Sin misterio
Directo pa'l cementerio
Sin misterio
Y hasta la Habana a pie

Pasaron 1, 2, 3, 4, 5, 6, 70 años pero el mal
No pue' durar 100 años
Que no lo congelen
Tíralo por el balcón
Lo tiras tú o lo tiro yo
Y sigue arrollando
Sin perder el paso
Que se va
Se fue

Se fue

Aún no habían mandado al Abuelo para Angola cuando Cuca y el Aceite se casaron. El Abuelo hizo de fotógrafo. Disponía de una cámara mala con cojones y también de la del Aceite, que era peor; pero las fotos no quedaron mal. Al menos, fueron espontáneas. Y eso es bastante porque no es fácil escapar de las garras de los fotógrafos de bodas y de sus poses afectadas. –Los novios que se pongan en la cama por favor. No, así no. Uno a cada lado con las manos cogiditas en el centro. Sonrían cuando yo les diga. ¡Ahora! –Vamos, para el espejo. Miren hacia él. El novio que se ponga detrás de ella por favor. Un poco más al lado para poder hacer la foto del reflejo. Así. No se muevan. –Ahora con la copa. Crucen los brazos con la copa en los labios. Anjá, muy bien, pero mírense, sonrían. Ahora. Flash.

Nos estuvimos preparando para descojonarnos de risa un buen tiempo, porque de eso es muy difícil escaparse, y al final el Aceite le aguó la fiesta al Abuelo. –El fotógrafo vas a ser tú. Así que ya sabes –y aunque se casaron en un palacio, con música de boda y todo, no se cortó el tejo como era de esperar, ni hubo demasiada chealdad.

La fiesta fue en casa de Cuca. Por mucho que Bebé insistió, no se le dejó poner la música. Así que se fue a un rincón y se pasó la noche sin decir ni mu, con un vaso de cerveza en la mano. En el grupo se había pensado en hacer algo pero al final se desistió. Perico y Bebé lo tenían muy fácil con el violín y la guitarra y el Aceite no tenía ni que mover el bajo pero ¿con la batería qué? Además de la perra gracia que le iba a hacer un concert, en el salón del gabinete, a la familia de Cuca. No, no, mucho más apropiada la grabadora.

–Abuelo, hace falta que te ocupes de Bebé. Le está montando un numerito a Laura de pipi. Están allá atrás, en el cuarto del fondo –me soltó Perico de pronto–. Si, no me mires con cara de carnero degolla'o, a mí capaz que me tire por la ventana y me da pena decirle na' al Aceite. ¿Es su boda, no?

–*Don't worry* Peter Pan. Perro que ladra, no muerde.

Cuando el Abuelo entró al cuarto Laurita estaba descalza, sentada en la cama, recostada a la pared, llorando a todo trapo, con el rímel de los ojos corridos por toda la cara tiempo Alice Cooper.

–Mira Abuelo, mira lo que está haciendo Bebé. Me ha quitado los zapatos y no me los quiere devolver.

–Estos zapatos no son tuyos. Te los regalé yo. Así que, igual que te los di, te los quito.

–Eh, ¿qué te pasa Bebé? –a pesar de lo realista, la escena era dura de creer.

–Esta puta se estaba restregando con uno allá fuera; pero no lo va a hacer a costa mía. Así que dale, bicha, que estoy esperando a que te quites la blusa y la saya. Arriba, arriba, que se me está acabando la paciencia.

–¿Cómo me voy a quitar la ropa Bebé? ¿Tú estás loco?

–Eso también te lo regalé. Así que dale. Voy a contar hasta diez.

Laurita lloraba cada vez con más ganas.

–Diez, nueve, ocho,… –¿qué coño se debe hacer en estos casos?

–No jodas Bebé. ¿Vas a aguarle la fiesta al Aceite, consorte? –paró la cuenta atrás casi llegando a cero pero no soltaba los zapatos ni a jodía. Al final vino el Aceite, se lo llevó a otra habitación y al rato largo regresó con los zapatos en la mano.

–Abuelo hazme el favor bró, llévate a Laurita al balcón, bien lejos de Bebé.

Hendrix López, el niño de Bebé y Laurita, estaba dormido en otra habitación y la gente pareció no darse por enterada pero Bebé amenazaba con superarse según avanzaba la noche. Todavía le quedaba mucho por ofrecer. Llevaba ya bastante tiempo muy raro, calentando motores. Casi un mes sin aparecer por los ensayos, sin dejarse ver, ni por el Don Giovani. Nada, *missing* total. Laurita no se atrevió a mover un solo pie de nuevo. Bebé seguía vigilándola con el rabillo del ojo, balanceándose sin parar, como si en aquella sala llena de gente solo hubiera un sillón casi rayando el suelo y un ser diminuto y nervioso intentando pasar desapercibido. De pronto, el dichoso y oportuno tipo que antes la había sacado a bailar, el mismo que había levantado sus sospechas, supongo que algún familiar lejano de Cuca, se le acercó de nuevo a Laurita y Bebé se levantó del sillón como un resorte. –¡Arriba!, hora de pirarse. –¿Ahora que la estamos pasando tan bien? –para Nela, el Abuelo siempre ha sido un agua fiesta «Claro, como no sabe bailar». Pero esta vez ni imaginaba lo oportuna y justificada que estaba la partida. A Perico tampoco le hizo gracia, ahora que estaba tan cerca de unas tetas que amenazaban con besarle la cara; pero cuando vio los ojos rojos de Bebé no le hizo falta más explicación. –Bebé, nos borramos. Aceite trae a Hendrix; que el tren se va –El Aceite vino con el niño dormidito cargado, pero Bebé no lo cogió. Él tenía que estar atento. Nela cogió al angelito y el combo bajó las escaleras pitando. Cuca y el Aceite se asomaron al balcón para despedirse.

–¿Por qué se van tan temprano? –preguntó Cuca. El Aceite le dio un beso en la cara y volvió a mirarnos–. Hasta luego. Chao –se despidió. Nada más llegar a la esquina Bebé volvió a la carga.

–Quítate los zapatos –«¡Que manía con las jodidas sandalias coño!».

–Deja eso Bebé.

Pero él siguió, como si esa fuera la única frase que conociera y Laurita, aprovechándose de la compañía, remontó una carga que aseguraba una buena guerra. –¿Tú crees que contigo se puede salir a la calle chico? Ese tipo ni se me había acercado Bebé. Tú estás loco. Jodiéndole la fiesta a tu amigo. Nunca salimos. Nunca salimos del dichoso solar de Regla, pero pa' qué. ¿Pa' que luego tú formes esto? ¡Ay Dios mío! ¡Que desgraciada soy! Mira la cara de loco que tienes –y así, y así, y así, la hora y media que tardó en venir la guagua de la confronta, y así cuando se subieron; a pesar de que él se sentó en el fondo y el resto en el medio. En el bus había cuatro gatos pero, apenas salió de Nuevo Vedado, por el zoológico, Bebé creyó que uno de aquellos gatos estaba mirando a Laurita más de la cuenta. –¿Qué pinga tu miras? –Yo no estoy mirando na'... Eh, eh, eh, ¿Y a ti qué mosca te ha pica'o? Yo soy libre y soberano y miro pa' donde... –¿Te salga del ano? Mosca ni cojones. Si no quieres aterrizar en la acera de una pata' en el culo pártete el cuello por la ventanilla. ¡A mirar el paisaje! Aquí adentro no se te ha perdío na'. –Coño Bebé, deja eso. –¿Qué se cree el cabeza de pinga este? –el tipo era calvo. –¡Que vergüenza! –Arriba, a bajarse to' el mundo que esto no es La Tropical –a grandes males, grandes remedios. El chofer arreglaba el asunto sin calcular siquiera la bola de kilómetros que quedaban pa' llegar y hubo que bajarse porque el tipo estaba dispuesto a apagar el incendio de Bebé con el extintor que tenía en la mano. Hubo que seguir hasta el Cerro en la guagüita de San Fernando: un poquito a pie y otro caminado y con el niño a cuestas que además se despertó y lloraba.

¡Tremenda mariconá! –Bebé, asere, haz el favor y vete pa' tu casa. Deja que Laura y el niño duerman en casa de Nela y mañana, cuando los dos estén más tranquilos, hablan, se ponen de acuerdo, conversan, dialogan… –después de varias repeticiones, increíble, parece que entendió porque desapareció caminando. Quién sabe si a Regla o a la Habana del Este, o a algún lugar de la ciudad. El caso es que, el infinito camino a casa de Nela, se hizo más soportable a pesar de los lamentos de Laurita. –Quédate conmigo, anda. Mis padres están pa' Sagua y me cago de miedo si aparece el loco de Bebé en esa situación. Ay, discúlpame Laurita pero es que estoy muy nerviosa –y hubo que quedarse.

Al día siguiente apareció Bebé con un cuchillo en la mano dispuesto a una carnicería. –Consorte, usté está crazy o qué bolá. Asere, su chama está ya despierto. No le grabe estos recuerdos en su cabecita –al final parece que entendió porque, después de convencer a Laura, que hubo que darle candela como al macao pa' que saliera, se fueron los dos solos a la calle.

El Abuelo y yo nos quedamos con el niño. Fue curioso, no dijo nada, no preguntó por su papá, ni por su mamá. –¿Dónde está mi papi? –¿Quién es su papi Abuelo? –El Aceite –me dijo y el niño se me abrazó como nunca lo había hecho nadie. Me daba la impresión de que en cualquier momento se iba a abrir la puerta, iba a aparecer Bebé chorreando sangre o Laurita medio degollá. Estaba cagá de miedo cuando sonó la aldaba. –Abre tú, ¡Solabaya! –cerré los ojos y todo del miedo que tenía pero sentí el ruido de un beso afuera. Cuando miré, estaban abrazaditos los dos, como dos tortolitos en celo. Le di el niño a Laurita. Quería decirle que tuviera cuidado, que mejor me lo dejara, pero estaba muerta de miedo y de cansancio y desesperada porque desaparecieran. Cuando se fueron casi me desmayé en la cama. Estuvimos veinticuatro horas seguidas durmiendo. Tanto, que por poco mis padres nos cogen, con la masa en la mano.

Su televisor tenía un solo canal
una imagen mitad cielo despejado mitad césped girasolado
el botón del cambio de canales tenía todos los numeritos
pero él lo usaba así
como un proyector de vista fija
nadie sabe como fue que el viento volcó la antena
pero ese día perdió su imagen
registró en su memoria mitad césped mitad cielo y nada
así de repente
nada
tocó en la puerta del vecino
su botón tenía otra posición
en la pantalla un animado anunciaba un filme de suspenso
casa por casa
descubrió la turbulencia de color televisiva del vecindario
le subió el colesterol
tuvo una trombosis tres paros y dos derrames cerebrales
regresó a su puerta y
apuntando con su dedo hipertrofiado
                        a su antiguo canal desvanecido
penetró en la imagen apagada
en busca de los girasoles

La mentira es de patas cortas.

Cuca

[…] y pensé en algo que hace algún tiempo le oí a un científico social, contaba que se ha calculado que oímos una media de 200 mentiras al día, sin las que, aseguraba, no podríamos vivir, 200 mentiras al día son muchas mentiras, lo que me hizo cuestionarme qué significa la palabra mentira, o si la mentira, en su totalidad, forma parte de la verdad […]

Agustín Fernández Mallo

La mentira da flores, pero no da frutos.

Proverbio africano

Cuando movilizaron al Abuelo, el Aceite había terminado de armar una *computer* en su casa y estaba faja'o haciendo un sintetizador con una tarjeta aparte llena de cables. Según él era tan lenta que no iba a poder conseguir lo que quería; pero le sirvió para hacer una interfaz MIDI que sí podría servir luego con algún aparato *de verdad*. Yo tenía un socio que a su vez conocía al tipo que llevaba el Laboratorio de Música Electrónica en el Palacio Central de Computación (en el antiguo Sears); así que hablé con él y nos puso en contacto. Efectivamente allí tenían un módulo de sonido y un sintetizador Kawai K4 MIDI y un 386 cagándose de risa porque no podían conectarlos. El Aceite le habló de su interface y el tipo le dejó probar. Instaló la tarjeta y el *software* (uno que había adaptado) y funcionó casi a la primera. Al final negociamos y, a cambio de que pudieran usarla para el Laboratorio, nos dieron horario. Tres horas, todos los días, excepto los fines de semana.

Aquello estaba vola'o, lleno de niñas riquísimas por todas partes informatizándose; así que seguimos experimentando, pa' sustituir al Abuelo y secuenciar el *drum* hicimos un set de percusión MIDI, bueno en realidad yo solo ayudé a cortar los parches, y a hacer una cajita que sincronizaba con la grabadora. Al final re-arreglamos algunos temas e hicimos bola de temas nuevos; pero ni así podíamos tocar. Allá dentro no se podía y tampoco nos dejaban sacar los hierros para tocar fuera. ¡Yo tenía unas ganas de tocar de pinga!

Llegando al Palacio me llamaron de un grupo. Necesitaban un violinista. Los tipos eran volaísimos y actuaban sistemáticamente, incluso en el Teatro Nacional. Así que empecé a ensayar con ellos sin decirle ni pinga al Aceite. No me atrevía. Traición no es la palabra exacta, mariconá tampoco, porque tampoco teníamos na' pero no sabía cómo se lo iba a tomar. Él había renunciado a varios proyectos, entre ellos el viaje a Madrid, por solidaridad con el Abuelo. Quizá fue por eso, no se, pero la verdad es que no era capaz de decírselo. Al final fue peor porque a veces coincidían los ensayos y, por supuesto, llegaba tarde o no iba por el Palacio. Empezaba a quedar mal con él y me sentía cada vez peor.

—¿Te pasa algo Perico? —llegó un día por fin la pregunta que no estaba listo para responder.

—¿Por qué?

—Porque llegas tarde, porque no vienes, porque no dices nada, porque estás raro con cojones. ¿Qué bolá asere?

–No es eso Aceite. Es que no sé ni cómo soltártelo, ni cómo te lo vas a tomar.

–Inténtalo.

–El problema es que estoy ensayando con Teatro de Sonido y me siento mal porque no sabía cómo decírtelo; pero por otra parte bien porque estoy tocando y...

–¿Y por qué pensaste que me lo podía tomar mal bró? ¿Tú crees que nos vamos a pelear por eso? No jodas Perico. Yo sé que esto es una porquería. Es una mierda que se hayan llevado al Abuelo, que a Bebé se le haya perdido un tornillo, que con Wolf no se pueda contar siempre, que, ahora que tenemos hasta *computer* y todo, no podamos tocar, que tengamos que inventarnos un tinglado como este para poder seguir sin avanzar un paso. Ni siquiera tengo claro por qué cojones no nos largamos a Madrid con otro baterista. No lo sé. Quizá fidelidad no es la palabra. Pero prefiero creer que es esa y no imbecilidad. A lo mejor soy el único idiota que anda suelto por aquí; pero no te culpo, ni me ofende bró. Perico, tú estás aquí porque te sale de la pinga. Lo mismo que yo. Seguro que no hay quien lo entienda pero así es.

–No es eso bróder, yo tampoco lo tengo demasiado claro y no se por qué, pero me siento culpable.

–Deja el drama Perico que aquí no ha pasado nada. Yo voy a seguir viniendo, por lo menos hasta que me aclare un poco o hasta que no pueda más. Sigue tú con Teatro. Es un buen grupo. Leiva es un mostro. Cuando te venga bien, nos vemos, cuando no, *be happy*. Deberíamos grabar lo que hemos hecho, para que no se pierda, por si un día queremos retomarlo, pero no te pongas dramático.

Me impresionó lo bien que se lo tomó. La verdad ni siquiera sé porque estaba tan seguro que se lo tomaría mal, supongo que por la onda fidelidad con el Abuelo, pero es que el Aceite imponía. Soltaba las cosas sin pensarla dos veces, sin que le quemaran la lengua, sin segundas y con ese vozarrón de barítono bajo amenazante.

Después de aquella conversación tocamos en el Teatro Nacional y lo llamé para invitarlo. Pensé que no iba a ir, que me daría cualquier excusa y otra vez me equivoqué.

–Suenan muy bien Perico. No como nosotros claro… –solo podía referirse al *swing* porque tecnológicamente…–. ¡Que no mostro!, es broma. Felicidades, de verdad.

Yo no volví al Palacio. Apenas tenía tiempo. El Aceite estuvo un tiempo más, hasta que cambiaron la plana mayor del Centro. Justo al lado del Laboratorio, el nuevo director mando a instalar una barra para vender rositas de maíz y refrescos. Trajeron una máquina que cagaba sin parar melodías "populares", en plan consola de juegos japonesa, mientras escupía rositas. No se cansaban de mandar a bajar el volumen. La *bulla* que hacía el Aceite adentro era *insoportable*. Un buen día recogió sus cosas y salió echando.

A Bebé lo volví a ver por el Don Giovani. Había dejado a Laurita. Le pregunté por el Aceite.

–No. No lo he visto pero mejor que no los vea.

–¿Y eso Bebé? ¿De quiénes estás hablando?

–De Laura. De Laura y de él. Singando por to'a la Habana. ¡Hijos de puta!

El concierto de Perico con Teatro... estuvo bien. Se veía maduro, no como cuando lo conocimos, que ni siquiera tenía carné de identidad; ni como aquella vez en Paseo y Zapata, que salió pitando cuando lo amenazó el policía y Bebé, Wolf, el Abuelo y yo seguimos de largo a la estación. Esa noche Adrián Morales había cantado alguna que otra letra subversiva y él no se movió.

> *Vienen ya*
> *sobre la ciudad*
> *una sombra de banderas y consignas*
> *tapizando esta crisis de rutina ideológica*
> *Las ideas me sangran*
> *pero no me escondo*
> *Me encontrarás*
> *en cualquier parte*
> *Sigo hambriento y conspirando*

Con cada frase candente el teatro reaccionaba estallando en aplausos. A Perico le había crecido mucho el pelo y lo meneaba con seguridad mientras conquistaba con el violín. Extrañamente me sentí orgulloso de él. Había cambiado mucho y, daba la sensación que, la calle también. Cuando nos vimos en el lobby apareció con una de las causas de aquella metamorfosis.

–Vaya Perico ¡Que guardadito te lo tenías! –le dejé caer aprovechando el abrazo.

–No jodas Aceite, es una socia de la escuela –pero la risa nerviosa decía lo mismo y todo lo contrario–, toca trompa.

Bebé la conocía. Me la había mencionado. Sabía incluso cómo eran sus pezones: negros y pequeñitos. La Trompa era de la farándula del Giovani.

–Este es el Aceite.

–Mucho gusto.

–¿Te llamas así?

–No, ¡qué va! ¿Qué madre le podría poner así a un hijo?

Se presentó como Yuani (un diminutivo de YouAndI). Entonces entendí la pregunta. Era un poco regordeta pero bonita, a pesar de los granos. Vestía una bata de algodón dos tallas más grande que la suya, unas sandalias de cuero y una gorrita cilíndrica, bordada a mano, de muchos colorines en la cabeza. Mucho después me enteré de la historia.

Perico no la conoció en el Giovani. Ni siquiera sabía nada de su relación con Bebé. No se cómo no coincidieron pero así fue. En la escuela nunca lo saludó siquiera. Perico era del grupo de los pajizos: gente sin *swing*. Pero un día se encontraron, por casualidad, en un ensayo de Perico con Teatro. –Hola –¡Caramba! ¡Que coincidencia! –después de verlo en acción decidió reconocerlo, le dio un beso, lo aduló y se fueron de tertulia a la Casa del Té de 23 y G. A partir de aquello ya no había motivos para ignorarlo.

De alguna manera, de entre tantas conversaciones posibles, llegaron a hablar de Carl Orff y ella no pudo resistirse: –Me tienes que invitar a tu casa. Nunca he podido oír la Carmina Burana completa –era lo que Perico estaba esperando. Nada más imaginarse a la gorda en pelotas en su cama se le puso dura hasta dolerle. Quedaron al día siguiente. La hubiera llevado a su cama ahí mismo pero el barco estaba lleno. Había que preparar el concierto y el patio de butacas.

Cuando llegó, veinte horas después, Perico preparó un té y puso el tocadiscos. La Trompa no alcanzó con ropa al *Uf dem Anger*. Mientras los coros avanzaban majestuosamente, una corriente incontrolada les torturaba desde los genitales. Se excitaron con pocas palabras, la música los arrastraba a la lujuria. ¡Al fin Perico! ¡Adiós a la virginidad! Los hermosos culos blancos de sus hermanas desfilaban en su cabeza, se movían sensualmente hacia abajo, hacia adentro, mientras sus manos descubrían torpemente unos gruesos labios encharcados de flujo vaginal debajo de una espesa mata negra de pelos. Las rosadas y perpendiculares teticas de sus hermanas lo absorbían tras unas inmensas ubres, de pezones pequeños y prietos como las pasas, desparramadas en el pecho. Se acariciaron, se manosearon, se metieron mano despacio, rítmicamente. En la *Cour d'Amours*, Perico no podía más; fue entonces cuando la Trompa le dijo que no. Antes de que Perico pudiera reaccionar se metió su pinga tiesa en la boca. Solo alcanzó a darle tres lengüetazos. Un chorro virgen de semen le lleno la boca. Tragó arrastrando la cabeza de Perico a su bollo. Una crica ácida y virgen que tampoco aguantó mucho. La trompa se vino entre espasmos, chillando, clavándole las uñas en el cuello. Así fue y así sería siempre.

Perico perdió su virginidad; conservándola a medias. El sexo con la Trompa no pasó nunca de la felación. Ella quería mantenerse intacta hasta encontrar al hombre adecuado y era muy joven aún.

–¿Qué bolá Perico? ¿Y la jeva?

–¡Eeeeehhhhhhhhhhh! ¡Qué jeva de que pinga!

–Vamos Perico no te hagas. La veintiúnica, TúYElla, La Trompa.

–¿Qué bolá contigo Aceite?

No lo admitía. No podía hacerlo. La Trompa le quitaba puntos pero tampoco podía deshacerse de ella. Eso significaba volver a las pajas y no era lo mismo. Una mamada era otra cosa. La segunda persona tiene lo suyo.

En público parecían dos extraños, así era como único se permitían la vida social pero, en privado, se olvidaban de los deméritos que otorgaban sus cuerpos y se entregaban a un frenesí que terminaba derramándose uno en la boca de otra y todo era placer con música de fondo.

Agotas mi paciencia
la aprietas en tu lengua
la desgarras la escupes como un hongo caliente
la recoges del suelo humeante
donde consumió unas piedras
te vas al octavo piso
está alto
la tiras sin haberlo pensado nunca
cae en la acera
a su lado hay un banco
el viejo que duerme en él se sobresalta se incorpora
la aplasta con sus botas
hormada por sus dedos artríticos
se va
mi paciencia se hace líquida
se filtra por una hendija a la tierra
la devoran las hormigas
salen a la luz histéricas
vienen unos niños
–hormigas bravas
–no, son locas
las aplastan y patean el banco
para limpiar las suelas de sus tenis
mi paciencia se hace gas

da una vuelta por el jardín
trata de homogeneizarse
tú has bajado
la respiras
se pierde entre los pelos de tu nariz
vas a buscarla a otra parte

casi al caer el sol
se encuentran cuatro restos imprecisos
se juntan
tratan de transformarse en palabras legibles
tocan a tu puerta
tú abres agotada
no estoy

Toma estas alas rotas y aprende a volar.

The Beatles, Blackbird

La brisa fresca arrastra el murmullo del mar. A esta hora la playita de 16 está casi desierta. Una grabadora reproduce desinteresadamente *Blackbird* para todas las marmotas que aún rodamos por el suelo calentico. Cae la tarde. Pronto será la noche: cerrada, eterna, húmeda. Unas gotas de agua me sorprenden en el pecho; es Cuca que viene del mar.

–¿En qué piensas?

–En la canción. Mirlo vuela. Mirlo vuela. Hacia la luz de la oscura noche negra.

–¿Mirlo? ¿No es pájaro negro lo que dice?

–Quizá… a lo mejor es: *Totí vuela. Totí vuela*.

–Ja, Ja.

Hubo una última reconciliación pero no sirvió de mucho. La felicidad duró poco más de una semana; luego las dudas y los celos volvieron a instalarse, dispuestos a echar raíces. Cuca estaba empeñada que mi relación con aquella cantante, cuyo malogrado concierto me costó tres días entre rejas y una paliza de campeonato, había empezado antes, mucho antes de separarnos. Debía sentirme culpable de engañarla y ni siquiera era capaz de reconocerlo. Había perdido la perspectiva. Era un monstruo.

–¿También empezaste conmigo estando con Nena? –esta vez me limité a mirarla. No sé por qué tanto empeño–. El que calla otorga.

–Que más da. Tú tienes tu versión original, ¿no? Esa pregunta es retorcida. No es para satisfacer tu curiosidad sino para reafirmar tu película. Ya sabes la respuesta.

–Pero dime. ¿Fue así, o no?

–Más o menos.

–Ves.

No. No había sido así, más bien, *casi así*. Cuca lo sabía, lo habíamos hablado hasta la saciedad, detalle a detalle, pero por alguna peregrina razón, no estaba dispuesta a aceptarlo. «Con aquella cantante tendría que haber ocurrido algo parecido».

Toma estos ojos hundidos y aprende a ver

–Yo creo que esto es un error Cuca. Tú no eres feliz. Yo tampoco. No hacemos nada para arreglarlo. No disfrutamos de lo que tenemos, más bien todo lo contrario. Nos amargamos irremediablemente un día sí y otro también. ¿Para qué tanta insistencia? ¡Tanto desgaste!

–¿Tú me odias verdad?

–Sí, la verdad es que sí –le respondí dándome la vuelta y mirándole fijamente a los ojos para poder explayarme a gusto–. Odio a una Cuca a la vez que amo a la otra. Las dos cosas a la vez. Eres mi mejor sueño y mi peor pesadilla. Te adoro y te aborrezco. Hay una copia de ti por la que daría la vida y otra por la que me la quitaría. Es algo que, con el paso del tiempo, se ha ido haciendo cada vez más bipolar, más irracional, más insoportable.

Esta conversación no era nada nueva. Siempre llegaba así, sin venir a cuento. Siempre acababa igual, sin conclusiones, sin avisar; una y otra vez, como un disco rallado. A veces con llanto. A veces con ira. Seguida de insomnio, estirando la desesperación al infinito. Sin conclusiones. Siempre al límite. La canción que compuso McCartney para conquistar a Linda devolvía la conciencia de mi dolor, la angustia de la incertidumbre. ¿Dónde esta la luz de esta negra noche?

Toma estas alas rotas y aprende a volar
Durante toda tu vida
Solo esperabas este momento para alzar el vuelo

–¿Adónde vas?
–No lo sé. Lejos. Bien lejos.
–No puedes irte así.
–Si puedo. Claro que puedo.

Durante toda tu vida
Solo esperabas este momento para ser libre

La noche es tan oscura que no me veo las manos. Ni siquiera sé si son mías esas manos que no veo. No hay luz en muchos kilómetros a la redonda. Estoy en mi cama. En medio de la calle. La gente pasa sin advertirlo. Consigo dormirme. En mi sueño es el Abuelo el que sueña. Soy yo quién está en África. Despierto en medio de un desierto totalmente solo. El calor es insoportable. La luz quema. Sé que estoy en Angola. Unos negros corren hacia mí. Están descalzos y vienen armados. Cantan una canción. La reconozco, es mía. Cuando me ven, se detienen y apuntan. Fuego. Me despierto en Concordia. Aún no ha vuelto la luz. Mantengo los ojos abiertos. No puedo moverme. No hay nadie. El silencio es insoportable; lo más parecido a la muerte. Se que no estoy en el fondo del mar porque respiro pero la sensación es la misma. Sudo a mares. El peligro puede llegar desde cualquier sitio. Desde la negra noche todo es posible. Se acercan unos pasos. Puedo oírlos cada vez más cerca. Vienen directamente hacia mí. Intento levantarme. No puedo mover ni un solo músculo; solo los ojos que no puedo cerrar. Los brazos y las piernas pesan. Parecen de hormigón. Las pisadas se convierten en risa. Es Bebé. Es la risa de Bebé. Lleva un cuchillo. ¡Viene a matarme! Corre como un loco cada vez más cerca. Afilando la hoja en su *jean* mientras se acerca. No puedo moverme. Se asoma en mi cara. Me coge la oreja y hace unos rollitos. –¿Pensaste que no me iba a enterar? ¿eh? –no puedo abrir la boca. Laura llega corriendo, vociferando. Parece una ambulancia. –¿Tú estás loco chico? ¿Qué tú haces con ese cuchillo en la mano? ¡Suelta eso ahora mismo Bebé! –Cuca también aparece. –Vaya, están todos reunidos –No puedo hablar. El dolor es insoportable. –¿Es cierto? –No, no es verdad –Si que lo es. –¿Y a ti quién te lo dijo? –Me lo dijeron. –¿Quién? –Tú no lo conoces. –Te engañaron. No es verdad. –Y tú ¿por qué no dices nada? –No puedo hablar. Me estoy ahogando. Las voces reverberan en las paredes de mi cerebro. Los negros se ríen apuntándome con las armas. No veo nada. Voy a gritar. Voy a coger todo el aire que pueda para gritar. Bebé sube el brazo dispuesto a cortarme el cuello. Laura y Cuca chillan, el Abuelo también, Wolf se ríe, Perico llora. El Abuelo toca una batería sorda sin mirarme. El perfilocortante está a un centímetro de mi aorta cuando lo desvía hacia su cuello y se degüella. La cabeza se pierde dando botes. ¡Grito! Tan fuerte que rompe la noche. El sol raja la retina, como en Angola, en el desierto, solo.

Siempre que pasa lo mismo sucede igual.

Querida hija,
Deseo que al recibo de esta te encuentre bien al igual que nosotros. Aunque, de verdá, nosotros muy bien no estamos. Bebé se ha tostao definitivamente. Ay hija, ya no tengo nervios y con todo este lío el asma no me deja en pas. Toda la noche en un sillón con falta de aire y muerta de miedo, rezando pa que Bebé no aparezca por esa puerta. Tú sabes que yo nunca he sido muy creyente pero aquí la situación está mala, muy mala mijita.
Laura no para de llorar, tiene los ojo rojo y tampoco come. Con el trabajo que cuesta conseguir cualquier cosa y no quiere probar bocao. Está en el hueso. Hendrix también está alteraísimo. Él que nunca ha sido un niño majadero está insoportable. El otro día lo regañé porque estaba machacando el único sartén sano que queda en esta casa y me tiró el martillo. Me dejó clavá de miedo. Ojalá no haya salío loco como su padre. A ese degenerao le ha cambiao la cara, con esa barba sin afeitar y esa mirá de loco.

Yo no se cómo va a acabar esto mija. Ahora al
malparío de Bebé se le ha metío en la cabeza que
Laura le está pegando los tarro. Primero empezó
conque había visto leche en un blumer, así
mismitico, como lo oyes. Fíjate que cosa, si la
pobre de tu hermana ni sale del solar. Na ma que a
las clases de mecanografía, cuando las tenía,
porque después que Bebé empezó con lo de los celos,
tuvo que dejarla. Se transformó mijita. Ya ni
siquiera coge la guitarra. Se desaparece to el día
y luego viene como un perro rastrero armando líos,
oliéndolo to y gruñendo por to. El otro día le pegó
un puñetazo a la puerta que le arrancó las
bisagras. Y desde entonces estamos to el día con el
culo al aire porque el muy cabrón, tal y como van
las cosas, no creo que mueva un dedo pa arreglar
na. ¿Tú te imagina que me levante a mear y me
encuentre con un extraño en la casa o que él mismo
nos mate por la noche? Desde entonces no puedo
dormir. Tengo unas ojeras que ni te cuento.
Ya ni el Aceite viene por aquí, el grande por
gusto, ese que tocaba en el combo con Bebé. Dice
Laura que el día de su boda, la del Aceite con Cuca
quiero desir, montó tremendo espectáculo. Le quería
quitar la ropa. Y to porque le dio un ataque de
celos. A lo mejor es por eso o a lo mejor es porque
piensa que él y Laura se acostaron. ¡Fíjate que
cosas!, con lo decente que es ese muchacho, acabao
de casar y to y el loco na ma que viendo tarro por
donde quiera. Y to porque Laura tuvo que quedarse a
dormir un día con Hendrix en su casa porque Bebé la
amenazó que ese día venía por la noche a buscar el
niño, que había conseguido una balsa pa irse y se

lo llevaba. Hasta yo misma le aconsejé que hiciera eso, porque ese muchacho era la única persona que este infeliz oía. Ya se sabe lo que dice el refrán: cree el ladrón que to el mundo es de su condición. Estamo solas mijita, muy solas, porque Paco el pobre, no se mete en na. Dice que eso lo tienen que arreglar entre ellos. Laura está destrozá. Bebé la ha amenazao con llevarse a Hendrix pal norte. Pobrecito. Yo no quiero ni pensarlo. Mira, ahora mismo te lo estoy contando y empiezo a ahogarme. El asma otra vez. Este degenerao me va a asfixiar del disgusto. Ahora que me acuerdo, cuando puedas, mándame aerosoles pal asma que no hay, y íntimas pa Laurita. Yo ya por suerte no eso pero la pobre de tu hermana ha tenido que ripiar un pulóver pa poder resolver. Cuando se quita el trapito, a lavarlo y pallá debajo de nuevo. No, si cuando yo lo digo, vamos a terminar como los indios. Mucha potencia médica pero na de na. No hay ni aspirina. Bueno como te iba diciendo, eso es lo que Bebé quiere, verme muerta. Tú te imaginas a esa pobre criatura en una balsa con el loco de su padre en medio del mar. ¡Ni Dios lo quiera!
Ya no duerme aquí. Laura supone que está con la sorda de su madre pero nadie sabe na. Está tan asustá que ni celos, ni na. Bebé viene y se va a cualquier hora, por la tarde, por la noche, por la madrugá, como no hay ni puerta, a veces ni siquiera habla con el niño y otras tantas se aposta allá fuera como un poste de teléfono pa vigilarla. Laura pa colmo ha metío un cuchillo abajo de la almohada. Ella dice que es por si acaso pero yo estoy cagá de miedo. Tú no le vayas a decir na a tu

hermana, que ella no quería que te contara na, pa
no preocuparte sabes y lo siento mi hijita pero ya
no podía más. El infierno es un jardín de rosas al
lao de esto.
Tú de todas formas no te preocupes, que seguro que
to esto se resuelve. Laura llora mucho pero es
fuerte y yo espero que Dios nos ayude. El otro día
le dijo a ese sujeto que si quería llevarse al niño
tendría que pasar sobre su cadáver. A mi se me heló
la sangre pero le dije que me iba a tener que matar
a mi también. Nos va a tener que matar a todos y
sabe lo que respondió el hijo de puta, que mejor,
que así quitaba un poco de mierda de en medio.
Bueno hija no voy a poder seguir escribiendo porque
está al acabarse el papel y no tengo más. Mándame
dinero cuando puedas que la cosa está malísima.
Muchos besos mijita. Te llamo cuando esto se calme
un poco o si este se roba el niño y se va pallá, pa
que los localices. Cuídate y no hagas disparates.
Tu madre que te quiere y no te olvida
Olivia

Fue usada por su espejo cuando reía
Tenía un saxofón y una colección privada de escenas de niñas
Se drogaba con un animal mágico
          y una canción marina
Cada paso era de las flores
Cada pestañeo de su cara era pegado al polen y nunca tosió
              porque era una reproducción barata
Cada laberinto era un pez llamado a juicio
            entre sus piernas
                    melancólicas y murmurantes
Nunca tuvo la piel muda ni aceitada
Nunca se tuvo cerca y eso le puso triste
Fue entonces
Solamente
Un ser triste

Pedro Pablo Pedroso

Había quedado con Perico en su casa para echarle un vistazo a un Moog roto que había comprado. Llegué un poco antes que él, con las guaguas nunca se sabe. La madre y la abuela estaban solas. Enseguida me sintió.

–¿Es G?

–Si abuela, aquí estoy –le respondí con un beso cogiéndole la mano.

–Ay hijo cuantas ganas tenía de verte. He soñado contigo.

–No me habrá visto en la ventana, ¿no?

–No, claro que no. Te he visto en un avión, rumbo a España.

–Abuela pero ¿no le ha dicho Perico que el viaje a Madrid lo cancelamos cuando mandaron al Abuelo a Angola?

–Sí hijo, sí. Sé además que ya no tocan juntos. Es una lástima pero mi nieto cree que con ese grupo... como se llame, va a poder salir de aquí pronto. Está equivocado sabes. Tú te vas primero y además solo.

–Ojalá abuela, tal y como están las cosas, la verdad, no me vendría nada mal pero si no es por el contacto con Ana, ese que dejamos pasar, no sé cómo podría ser. Yo no conozco allí a más nadie, se lo aseguro.

–Ya verás hijo, ya verás. Lo he soñado clarito, clarito.

–Eso es porque usted me quiere mucho.

En ese momento se oyó la puerta y entró Perico con la hermana pequeña, la morena. Estaba preciosa, con un *bajaychupa* blanco de algodón ceñido, el pelo suelto y ondulado y esos ojos color miel invitando a ser oso.

–Hola –me acarició con una voz suave, melodiosa, premeditada.

–Coño, llegaste antes de tiempo. Esa 23 estaba de pinga –irrumpió Perico.

–Llegué ahora mismo casi –devolví el beso a su hermana. Su mirada era morbosa. «A lo mejor estoy influido por las historias de Perico». Estaba sudada, un poco agitada por las escaleras quizá; lo justo, para provocar un casi imperceptible jadeo delatado solo por sus pechos perfectos.

–Estás perdido mijito. Uff ¿qué calor hace aquí? Me voy a dar un baño –no dejó de mirarme, ni siquiera cuando se alejó contoneándose suavemente hacia la ducha. *Sígueme, ven, entra.* Perico me agarró y me llevó a su cuarto.

–¿Qué bola asere?

–¿Qué bola de qué Perico?

–Bróder, yo creo que hasta mi abuela, que es ciega, puede ver en estéreo el manoseo virtual ese que se traen ustedes. ¿Qué bola contigo consorte?, ya tú estás casado *man*.

–Tú lo que estás es celoso. A ver, saca el mostro antes de que te pregunte por la aspiradora.

Trajo el Moog, un poco machaca'o, pero flamante. Le eché un vistazo por dentro. Había varios potenciómetros y condensadores rusos, cables cortados, otros empatados... Perra chapuza; peor imposible. Estuvimos toda la tarde recomponiendo al *niño* con lo que pudimos, desvistiendo un santo (un VEF desahuciado) para vestir otro, sin una mierda de plano que ayudara en algo, solo con los tés que oportunamente nos trajo la muñeca menor. Era un lujo, una auténtica obra de ingeniería. Al final salió el primer sonido. Perico brincó como un niño, aquello era una locura. –Déjame terminar coño, todavía no he acabado –pero solo se pudo controlar a duras penas. Al final *la obra* quedó acabada. Miré el reloj. –¡Coñó, se me ha hecho tardísimo! Me voy pitando que no quiero jodederas con Cuca.

Salí de la habitación y tropecé con ella.

–Bueno, un besito. No te pierdas.

–No, no te preocupes, ya estoy perdido. Cuídate... Bueno abuela –me despedí con un beso–. Cuídese mucho y que Dios la oiga.

–Ya verás mijito, ya verás.

Ya en la puerta me preguntó Perico.

–¿Qué es lo que se traen tú y mi abuela?

–Na' Perico, cosas de nosotros. Nos vemos.

Hay dos clases de hombres: quienes hacen la historia y quienes la padecen.

Camilo José Cela

En el noticiero oí que anunciaban un acto de recibimiento a los últimos combatientes que regresaban de Angola. Desde enero el Ministerio de las Fuerzas Armadas Revolucionarias, el MINFAR, había puesto una nota en el Granma comunicando el cumplimiento, del compromiso inicial de regreso de Angola, de 3000 internacionalistas. Ahora llegaban también los restos de los soldados caídos en África, los mártires de esas guerras, tan lejanas, que *el pueblo* no había podido llorar. Por eso iban a exponerlos en todos los municipios del país, para que todo el pueblo de Cuba pudiera acudir solemnemente a rendir homenaje y unirse virtualmente en una sola causa. Toda la punta de la pirámide estatal estaba en el aeropuerto dando manos mientras ese mismo pueblo derrochaba vítores a los héroes entre consignas revolucionarias y cantos: «Abelachao, abelachao, abelachao, chao, chao...». Días después, el 6 de diciembre, el Consejo de Estado declaró duelo nacional.

Estaban calentando motores, engrasando la maquinaria, viviríamos nuevas e intensas jornadas de reafirmación revolucionaria. La tregua ya se ha prolongado demasiado así que arriba, a levantarse que tenemos nuevos héroes y mártires y las tribunas de los actos públicos y la prensa y la televisión y los discursos y las movilizaciones están listas. Todo está a punto para olvidarnos un tiempo de la realidad que nos ocupa.

El Abuelo no se bajó de ese avión. No le tocó. Él llegó un día cualquiera del 89. Se fue después de que llegaran los primeros y regresó después de los últimos. Quizá salió antes pero como vino en barco llegó varias semanas más tarde. Sin un medio en el bolsillo, sin que nadie supiera nada. No lo esperaban ni en su casa. Tuvo su medalla de internacionalista pero no televisiva. A él se la dieron en un "sencillo homenaje" *in situ*, en el campamento, con un calor impresionante, con sus propios aplausos innecesarios y cansados y un teniente inspirado que no tenía para cuando acabar. El mismo cretino encargado voluntariamente de hacerle inolvidable el resto de su vida su estancia por aquellos lares.

Me enteré de su llegada casi dos meses después. Un día sin querer, sin tocar el tema, un amigo común me lo soltó de golpe, quizá pensando que ya lo sabía.

–No jodas ¿Cuándo llegó?

–No sé, yo también me enteré hace nada.

Me fui al Cerro a verlo. Ni siquiera consideramos la idea de irnos a Madrid de gira sin él, de grabar, de seguir tocando y resulta que, después de un par de meses en la Habana... me entero... que está aquí... Cuando llegué a su casa estaba solo. Había bajado un poco de peso pero no se le veía flaco. Su cara había sufrido más. Tenía unas ojeras impresionantes en un escenario demacrado, desolado, sin pelos. Se me pareció a Bebé de pronto.

–¿Qué bola Aceite? –nos dimos un largo abrazo.

–¿Qué bola mostro? Me enteré ayer que estabas aquí.

–¿Quién te lo dijo?

–Qué más da. ¿Cómo estás?

–Bien. Intentando creer todavía.

–Tienes tiempo. Tienes el resto de la vida para eso.

–¿Qué vida? *La vida no vale nada.* ¿Quieres un buche?

Sacó una botella medio vacía. Se le veía muy cansado. Nos tomamos el trago en silencio. Después sirvió el segundo.

–Bueno, ¿y tú qué? ¿Qué tal las cosas?

–Bien, *no me puedo quejar* –le saqué una sonrisa[1].

–¿Qué tal Perico? ¿Y Bebé? ¿Y el Wolf?

–Últimamente solo he visto a Perico. Está tocando con Teatro...

–¡No jodas!

–No aguantamos mucho desde que te fuiste. A Bebé lo perdimos hace rato. No sé si se fue, o se quedó, si se mató... De él no he vuelto a saber nada más, desapareció. A Wolf ya sabes que nunca lo tuvimos, estaba pero no estaba, es un alma libre y Perico... Perico tenía muchas ganas de tocar y ahí sigue. Es lo suyo. Nos vemos de cuando en cuando.

–¿Y Hendrix?

–No lo he vuelto a ver tampoco. Bebé siguió con la majomía, con eso de que Laura se acostó conmigo.

–¡No jodas!

–La amenazó con matarla, con llevarse a Hendrix en una balsa. ¡Yo que sé! Todo esto me supera –se hizo otro largo silencio. Nos servimos otro trago.

–¿Y tú? ¿Qué has hecho?

–Nada. Ahora mismo nada. Estuve yendo al Palacio, montamos allí un buen tinglado para pinchar con la computadora, un teclado y un módulo Kawai que tenían allí, pero tampoco salió bien. Duré allí lo mismo que un merengue

---

[1] El cuento me lo hizo él mismo antes de irse. Un perro extranjero le pregunta a uno cubano. –¿Qué tal la cosa por allá? –a lo que el perro cubano responde: –No me puedo quejar. –Entonces bien ¿No? –No. Es que *no me puedo quejar.*

en la puerta de un colegio. Últimamente pocas cosas salen bien.

–¿Y con Cuca?

–Tampoco. Se acabó.

Esta vez nos rendimos al silencio. Se levantó para poner un disco. Pensé que elegiría el *Exit… Stage* Left, de *Rush*, uno de nuestros eternos favoritos pero no, puso a *Pink Floyd* y con el *Dark Side Of The Moon* de fondo nos acompañamos, sin palabras, solo estando cerca uno del otro, con la cortina de filtros en la puerta, con las fotos y revistas pornos llenas de polvo sobre la mesa, con el *drum* cohete alunizado; como dos objetos perdidos en un anticuario. Compartiendo una soledad negra como esa parte invisible de la Luna, ese vacío consolidado por ausencias, una extraña bienvenida con tintes de adiós. Rindiendo homenaje a unos tiempos que, como en aquella canción con versos del Wichy, que en su día cantamos juntos, *no volverán.*

Estúpidos estudios superiores que me hicieron inferior
malditas lecturas eruditas que me gastaron como un jabón
tan lindos feos versos con que enamoraba yo
lindas nenas iletradas tiempo atrás

tan pésimas bellas canciones que compuse sólo para mi
todo tan natural salvaje allá ¡oh nena!
lenguaje torpe que nadie celebró pero y que
horribles hermosas cuartetas en puertas de letrinas
que no volverán

que no volverán
que no volverán
que no volverán
que no volverán

que no volverán

Letra escrita por el doctor Zen; música de Jeráquimo Bala, para joppla (guitarra de hielo de seis cuerdas), batería, piano, bajo, clarinete, saxo tenor y laúd.

Luis Rogelio Nogueras[2], *Heavy Rock.*

---

[2] Luis Rogelio Nogueras: poeta, narrador, guionista de cine. Nació en La Habana en 1945. Murió en 1985.

Sus habitantes, justamente enardecidos, se han brindado para realizar ellos mismos la justicia. Aprovecho la euforia general para plantear la necesidad de tropas voluntarias-secretas... El número de voluntarios es enorme.

Reinaldo Arenas

Ese día volví a ver a Ámbar. La conocí cuando aún vivía con la trompeta de Nena, antes de que apareciera el tipo del G2 para sentenciar definitivamente aquella historia. Era muy jovencita, venía de prácticas a la Empresa de Computación donde trabajaba, y estaba casada con un tipo mucho mayor que ella. Ámbar era un bombón: risueña, preciosa, inteligente, sensible, agradable. Enganchamos enseguida. La conexión fue mutua, una intersección bella, inevitable, predestinada quizá a la fantasía, a esas extrañas formas platónicas en un mundo que se antoja demasiado pequeño, que las sacrifica sin esperanzas, pero fuerte, potente, indeleble, imperecedero.

Había vuelto a mi casa de Centro Habana con la firmeza de, esta vez, no volver nunca más con Cuca. El día había sido peliagudo. Se acercaban los Juegos Panamericanos y la calle estaba revuelta. En un barrio cercano al aeropuerto había aparecido una pintada peligrosa: NO QUEREMOS PANAMERICANOS, QUEREMOS PAN AMERICANO. Los juegos se adjudicaban en el peor momento. La crisis avanzaba como una mancha de petróleo vertida en el mar pero había que hacerlos. No se podía desaprovechar la posibilidad de mostrar a la opinión pública internacional la irrealidad del último reducto del socialismo en el planeta. Una oportunidad de oro. Cuba, único bastión comunista. Vendrían muchos periodistas, la isla volvería a ser noticia, el oro de las medallas cubanas brillaría en los televisores de varios continentes. Era, probablemente, la última oportunidad de taparle los ojos al mundo para ocultar el desastre que desencadenó la *perestroika* en el 86. No podía haber ningún gesto violento. La represión era un lujo que el gobierno no podía permitirse. Otra vez haría falta *el pueblo*.

Rodaba una bola que se estaban formando unas "Brigadas de Acción Rápida" en los centros de trabajo, pero solo entre la militancia del Partido y la Juventud Comunista. El diario Granma, órgano oficial del Comité Central del Partido Comunista de Cuba, no decía ni pío al respecto. Era un rumor auténtico. Se decía que el objetivo era intervenir en caso de que surgiera alguna manifestación contrarrevolucionaria. Si alguien gritaba ABAJO FIDEL, el pueblo debía apagarlo inmediatamente con un enérgico VIVA FIDEL, VIVA LA REVOLUCIÓN; pero la forma de intervención, el grado de pasión, la implementación física, el protocolo, en definitiva, no estaba nada claro. En algunos centros de trabajo la información que *bajaba* del Partido era *solo una respuesta verbal, contundente, sin llegar al cuerpo a cuerpo*. En otros, como en algunas dependencias del Centro de Biotecnología, se hablaba de *llegar a la sangre, si hacía falta*. Las bolas rodaron por tronera hasta ese día.

Nos reunieron en la biblioteca del centro y el representante del Partido del municipio que vino a organizar la Brigada nos contó la milonga. La idea era *crear destacamentos conformados por civiles con la misión de controlar cualquier signo de descontento público o "manifestación contrarrevolucionaria"*. Se presentó como una tarea más de la revolución a la que había que apoyar sin condiciones. El tipo no consiguió concretar, parecía imposible que clarificara el contenido de su misión, y yo me negué a firmar. «Teniendo en cuenta que ni siquiera había sido oficialmente publicado por el estado en el Granma… era lo mínimo», pensé. Inmediatamente me puse en duda… ¡qué digo!, al oponerme, yo mismo me puse en tela de juicio. *Un verdadero revolucionario no necesita argumentos. El llamado de la Revolución es más que suficiente. Un joven revolucionario da el paso al frente sin ningún tipo de cuestionamiento.* Se armó la gorda. Hasta ese momento nadie había abierto la boca pero la actitud soberbia del inquisidor levantó sospechas. Mucha gente habló a la vez. Al final, sin muchos más argumentos que al principio, simplemente porque era toda la orientación que tenía, limitó la acción a *actos de repudio*.

–¿Qué ocurre si algún "elemento" de esos me agrede? –pregunté de nuevo.

–Le devuelves la agresión –la respuesta parecía inmerecida, provocadora.

–Así, impunemente, a lo mejor cuando llegue la policía me falta un ojo.

–Eso no va a ocurrir. Habrá hombres del cuerpo de seguridad del estado infiltrados, de paisano, y la policía intervendrá *solo* si la agresión es hacia un miembro de la Brigada.

–O sea, si es un… brigadista, o como se llame el agresor, no pasa nada. Eso se puede prestar para represalias sabes, acuérdense –se me ocurrió dirigirme a todos– lo que pasó hace once años cuando el Mariel. Concederle impunidad a alguien violento es darle luz verde para agredir, y la masa… la masa es bruta.

Después de aquella última infeliz frase se armó otra peor. Otra vez el dedo de aquel emisario se posó sobre mí. Había dicho que la masa, la masa revolucionaria, la masa de trabajadores, la masa proletaria, era bruta. *¿Qué cosa fuera la maza sin cantera?* Había que someterme a análisis porque, evidentemente, tenía graves problemas ideológicos. ¿Cómo iba a pensar así un joven revolucionario? Al final volvieron a pasar la hoja. No firmé. –Cuando me aclaren bien qué es exactamente todo esto y lo publiquen en el Granma firmo; mientras, no cuenten conmigo –cuando salió de mi boca la última palabra sentí que firmaba mi sentencia de muerte sin mover un dedo pero estaba harto, muy cansado. Allí había casi veinte personas. Solo dos no firmamos: Niurka y yo. Seguía sin entender nada, cada vez menos y, por primera vez, empezaba a darme lo mismo.

La semana anterior había intentado en vano entrar al cine a ver "Alicia en el pueblo de maravillas". Quería ver el *show* en directo. La estrenaron a regañadientes después de una insólita campaña de descalificación mediática que provocó exactamente lo contrario de lo que se proponía. Se decía que la película había salido clandestina del país y había ganado un premio en un festival reconocido en Berlín. La proyección duró solo cuatro días. Movilizaron a toda la gente del Partido y de la Juventud Comunista con la misión de ir a verla al cine Payret y mantenerlo lleno todas las funciones. Había que evitar que entrara la mayor cantidad de gente posible. Si alguien gritaba algo en medio de la proyección, había que repudiarlo. Perico fue de los elegidos. No sé cómo se enteró pero se adelantó a la maquinaria y pudo verla. Al final, cuando salió la cartela de FIN en la película, todo el cine se levantó a aplaudir. –¡VIVA LA REVOLUCIÓN!, ¡VIVA FIDEL! –empezó a gritar el tipo que tenía Perico justo delante y el resto le siguió. –¿Y tú qué hiciste? –le pregunté. –Qué coño iba a hacer, aplaudir, aplaudir como un singa'o. A ver quién iba a ser el guapo que se atreviera a hacer otra cosa.

Yo la pude ver en mi casa, una copia borrosa VHS con el audio malísimo que consiguió Darío en el Pedagógico. Éramos pocos, los mismos, todos con la sensación de hacer algo malo, malísimo. Con la agonía de que, en cualquier momento, entrara gente gritándonos de todo, repartiendo palos, repudiando nuestra condenable actitud de ver en secreto una copia malísima de una película censurada. Cuando leí FIN entendí menos. La verdad, no era para tanto. Ver en Miravalles al mismísimo, en un pueblo tan surrealista como el propio país, no estaba a la altura de tanta parafernalia. Pero claro, había que mantener viva la fiesta. Había que calentar motores para el próximo ejercicio: los Juegos.

El día que me negué a firmar aquel papel sentí que me salía fuera. Tuve conciencia de habitar un lugar al que no pertenecía, del que me estaba exiliando sin irme. Sin saberlo me estaba inxiliando. En el 80, cuando se metió un montón de gente en la embajada del Perú, yo estaba en la ESPA[3]. Después de que el gobierno retirara la custodia a la embajada se planteó un problema parecido. No se podía perder el control de la situación pero la policía tenía que mantenerse al margen. Cuba era, una vez más, noticia en el mundo. Demasiados ojos mirando. Había que actuar con contundencia pero nada de cuerpo represivo, daba mala imagen. Esto era una tarea idónea para *el pueblo*. La *respuesta popular* era el mecanismo más adecuado. Una noche nos fueron a recoger al albergue. –La Revolución nos necesita. Hace falta voluntarios. ¿Quién se apunta? –cuando subí a la guagua vi un montón de caras

---

[3] Escuela Superior de Perfeccionamiento Atlético. Centro de alto rendimiento donde estudiaban y entrenaban los equipos juveniles nacionales.

conocidas somnolientas, compañeros del equipo de lucha, de judo, de boxeo, alguno de baloncesto. Nadie sabía nada de nada. De eso se trataba: *pa' lo que sea Fidel, pa' lo que sea.*

El chófer cogió por la 5ta Avenida pero al llegar a la rotonda del "Abreu Fontán" dobló para coger 1ra hasta 70, paró y su acompañante, un tipo en el que no me había fijado hasta que abrió la boca, nos arengó desde el pasillo.

–Bueno. Se acabó lo que se daba. Como ustedes saben, un grupo de contrarrevolucionarios arremetió hace unos días con una guagua contra la posta para entrar en la embajada de Perú matando al custodio. Nuestro gobierno pidió al embajador que entregara a los criminales para juzgarlos como se merecen pero, ante la negativa de este señor, se decidió retirar la custodia de la embajada. Desde entonces la peor escoria y calaña de por aquí se ha estado metiendo para pedir asilo político y abandonar el país. Esto no es cuestión de la policía. La CIA está detrás de todo esto. Igual que cuando tumbaron el avión de Barbados con nuestros compañeros del equipo de esgrima. Esto es una provocación más, están esperando la menor oportunidad para acusar a Cuba de violar los derechos humanos. Esto es una cuestión del pueblo revolucionario y nosotros somos ese pueblo. Nosotros les vamos a enseñar a la CIA lo que son los derechos humanos. Tenemos que impedir, a toda costa, que entre más nadie. Si hace falta darle a alguien tres patadas por el culo se las daremos. Algunos vienen con palos, con hierros, son unos cobardes, pero nosotros somos más, somos más hombres que todos ellos juntos, estamos defendiendo la patria, así que ya saben. No queremos contemplaciones, ni blandenguerías. Contundencia. Esa es la palabra clave. La policía no se va a meter en esto. Esto es solo cosa nuestra. Así que vamos a subir hasta la Embajada del Perú en 5ta y cumplir con nuestro deber con la patria.

No escape ileso. Me las arreglé para no intervenir; pero la mayoría de mis compañeros no hicieron lo mismo. El daño fue irreparable. No me condenaron, me marcaron. Esa noche fue suficiente para entender la psicología de la masa y, por si quedaba alguna duda, en las manifestaciones que convocaron después, en los insultos y agresiones de aquellos días; cuando interrumpían las clases por el sistema de amplificación convocando a un *acto de repudio* porque llegaba algún padre a reclamar a su hijo para llevárselo a Estados Unidos. Todavía veo chorrear los huevos por la cara de la madre de Edgar y la pelota de baloncesto rebotando en su cabeza en medio de un coro infernal de insultos. –Gusana, escoria. –Hija 'e puta –Pin pon fuera, abajo la gusanera –y la impotencia y la desesperación de Edgar, la culpabilidad de haber confesado que no quería irse, que se lo llevaban a la fuerza, y el intento en vano de la escuela por retenerlo.

Esta vez no iba a subir a la guagua. Se acabaron las guaguas. Da igual las represalias. ¿Qué me podía pasar?, ¿que me botaran de la Juventud?, ¿que me expulsaran del trabajo?, ¿que me sacaran de circulación como al mejor entrenador que tuve en toda mi carrera, cuando se negó a ir a Angola? A él no le valió ser el mejor. A mi tampoco me valdría nada. No soy ni mejor ni peor sino todo lo contrario. Al Abuelo tampoco le valió ir a la guerra en Angola. Daba igual. O estabas a favor, o en contra. Admitir matices era darle alguna posibilidad al enemigo, a ese fantasma siempre al acecho, al eterno utilitario. Había dejado a Cuca y pasé a ser un canalla, de la peor calaña. El grupo se había roto y pasó a ser un fracaso. Solo hay extremos. O no llegamos o nos pasamos. ¿Qué será lo próximo? ¿Pasar a ser un desertor? ¿Pasar al enemigo? Si ese era el precio de pensar por mí mismo, de mantener mis principios, bienvenido.

Fito Páez

–Hola –reconocí la voz enseguida. Era ella, Ámbar. La luz retozaba en sus ojos violetas. Estaba preciosa, con el pelo muy rizado, con una malla negra ajustada que la hacía irresistible, con una sonrisa que se me antojaba libre. Había madurado. Ya no era la cándida Ámbar esposa de un tipo marcado por los años. Ahora era simplemente ella y estaba radiante. –¡Que sorpresa! ¡Qué alegría verte! –me abraza. Puedo oler su perfume. No quiero que se retire.

   –¡Cómo has cambiado!

   –¿Te gusto?

   –Me encantas. Estás... para comerte. Deliciosa.

   –Entonces, ¿tenemos alguna oportunidad?

   –¿Te me estás declarando?

   –No, qué va.

   –Pues entonces lo hago yo. ¿Quieres ser mi novia?

   –¿Qué haces de noche?

Nos reímos un montón y pasamos el resto de la tarde juntos. Ahora trabajaba en el Palacio de Computación. Justo donde estuve compitiendo con la máquina de rositas de maíz hasta hacía nada. Tenía que volver por allí. El encuentro con Ámbar esfumó todas mis preocupaciones. Me devolvía la sensación de tener todavía un montón de cosas por hacer en este mundo, de que había más que una razón para seguir adelante. Quedamos en volvernos a ver al día siguiente. Estaba feliz.

Llegué a la casa y me tiré en la cama. No quería pensar en nada. No sé si eso es posible. Solo tenía ganas de no pensar, de que pasara la noche y la mañana del día siguiente y de encontrarme de nuevo con ella. Entonces tocaron a la puerta. Era uno de los hermanos de Joel.

–Mira, mira lo que me hizo tu amigo –me dijo levantándose la camisa. Tenía una herida como si lo hubiera mordido un animal salvaje–. Mira el hueco que me ha deja'o.

–¿Qué ha pasado?

–Se ha quema'o G, al bróder le han salta'o los fusibles. El otro día llegó de la unidad y puso firme a to' el mundo en la casa, pero literalmente, ¡eh! Nos mandó a formar en la sala. Mi misión era buscarte pero, en lugar de eso, llamé a su unidad. Mandaron una ambulancia que llegó rapidísimo pero él no quiso subir. Decía que hasta que tú no llegaras ahí no se movía nadie. En un descuido me le tiré encima pa' inmovilizarlo y mira lo que me hizo. Se ha tosta'o consorte.

–¿Y ahora dónde está?

–En una clínica del MININT.

–Vamos pa' allá.

Me vestí de prisa y salimos. A pesar de Ámbar, el día todavía podía ser peor. La herida era honda y profunda. El hueso estaba casi al descubierto. Ya no había lugar para paños tibios ni medias tintas.

–¡Ññoooooooooooooooooo!
   –Coño, el Buda. ¿Qué tú haces aquí man?
   –No, no, no, no. ¿Qué haces tú?
   –Bróder, yo vivo ahí enfrente.
   –Ñooo… No jodas Aceite. ¿Cómo que tú vives ahí consorte?
   –Claro asere.
   –Entonces somos vecinos. Ñoooooo. Yo vivo en Neptuno, a cien metros de aquí.

   Esa conversación la habíamos tenido ya. Solo le preguntaba qué hacía ahí parado en la esquina, en medio de un apagón, con perra nota. Justo debajo del balcón donde se colgó Sergito una semana antes de que llegara Ana de Madrid. Me enteré que éramos vecinos, por lo menos dos o tres meses atrás, cuando lo recogí, en la misma esquina, con la cabeza sangrando. Estaba empastilla'o hasta las orejas. –Unos negros del barrio me arrancaron la cadena –me dijo–, era de oro. Me la regaló el puro. Pero yo sé quienes son. ¡Aquí to' el mundo sabe quién es quién! –gritó para todo el vecindario. Lo agarré y, después de dar dos o tres vueltas a la manzana, conseguí dejarlo en su casa.

   –Oye Aceite. Tú y yo tenemos que hacer algo bróder. Tenemos que meter una onda loquísima.

–Claro Buda, claro que tenemos que pinchar juntos algún día.

–Oye. Esto no es nota, ni ná. Desde que los vi en el parque Mariana me cuadraron con cojones. Es el único grupo que me ha cuadra'o infinitamente –echó una risita cien por cien suya con las cejas arqueadas–. Bueno, Hojo x Oja también, claro. Tú sabes que ya no estamos tocando ni ná. Primero se fue Fran, pa'l Lírico. ¿Tú sabes que está cantando en el Lírico? –asentí con la cabeza–. Eddi también, también se fue pa'l Lírico. Ño ¡Toda la gente de Hoja x Oja se va pa'l Lírico! A ver si voy a tenerme que ir pa' llá yo también –y me cantó un trozo de una canción de Guzmán[4] con la voz engolada y todo el sentido de la letra al revés. Tenía un galillo que parecía una soprano de verdad. *Sí puedo ser feliz. Si te puedo olvidar. No siento que te perdí...* –Así la canta una loca en Mazorra. Oye bróder, si te molesto, tú me lo dices. A lo mejor estoy aquí hablando pinga y tú estas pensando: ño, como habla pinga el Buda este pero es que me tomé unos alcoholes con Carlito y pillamos unas pastillas y unas rayitas y estoy un poco en nota. Cuando tú quieras te vas o me dices *cállate un poco Buda, déjate de hablar tanta mierda.* Oye Aceite, tenemos que hacer algo, en serio, tenemos que hacer algo de verdad. Ustedes no han seguido tocando ¿no? Ñoooooo, ¡tremenda mariconá lo del faster a Madrid!

–No. Perico se fue con Teatro de Sonido.

–¿Y Bebé? Ese tipo toca con cojones.

---

[4] "No puedo ser feliz" : Compuesta por Adolfo Guzmán con fecha 14 de marzo de 1954. Se comenta que la escribió para que la cantara Rita Montaner y que, por un cúmulo de acontecimientos, terminó popularizada por su amigo Bola de Nieve (Ignacio Villa). *Hay noches en que tengo que cantar tu canción tres y cuatro veces. El público la pide incesantemente y llora de emoción al escucharla* le escribió desde México el Bola. *Si aquella composición hace llorar tanto a la gente, pues no la cantes más* le contestó Guzmán. Por suerte el Bola no le hizo caso.

–Si pero hace rato que no pasa por su mejor momento. Hace bastante tiempo ya que no lo veo.

–Oye bróder ¿Es verdá que tú te singaste a su jeva?

–Coño Buda, pa' no vernos nunca, sí que estás bien enterado. Claro que no bróder. Eso es una paranoia de Bebé. Le dio por ahí.

–Eso pensé yo porque, entre tú y yo, esa jeba está pa'l parque. Y el Abuelo, ¿ya vino?

–No sé que decirte. Está aquí, si es a lo que te refieres.

–Ño ¡Qué pena asere! ¿No podrían retomar lo de España?

–No. No hay grupo, ni contacto –el Buda me miraba con cara de interés, luchando para que no se le cerraran los ojos, con una expresión de *tú sigue que, aunque parezca que no, me interesa mucho lo que me cuentas*–. Ana, la jeba del Wolf, la española que cuadró todo, se lo tomó muy mal. Nos insultó sin misericordia.

–No jodas. Asere, ¿tú has visto cómo tengo el tejo?

–Bróder, yo no veo ni pinga, pero a lo mejor es la luz.

–¡La onda loca esta asere! Se me ha caído el teja'o en na'. Ñoo bróder disculpa que te he interrumpí'o. Tú perdóname asere, pero cuando estoy empastillao hablo mierda con cojones. ¿De qué estábamos hablando?... Aaah, ya sé, del faster. Ñooo, tremenda singá la gaita, les puso coquito, ¿no? Pero ¿qué les dijo?... vaya, si no es mucha indiscreción.

–Puf... irresponsables, inmaduros, engreídos, tarados. Yo que sé...

–Pero coño, ¿qué culpa tenían ustedes de que mandaran al Abuelo pa' Angola? Encima que les despingan el grupo y les joden el viaje...

–Ya bróder pero en el mundo real las cosas funcionan de otra manera. Había gente que había puesto varo.

–Ya, pero yo sé quién tiene la culpa, ¡Yo sé quién tiene la culpa!

–Nadie tiene la culpa.

–Sí bróder, si… el capitalismo, el capitalismo tiene la culpa… pero yo se en quién tú estás pensando.

–Bueno, ¿y tú que haces?

–Ná. Descargando tremenda nota aquí contigo –dice y se despinga de la risa–. Na, en serio. Yo ahora no estoy haciendo ná de ná. Ah, es que te estaba contando antes y se me fue la cabeza. El grupo se fue a bolina asere. Estábamos tocando una mecánica ahí pero ná. Camilo también se fue, pero ese no se fue pa'l Lírico. Se quedó en Italia. To' el mundo se pira bróder.

–Pues entonces llegó nuestro momento Buda. Vente por el gao mañana con la viola y descargamos un rato.

–¡Ññoooooooooo! –nos dimos un abrazo.

–¿Nos vemos mañana entonces?

–Nos vemos mañana.

Hacía tiempo que quería tocar con él pero con Bebé, los dos juntos, era imposible. Tenían técnicas e influencias completamente distintas. El Buda era un clásico de la guitarra eléctrica. Sus armonías eran complejas, virtuosas pero determinantes a diferencia de las improvisaciones caóticas de Bebé. Sus solos eran espectaculares y repetibles. Improvisaba poco. Calculaba cada gesto, cada orden que daba a su instrumento. Era una mezcla de Steve Howe con Allan Holdsworth, de Pat Matheny con Alex Lifeson, de Steve Vai con Adrian Belew. Bebé era simplemente Jimi Hendrix, Ted Nugent, Thin Lizzy o Black Sabbath. Se podría decir que Bebé tocaba en blanco y negro y el Buda a todo color. Cambiaba de timbres continuamente, matizaba; trabajar con él podía ser una experiencia única.

Yo estaba solo, con muchas ganas de tocar de nuevo, de dejar atrás la línea que habíamos abierto. Quería experimentar, meterme en cosas nuevas y atrevidas. El Buda era el tipo adecuado que aparecía en el momento apropiado. Tocaba la guitarra el día entero. Mazorra lo mantenía en forma. Trabajaba allí como músico terapeuta. Él y Guzmancito, el hijo del maestro Guzmán, dirigían la orquesta. Había un montón de músicos impresionantes que, por una razón u otra, habían ido a parar al Hospital Psiquiátrico más famoso de la isla. Ellos le montaban repertorio, hacían los arreglos, ensayaban, daban conciertos dentro y fuera del Hospital. Allí les tenían gran estima. El Buda se la pasaba en grande. Tenía los ojos grises y una mirada maliciosa para cautivar a la mayoría de las enfermeras que le quedaban a tiro. Era un tipo simpático, alegre, bonachón. Era fácil conseguir cualquier cantidad de pastillas para drogarse cuando quisiera. Solo tenía que *tocar* alguno de sus contactos.

Otra vez, en aquellos difíciles días, el azar propiciaba una relación curiosa. Podría ser el inicio de una nueva etapa. Había tocado con más de diez bateristas, con varios cantantes pero solo con un guitarrista: Bebé. Wolf acompañaba pero él estaba más allá del bien y del mal. El Wolf era un artista. El Buda era un guitarrista. Mañana vendría con su viola. ¿Qué podría salir de aquello?

Mi madre anoche me llevó a ver el sol.

Reinaldo Arenas

–Mijito, tú tienes que venir conmigo a ver a Domingo.

–¿Quién es Domingo?

–Un amigo mío.

–¿Un brujo?

–Ay mi amor no le llames brujo. Con esas cosas no se juega. Respeta por lo menos chico. Hace rato que me tienes preocupada. Yo te he estado mirando y no me gustan nada las cartas que te salen.

Mi madre era santera. Siendo muy niña un día, paseando con mi abuela, la obligó a detenerse frente a una puerta. Nunca antes habían estado allí pero mi madre insistió que, esa puerta, la había visto en sueños. Mi abuela se negó a hacerle caso pero ella se puso tan impertinente que consiguió hacerla tocar. Abrió un señor de traje que fumaba pipa.

–Perdone señor. No quiero molestarlo pero esta niña se empeñó en que tocara. Me ha dado una pataleta...

–Usted es la esposa de Ramón, ¿verdad? –mi abuela se quedó de piedra. Mi abuelo Ramón había muerto un año antes trabajando en la bahía de la Habana. Era buzo, una mala descompresión le mató–. Pase señora por favor. Tenga la amabilidad.

–¿De dónde usted me conoce?

–No la conozco señora –le dijo–, pero cuando la vi en la puerta, con esa niña, supe que usted era la esposa del difunto Ramón. Mi más sincero pésame señora.

–Y usted, ¿quién es?

–Me llamo Faustino. Tenía algunos negocios con su esposo.

Mi abuela, por supuesto, no conocía ninguno de los tejemanejes de su marido. En aquella época la mujer vivía dentro de casa, cuidando de sus hijos, mientras el hombre traía el dinero de fuera. Mi madre miraba a su alrededor con una curiosidad insaciable. Mi abuela, perpleja, no acertaba a hacer nada coherente. «No puedo creer lo que me está pasando», parecía decirle con la mirada a mi madre. «Ves, ves como te lo decía», parecía responderle.

–Señora, no sabe cómo le agradezco que haya venido. Su esposo era, además de mi socio, un gran amigo. Yo no sabía cómo llegar hasta usted. Solo que Ramón tenía una esposa de nombre Rosalina y una niña preciosa. Por favor tome –le dijo entregándole una caja–, esto es para usted. Esto les pertenece.

Cuando mi abuela abrió la caja por poco le da un infarto. Había varios fajos de billetes. Aquello era mucho dinero, más de lo que nunca imaginó que llegara a contar alguna vez. La muerte de mi abuelo les dejó en una situación delicada, sin embargo, el hecho de haber tocado aquella puerta anónima, en la que ni siquiera había reparado, les devolvía muchos años de comodidad. Esa fue la primera demostración de los poderes de mi madre.

Luego, con los años, llevó la religión a su manera, de la forma más heterodoxa, pero de cuando en cuando tenía esos flachazos. Había que hacerle caso.

–Te voy a preparar unos baños con flores blancas, perfume y cascarilla pero yo necesito que tú vengas conmigo a ver a Domingo.

–¿Estás preocupada por algo específico?

–No hijo pero yo veo que tú estás sufriendo y aquí la cosa se pone cada vez peor y tengo miedo. Mira como ha venido ese amigo músico tuyo. ¿Cómo tú crees que se siente su madre? ¿Y Joel? Mira lo que le ha pasado a ese pobrecito. Un muchacho que lo he visto crecer contigo, que quiero como si fuera mi hijo y mira. Primero lo mandan a Etiopía, después se mete en las tropas especiales, luego se le muere la madre, y mira lo que pasa.

–No sé mami, supongo que esto es solo una mala racha.

–Si, si, si… pero esas cosas hay que atajarlas a tiempo. A mi me da igual que tú no creas. Yo lo único que te pido es que me acompañes a ver a Domingo.

Después de aquella conversación me quedé preocupado. Ella sabía, por supuesto, lo de la separación con Cuca pero yo no le había dicho ni una palabra de Joel, ni tampoco de la historia en el trabajo con lo de las Brigadas de Acción Rápida. No sé cómo se enteró pero desde luego, si parte de su preocupación era por las consecuencias de haberme negado a firmar, entonces sí que había que ir a ver a Domingo porque, una vez que cruzas la raya del bien y el mal, no hay vuelta atrás. Y las posibilidades son pocas.

–Muy bien mami. Vamos a verlo cuando quieras –le dije.

Reinaldo Arenas

La noche que vino el hermano de Joel a buscarme no pudimos verlo. Llegamos al Hospital muy tarde y el posta no nos dejó pasar. Cerca de La Estrella, en casa del carajo para el resto de los mortales, pero muy próximo a las unidades de Tropas Especiales y a la casa del innombrable, se encontraba aquel hospital exclusivo para miembros del Ministerio del Interior a medias entre una unidad militar y un hotel de lujo. El hermano de Joel sí lo conocía. Ese día me enteré que trabajaba para la contrainteligencia, de hecho, fue él mismo el que lo metió en Tropas. Pensé que a continuación, como ocurrió cuando me enteré que Nena era chivata, querría reclutarme pero no lo hizo y le di las gracias de todo corazón sin abrir la boca.

Joel, desde que éramos niños y mataperreábamos por los parques de la Habana del Este, preparando trampas a los ñeñeos, siempre tuvo un instinto estratégico y un sexto sentido para el riesgo y la acción. Era él el líder militar de la pandilla, el que garabateaba los planos de acceso a los edificios y redactaba las condiciones de liberación de los rehenes. Fue por su culpa que me quedé trabado en una ocasión en un pasadizo vertical que luego resultó un conducto condenado para botar la basura. Fue también por su causa que nos perdimos en la *fortaleza prohibida* de la Habana del Este, donde los niños decían que le habían cogido el culo a Monteagudo y nos cagamos de miedo cuando empezó a oscurecer y aparecieron unos guardafronteras y nos sacaron de allí. También fue idea suya hacer globos con los trozos de una sonda meteorológica gigantesca que cayó en la rotonda donde saltó volando el Güicho, lo que nos costó una semana de ingreso en el Hospital con una gastroenteritis que por poco nos liquida. Los tres mosqueteros: Pacheco, Joel y yo. Los tres en cama, uno al lado del otro, sin tener un mínimo de aliento para mirarlo y cagarnos en su madre o darle un buen yiti mientras nuestras madres planeaban qué podían hacer con nosotros cuando saliéramos de allí. Fue también por su causa que por poco nos atropella un carro cuando intentábamos pedir auxilio para llevarle al policlínico porque había perdido el conocimiento y nos cagamos de miedo porque pensábamos que se había muerto. Jugábamos a los espadachines encima del techo del Círculo Infantil, al lado del edificio 69. Yo peleaba contra él. Mis estocadas eran precisas y lo estaba arrinconando. Él daba un paso atrás y se acercaba cada vez más al alero, al vacío. Y yo seguía avanzando y él otro paso atrás y otro. Justo cuando llegó al borde recibió la estocada mortal pero no se tiró al suelo como hacíamos siempre. Él hizo una mueca de herida mortal y se dejó caer al vacío desde una altura de dos plantas como el mejor doble de una película de Herold Flin.

Igual que Bebé, Joel tenía un montón de hermanos. Todos nerviosos como él, todos entrando y saliendo mientras su madre apenas podía moverse por la casa de lo obesa que estaba. Cuando crecimos y nos dio por la poesía y la guitarra, fue él el primero en aprenderse todas las canciones *difíciles* de Silvio y de los Beatles. Después de que mi madre vendiera el piano y mi tío me regalara mi primera guitarra, convaleciente de una buena pedrada en un ojo, nos íbamos a la costa a tocar los tres; a compartir los acordes que alguno aprendía por ahí. Una vez que llovía nos fuimos al balcón de su casa a descargar. Joel vivía en un primer piso. Para llegar al balcón no hacía falta entrar por la puerta. Era más práctico saltar desde la escalera. Ese día, cuando más inspirados estábamos, su madre nos amenazó con echarnos un jarro de agua hirviendo si no nos callábamos. –No le hagas caso. –Que te estoy oyendo Joel. No jodas tanto que me duele la cabeza. –Coño mami, ¿dónde vamos a tocar? –Donde no los oiga, ya no los aguanto más –y seguimos tocando. De repente la vi venir por entre las persianas de la puerta del balcón. La mole se balanceaba con un jarro humeante en la mano agarrado con un trapo blanco por el asa. Todo sucedió muy rápido sin embargo, cada vez que lo recuerdo, lo veo en cámara lenta. Yo soltando la guitarra en el suelo y saltando por el balcón a la planta baja y Joel saltando atrás de mi de cabeza, como si se tirara a una piscina y las gotas de agua detrás de él, encima de su cabeza, sin llegar a alcanzarle. Luego el impacto, yo cayendo de cuclillas y Joel rompiendo caída como en la película más taquillera de Bruce Lee.

Nunca olvidaré a esa señora y nunca más descargamos en su casa. Cuando murió, ya Joel pertenecía a Tropas Especiales. Tenía *record* de salto en paracaídas. Algunos días repetía varios saltos cogiéndole el paracaídas a otro en cuanto llegaba a tierra. Él no sabía si lo habían doblado bien o mal o regular. Saltaba de nuevo cantando fragmentos de canciones de Silvio en el espacio. La gente de Tropas no lo admiraba, le temía. Era un temerario nato. De Etiopía regresó con cualquier cantidad de condecoraciones al valor sin un rasguño. Vino igual de contento que cuando se fue. La guerra no pasó por él. –Esa es mi pincha –me decía–. Tú programas y esas cosas... y yo tiro tiros.

La obesidad mató a su madre. Le falló el corazón. Joel vino a buscarme. –Arriba G, vístete que nos vamos pa' la funeraria. Se murió la Gorda –así era como la llamaba cariñosamente. Era su Gorda. Cuando llegamos a la funeraria ya Pacheco estaba allí, inmóvil al lado del féretro. Nos aburríamos y fuimos a verlo aunque yo no quería verle la cara a su madre. Siempre he preferido quedarme con la memoria de los vivos. Pero Joel se antojó que la viera. Nos acercamos. Parecía dormida.

–Pobrecita. El infarto le dio cuando se bañaba por la mañana. Tuvimos que llamar a la ambulancia pa' que la sacaran del baño. Yo creo que se murió con to' el lío que armaron pa' poderla sacar.

–No jodas Joel. Seguro que fue cuando ustedes la sintieron caer –miré de reojo a Pacheco y observé que vigilaba el reloj fijamente–; ahora no te vayas a sentir culpable.

–¿Tú qué opinas? –le preguntó a Pacheco. No respondió. Le hizo señas para que se esperara un momento. Me miró desconcertado. Pacheco se puso rojo como un tomate. De pronto se llenó los pulmones de aire.

–Uff. Un minuto. Lo conseguí. Ya puedo aguantar un minuto la respiración –Joel lo agarró por el brazo y lo sacó a trompicones de la sala–. Mi madre no se muere todos los días sabes –le dijo.

–Coño discúlpame Joel. Perdóname, te lo juro.

Al final lo perdonó pero yo sentía que Joel perdía cada vez más el control. En el cementerio recibió el puntillazo. Se empeñó en que yo fuera uno de los que cargara el féretro. Era enorme, pesaba más que un matrimonio mal llevado. Yo estaba fuerte, era deportista y Joel también estaba en forma pero el resto lo estaba pasando francamente mal. Cada vez era más difícil mantener la coordinación. El paso vacilaba. Cuando ya estábamos llegando al agujero, cuando ya casi solo faltaba bajar el ataúd, una esquina se vino abajo. La caja calló estrepitosamente, se abrió y la Gorda se fue de cabeza al agujero. Había un montón de gente. Nadie sabía que hacer. Al final Joel empezó a dar gritos como un loco. Yo me metí en el hoyo con uno de sus compañeros del ejército y entre los dos pudimos alcanzársela a otros que desde arriba consiguieron sacarla. Un peso muerto; menuda diferencia. Todavía recuerdo aquel olor penetrante de un perfume de hierbas barato, formol, éter y quién sabe qué. Al final pudo terminar la ceremonia que me impregnó por los restos de los restos. Uno de sus hermanos leyó un discurso que traía escrito mientras Joel lloraba sin parar a cien metros de distancia. Nunca antes había visto llorar a alguien así, tan estrepitosamente. De aquel golpe no se recuperó jamás.

Después de la muerte de su madre nunca volvió a ser el mismo. Algún tiempo después no quiso abandonar una guardia. Pasó tres días sin dormir, desacatando la orden de sus superiores de abandonar su puesto. Al final las fuerzas le fallaron y se retiró. Le dieron un descanso, lo mandaron a casa para que se recuperara pero no pudo. Cuando llegó puso a todo el mundo en atención y mandó a buscarme. Y yo fui, no podía fallarle, pero cuando llegué, no me dejaron verle.

Me encontré con Ámbar en la escalinata del Capitolio. Era mediodía. Había un calor pegajoso, abrasador. No era fácil huir del indio. En la puerta del cine Payret un tipo vendía periódicos atrasados. –¡Ventilador'e mano! –pero Ámbar me esperaba sentada como si fuese primavera. Se había arreglado, estaba preciosa. Nos saludamos con un beso. Cuando nos apartamos pude ver sus enormes ojos violetas. Era irresistible. Sus labios carnosos invitaban a morderlos. Nos dimos un piquito, apenas un leve roce y volvimos a mirarnos. Los ojos grandes y expresivos coqueteaban, sus cachetes se sonrojaron, nos lanzamos uno dentro del otro y nos dimos un beso largo, muy largo; lo suficiente, como para poder poner un poco al día esos sentimientos sin palabras, reprimidos a la fuerza, eso que nos habíamos perdido, para recuperar las ganas aplazadas por unas condiciones que ahora nos dejaban disponibles. Éramos libres y ejercíamos ese primer derecho de trascender la correspondencia espiritual y hacerla tangible, orgánica. Los dos temblábamos de deseo, de pasión, de miedo. Sentía que aquel encuentro era trascendental y no por ese instante, sino por todos los que nos arrastraron a él sin poder evitarlo, por todas las casualidades imprevisibles, porque parecía que el universo se confabulaba para que esto sucediera. Sentía que a ella le ocurría lo mismo. Ya podía explotar la mayor catástrofe pero ese momento nos pertenecía en la más absoluta libertad de elección. La felicidad nos acariciaba, el parque parecía diferente, la ciudad también.

–Sabes que me voy a tener que ir pronto.

–Noooo –era un no de pena, sensual, de…–. ¿Cómo me haces esto? Pensaba que tendríamos toda la noche para nosotros.

–Ojalá –le dije entre besos– pero ayer un amigo, que es como si fuera mi hermano, por poco le arranca el brazo de una mordida a… –su expresión se deformaba–. No, no, no te asustes, ya todo está bajo control, lo han ingresado. Anoche fui al hospital a verlo pero no me dejaron.

–Pero si a esa hora ya no hay visita.

–Ya, pero como me reclamaba y las circunstancias, normales, normales, tampoco es que fueran, pensé que iba a poder entrar y verlo, que iban a hacer una pequeña concesión.

–Oh, que pena.

Hubiera dado cualquier cosa por quedarme con ella. Por oírle decir otra vez la misma frase: «Oh, que pena». Marcharme, en cualquier momento de esa tarde, era un auténtico *coitus interruptus*. El sol caía y sus ojos se tornaban grises, de un tono azulado, limpio, cristalino. Nos quedamos abrazados mucho tiempo, acariciándonos lentamente, las manos, el pelo, había que atenuar la fiera que rugía desde el interior, desde unos sexos llorosos y empañados.

Me fui con la sensación de haber cometido un crimen; sin embargo disfrutaba de una calma completamente inédita. Me sentía extraño. Sentí pena por Cuca, porque mi infelicidad se desvaneciera de esa manera. Yo la adoraba, la quería sin remedio pero aquella situación no era práctica. Nos hacía demasiado daño y la vida no es eterna. Sentí tristeza por ella, por dejarla sola con todo nuestro dolor, por mi felicidad. Pensé en la frase de Silvio: *quiero que me perdonen por este día los muertos de mi felicidad,* que siempre me había resultado extraña, pero ahora venía como anillo al dedo y la comprendía palabra por palabra. Pensé en que daba igual que la serenata fuera diurna o nocturna. Pensé en las dos durante todo el viaje. Tratando de calcular lo incalculable, de sopesar lo irremediable, de asimilar los nuevos derroteros que amanecían. Era feliz. En ese momento me sentía capaz de todo, de mandar a la mierda a todo lo que amenazara con quebrar ese segundo, de entregarme a la música de nuevo, de *resetear* el contador a cero, de abrazar a Joel, ahora que me necesitaba.

El problema no es de antena, es de televisor.

Cuando entré a la habitación vi a Joel de pie, de espaldas, mirando a un punto fijo en la nada. Parecía un *Hombre Mirando Al Sudeste*. Se dio la vuelta.

–¡G!, coño G al fin te han dejado verme.

–Ayer vine pero no...

–Ya, ya se que no te dejaron entrar, aquí tienen controlado a todo el mundo –me susurró al oído–, no ves que aquí están todos los locos del Ministerio del Interior: los de la Seguridad del Estado, los de Tropas Especiales, los de la Policía. Aquí está la *crème* de la *crème*, la locura más peligrosa –la verdad, así no me parecía nada mal. Solo la ansiedad y esos ojos rojizos desenfrenados delataban su desliz–. Bróder, he descubierto que tengo poderes –«acabas de cagarla»–. Puedo hacer lo que quiera. Lo que me de la gana. Dime algo que se te ocurra, dime.

–No hace falta.

–Mira, si quiero pararme de cabeza en un dedo puedo –se abalanzó al suelo.

–Deja, deja. No hace falta que me lo demuestres. Te creo.

–Mira –me enseñó un paquetico de hojas pentagramadas con un pulso tembloroso repletas de notas–, la he escrito esta noche. Me dieron sedante pero conmigo no pueden. Me desperté a las tres de la mañana y me puse a escribir. Es una sonata. Puedo hacer lo que quiera. Tengo dotes G, soy un

genio, un superdotado. ¿Qué te parece? Yo no lo sabía –
susurró.

Miré detenidamente las hojas. Yo no leo a primera vista ni
mucho menos pero aquellos apuntes tenían sentido.

–Eres un caballo –le dije y me di cuenta que probablemente
había metido la pata y se pondría a relinchar de un momento
a otro pero no lo hizo. Entendió la metáfora y cambió de tema.

Me senté en la cama y lo oí sin parar hasta que vinieron a
buscarnos para comer. Después de la cena dimos un paseo de
reconocimiento por el *lobby*, una especie de entresuelo a unos
tres metros de altura, y volvió con sus poderes.

–Cualquier cosa, cualquier cosa que me proponga la puedo
hacer. Igual que Gorbachov. Fíjate lo que hizo, puso patas
arriba a la gran potencia, al estado más poderoso del mundo.
Igual que Bach, que Einstein, o Superman. Mira –apenas tuve
tiempo de reaccionar. Se tiró de cabeza por encima de la
barandilla. Salí tras él y pude agarrarlo por el tobillo.
Enseguida apareció un ejército de batas blancas–. ¡Déjame
coño!, ¡no tengas miedo!, ¡no me va a pasar nada! ¡Déjame
demostrártelo! –me gritaba con los brazos abiertos. De repente
estaba arriba, tumbado en el suelo. No me enteré cómo, ni
cuando, lo izaron.

Se lo llevaron corriendo en volandas. A mí me ordenaron
que esperara en el salón de abajo, que me avisarían, que no me
moviera de ahí hasta entonces. Después de casi una hora de
silencio, llegó una enfermera con la bata muy corta y ajustada
y las tetas reventonas. –Ven acompañante –me dijo con una
voz de soprano ligera–, ya puedes pasar. Ahora está dormido.
Está bajo los efectos de los sedantes que le hemos suministrado
vía intravenosa así que hasta mañana no creo que reaccione.
Puedes quedarte a dormir si quieres porque la cama de al lado
está vacía. A él le vendría bien. Hasta lueguito –según se fue
me quedé pensando a qué ángulo corresponderían esas tetas
según la teoría geométrica de Bebé. No era recto
(perpendiculares), no era agudo (mirando pa' arriba), ni

obtuso (mirando pa' abajo) así que se quedan en cóncavo (pa' arriba, pa' abajo y pa'l frente, todo a la vez).

Joel estaba muerto. Tenía una respiración pesada. Probablemente la dosis había sido de elefante. Los antecedentes esquizofrénicos de Bebé habían conseguido despertarse y estirar los brazos. El breve contacto del Abuelo con el peligro, la violencia y el verde olivo había hermetizado su boca, apocado su ímpetu, apagado su visión. Ahora era, *Solamente, Un ser triste*. Joel nunca fue muy ortodoxo pero su locura era fresca, sana, exuberante, vital. La justa para vivir a plenitud, para que nada pareciera imposible, para que diera igual si llueve y el cielo esté gris o azul.

Ahora había muerto. Nunca más volverán a brillar sus ojos. Era un Zombi. Los sedantes habían sido cuidadosamente programados. Me acosté y cerré los ojos pero no pude dormir. Estaba eufórico, quizá Joel me pasaba una transfusión telepática. Eché otro vistazo a la sonata. Verdad que era un mostro el cabrón. Quedaba una hoja limpia. Decidí rendirle mi propio homenaje. Escribí unos versos y le puse música. Ya tenía una idea para trabajar con el Buda, para seguir adelante.

Si te sembraste flores en la luna
si una neurona echó a rodar, más
si das respuesta a todas las preguntas
si al fin hallaste tu lugar

las alas se abren de cualquier espina
si tú garganta rompe un ras
si tú llegaste y se juntaba el día
si tú multiplicaste el sol

si te fugaste dentro de un eclipse
si en una ola echaste el mar
si a media noche viste una mañana
si te soñaste algún color

bailemos juntos en cualquier esquina
tiremos ganas al cielo
que nuestra lluvia arrastre todo miedo
que el aire tiemble de pudor

Las raíces donde mejor están es bajo tierra.

El Buda llegó con su guitarra, una Ibanez roja con un aditamento especial MIDI injertado por detrás. Lo que más cerca le quedaba a aquello en mi recortada experiencia musical era una guitarra sintetizador, probablemente Roland, que había visto a Pablo Menéndez un montón de años atrás. El Buda no sabía para que servía aquella cosa prieta con ese conector tan raro. Simplemente la había comprado así, con ese implante desconocido. Tuvo que vender todos sus discos, lo mejor que tenía de ropa, su antigua Jolana semicaja checa y quedarse todavía debiendo dinero pero la consiguió. Teníamos que volver al Palacio como fuera, ahí estaban los módulos de sonido y el teclado para dispararlos con la viola. Las posibilidades se multiplicaban. Además tenía tres pedales: un *distortion*, un *chorus* y un *flanger*. Mucho más de lo Bebé llegó a aspirar siquiera; para él un *fuzz* bastaba y sobraba.

Le tarareé la melodía que compuse para Joel y arregló un acompañamiento enseguida. En muy poco tiempo tuvimos bajo y guitarra completo. Había que seguir. Estuvimos improvisando y dejamos esbozado un tema, el primero que hacíamos juntos. Era un tipo metódico, actuaba con conocimiento, se fijaba, me seguía, me arrastraba. Bebé actuaba por impulsos, probablemente dominado por esa otra voz que habitaba en su cabeza. El Buda no, se dejaba llevar pero su instinto lo devolvía. Aplicaba, además, una enorme sensibilidad y expresividad sobre el instrumento. No solo en la forma de hacer vibrar las cuerdas y de usar la púa. Usaba todo lo que tenía a mano: la palanca, el conmutador de los micros, los controles de volumen, ¡hasta el de tono! Por primera vez, degustaba el placer de la memoria musical, de la repetición, del matiz, todo a la vez. Después de tocar varias horas, quedamos en volver a vernos en unos días. Volvía la vida pero necesitaba algún tiempo para organizar mi otra vida.

Del Vermona había heredado el pedal de volumen, así que aproveché la pausa para adaptárselo al Buda. Ahora podía jugar con la frecuencia y el volumen a la vez mediante la palanca y el desproporcionado pedal de pie. Era más fácil controlar el ataque y hacer trémolos y vibratos simultáneamente; lo que le permitía producir unos sonidos extraños, misteriosos, inestables. Seguimos componiendo. En varias sesiones hicimos unos siete temas. Lo mejor era que no se parecía en nada a lo que habíamos hecho antes. Hojo x Oja me gustaba, de hecho, fue de lo mejor que oí por aquellos tiempos; no debería faltar en cualquier compilación de *rock* cubano. Nosotros trabajamos la música más bien en texturas. No había un instrumento más importante que otro, salvo en las improvisaciones, claro.

Pinchábamos mucho pero lo importante era el conjunto. En Hojo x Oja, en cambio, cada instrumento particular tenía demasiado peso. Todas las voces eran importantes. Se podría decir que nuestra música era más vertical, más la suma de todos los componentes, a diferencia de la de Hojo x Oja que era más horizontal. Cada línea competía con el resto. La admiración mutua hizo posible una onda nueva, sin lastres del pasado. Cuando aquello cuajaba apareció Wolf.

–¡Aceitón! ¡Coñooo, el Budapest! ¡Qué sorpresa! No sabía que estaban compincha'os.

–Empezamos hace muy poco y eso que somos vecinos.

–Ah verdad, que el Buda vive allá arriba. ¡Coño!, ¡ahora si que van a meter durisísimo!

–¿Y tú?, ¿dónde estabas metido? Ya ni sé el tiempo que hace desde la última vez que te vi.

–Pinchando bróder, vendiendo muchos cuadros, reuniendo un baro, me piro.

–¡¿Cómo que te piras?!

–Me piro asere. No aguanto más la pinga esta.

–Pero adónde te vas.

–Pa' donde sea. Ya tengo el baro pero todavía no sé pa' donde pirarme. Probablemente me case con una jebita que me va a sacar, creo que es egipcia. Te imaginas al Wolf con los camellos por las pirámides.

–Estás arrebata'o mostro.

–Esto es lo que me tiene arrebataito Aceite. Ya no puedo más con esta mecánica. Me piro pa'l desierto, pa' donde sea. Aquí me estoy disecando sin vendas *man*.

Me acordé del autorretrato que pintó cuando estuvo preso por robar aquella guitarra. Su cabeza en pedazos sostenida por un cuello, viejo y escamoso, aferrado a la tierra por muchos brazos. Wolf quería cortar las raíces, arrancar las uñas, desenterrarse, huir bien lejos de los Ministerios de 1984. Le daba igual que a su lado el lenguaje pareciera música con paisaje de pirámides de verdad, con muertos dentro a más de 40º de temperatura fuera. Estaba decidido a morir para nacer de nuevo.

Me encontraría con Ámbar despúes de la visita a Joel en el Hospital. Era tarde pero al menos podíamos vernos un rato. Joel apenas se inmutó cuando me vio. Le ayudé con la comida. Estaba completamente grogui. Se babeaba un poco y no podía articular palabra alguna. Parecía que el simple movimiento de mover la mandíbula le agotara infinitamente. Estuve contándole que habían retirado la revista Sputnik. La Glásnost empezaba a sacar la mierda a flote y el Partido se inquietaba dando palos de ciego. Habían justificado la acción con un extenso comunicado en el Granma poniendo a parir a los rusos. Era curioso. Ahora los *hermanos*[5] eran incapaces de hacer algo bien. Los que hasta hacía nada eran la potencia espacial ahora resulta que fabricaban chatarra: aviones incómodos, tragones insaciables de combustible, dispositivos portátiles porque no se atornillaban al suelo, calculadoras portátiles calefactoras, etc., etc., etc. La vanguardia tecnológica era retrasada y obtusa. Con que facilidad podían cambiar el discurso sin que nadie reparara en el contenido. La reacción era ídem, como si toda la vida hubieran dicho exactamente lo

---

[5] Con los *bolos*, que era como también se llamaba despectivamente a los rusos, se bromeaba, parafraseando al Partido, llamándolos hermanos porque a los amigos uno los escoge pero a los hermanos no.

contrario. Las consignas cambiaban de destinatario sin consecuencias.

Tampoco quería crearle más problemas a Joel de los que ya tenía. Sabía que era vulnerable y especialmente sensible con el tema de la descojonación de la Unión Soviética, pero apenas seguía a Roque Santeiro así que no podía ponerlo al día con la telenovela. La propia enfermera nos contó los últimos episodios del señorito Malta. «Que manía de ponerse reventona». Apenas comió, Joel se quedó rendido. Lo habían convertido en un espectro plano sin ruido de fondo; igual que cualquiera de los otros alelados con los que tropezaba por el pasillo cuando salía a buscarle agua o alguna medicina. El fantasma General de no sé qué Departamento o la momia soldado de la Tropa X, o la rubia emperifollada que dice haber sido secretaria personal del mismísimo Comandante en Jefe. Me fui apenado, muy apenado, de dejar a Joel en ese estado, en ese manicomio; contento, muy contento, de ir a encontrarme con Ámbar y triste, muy triste, de no poder evitar estar contento por ello.

Aún no había cerrado el Palacio, así que fui a recogerla. Nos comimos juntos la hamburguesa más rica de aquella época y dimos un paseo por el Malecón. Había llovido y la acera estaba llena de charcos y el ambiente más húmedo que de costumbre amenazando en convertirse en aire frío. Esa temperatura que agradece cualquier cosa ligera sobre la piel. Nos abrazamos y anduvimos así todo el tiempo besándonos cada pocos pasos.

–Vamos a mi casa –me dijo.

–¿A tu casa? ¿No es muy tarde para ir a tu casa?

–Por eso. Cuando lleguemos mi madre estará dormida y cuando nos levantemos ya se habrá ido al trabajo.

–Uhhmmmm. ¿Estás insinuando que dormiremos juntos?

–Si tú quieres.

El viaje a su casa fue infinito, a pesar de que la guagua llegó pronto, incluso que iba casi vacía y que no teníamos que hacer transbordo. Algunas luces pasaban tras la ventanilla movidas por la velocidad. Luego volvía la negritud de la oscuridad, un universo propio sin escenario, ni ruidos, solo con los chasquidos de nuestros dientes y el roce de la carne, como una placenta tibia, aislante, donde era imposible estar más a gusto. En esa intermitencia transcurrió aquel trance. Por último unos bloques apagados, una puerta y otra.

Entramos a su cuarto sin hacer ruido, conteniendo la respiración. Nos desnudamos suavemente, sin prisa. La piel parecía febril. Temblábamos. Ámbar se apartó un segundo, solo el tiempo necesario para alcanzar el *play* de la grabadora. *Passion*, la banda sonora de *La Última Tentación de Cristo*, de Peter Gabriel, una música sensual y exótica brotó suavemente de los altavoces vibrando sobre nuestros cuerpos desnudos, acariciándonos, envolviéndonos, aislándonos. El placer era total. Cuando me hundió dentro de ella, sentí un beso húmedo y tibio en la única parte de mí a punto de estallar. Sus movimientos sintonizaban en perfecta armonía con mis vibraciones. Gozamos perdidos en el tiempo, volviendo a ese universo de los sentidos donde el sonido de la sangre fluyendo marca el ritmo de un compás vital para los dos, donde los límites de los cuerpos se confunden y se pierde el sentido de la espacialidad. Cada gemido que llegaba a mis oídos mordía algún nervio dentro de mí, disparaba un impulso que me elevaba aún más dentro de ella, que me irrigaba hasta el dolor. Un fragmento de un poema del Wichy se fusionaba con Peter Gabriel.

A los pies de la pareja el niño duerme.
Ella quisiera gritar que ya se viene, él quisiera gritar que ya se viene.
Pero el niño duerme.
Es por eso que el beso que se dan es, más que beso, mordaza.

El niño es su madre. Los dos implosionando en silencio. Su éxtasis parecía infinito y una y otra vez llegaba al clímax incapaz de abandonar el deseo. Cuando tuve la sensación de destrozarla, de reventar dentro de ella, nos fundimos en el delirio, en un abrazo largo y ondulante, una caricia que de nuevo se volvía indefensa, una explosión sordomuda. Así estuvimos sin medir el tiempo, con la sensación de haberlo poseído. Al parecer era muy tarde porque los dos teníamos hambre. El *cassette* había parado en algún momento. Volvíamos a la realidad.

Se levantó. Era más bien pequeña, con un culo hermoso y musculoso y una tetas pequeñas pero bien puestas. Estábamos empapados de sudor pero no podíamos movernos mucho dentro de la casa para no despertar a su madre. Se fue a la cocina y trajo un par de bocaditos de jamón y zumo de naranja. Ciencia ficción para tiempos difíciles. Encendió una lámpara muy pequeña al lado de la cama y comimos. Disfrutaba de su sonrisa, de su suavidad al tacto, de su compañía. En la mesita había varias fotografías, todas a color. En una de ellas, un rubio vestido con un *overall* azul de trabajo, con un cinto cargado de herramientas para reparaciones eléctricas y un casco amarillo, sonreía de cuclillas en el portal de una casa nevada. Al lado, el mismo modelo posaba tras Ámbar rodeándola por la cintura en una villa turística al lado del mar.

–Luego te cuento quien es porque... es importante que lo sepas.

–No me habías dicho que tenías a alguien.

–Si y no. Quiero decir, que no hemos tenido tiempo de hablarlo y que no es alguien en mi vida, importante sentimentalmente, quiero decir, pero si que tengo una relación con él, pero prefiero que lo hablemos mañana. No ahora que me siento tan feliz.

Sentí como si me cayera un chorro de agua fría encima. Como si la nieve de la foto se derritiera y precipitara sobre mí. El encuentro con ella había sido un regalo, había permitido consumar una atracción mutua pospuesta por los prejuicios y las normas moralinas que nos llegan empotradas en los genes;

cuerpos polígamos atrapados en cerebros monógamos. El pasado había sabido ser paciente, el presente era ella y yo desnudos en aquella habitación después múltiples orgasmos, sin piedad, delante de aquellas fotos. ¿Para qué pensar en el futuro? Volví a acariciarla. Entonces se sentó sobre mí y me miró con picardía: –Todavía falta lo mejor –dijo y después de una larga frase calculando el impacto de sus palabras, concluyó–: el postre.

Cogió un vasito de yogur y lo vertió gota a gota desde la mitad del pecho hasta el ombligo. Me estremecí. Estaba frío. Se apartó hacia atrás para dejar que mi pinga se acomodara en su vulva. Sonrió y siguió marcando el camino de vuelta hasta llegar a la punta, hasta desde donde escurría para filtrarse dentro de ella. Luego se dio la vuelta dejando como única visión unas nalgas macizas que convergían en un agujero muy oscuro contrayéndose, dilatándose, descontrolado. Una hilera de pelos pegados por los flujos, por el sudor y el yogur acuciaban el suave movimiento de su boca en mi pinga. Lamí aquel paisaje y en cada recorrido sentía la correspondencia del placer en aquel trozo mío que acariciaba su lengua. Tuvo un orgasmo que la obligó a elevarse. Luego me bañó con su saliva, borrando cualquier rastro de ese postre y siguió así, sentada sobre mi boca, contemplando mi erección desde arriba, calculando el momento de engullirla en su cuerpo. Se balanceó lentamente. Permitiendo que mi lengua pudiera recorrer su bollo entero, que sus flujos se vertieran libremente. En el instante preciso avanzó sobre mí para llegar al éxtasis herida por mi carne, penetrada hasta donde era imposible penetrarla más.

Y así seguimos el resto de la noche, moviéndonos de lugar, descubriendo dónde la excitación mitigaba el dolor, hasta que la quemadura disparó la alarma. Fue entonces cuando me derramé de nuevo dentro de ella. Cuando parte de mí se perdió en su inmensidad. Nos abrazamos exhaustos y cerramos los ojos. Amanecía.

Nos levantamos tarde. Tanto, que tuvimos que posponer la conversación de aquellas fotos para otro momento. Me fui a mi casa, me di una buena ducha y me tiré en la cama. Iba a llamar por teléfono al trabajo para decir que estaba enfermo cuando sonó el timbre.

–¿G?

–Sí, soy yo. ¿Quién es?

–Manduca. Bróder ¿dónde estabas metido?

–Acabo de llegar. Iba a llamar ahora mismo para decir que estaba enfermo.

–¿Y qué es lo que te pasa?

–Nada. En realidad es que no he dormido nada y... mira la hora que es.

–No llames a ninguna parte. Vamos a hacer una cosa. No te muevas de ahí que yo voy pa'llá a verte ahora mismo.

–¿Pasa algo?

–¡Qué si pasa! Esto está en candela –hubo una pausa.

–Manduco, man...

–No mi amor, ahora no puedo explicarte. Si, si, mi vida, ahora mismo voy para allá. Anabel, en veinte minutos estoy ahí. Un besito. Muá –y se cortó la comunicación.

Manduco trabajaba conmigo. Al igual que la Nena era confidente de la Seguridad del Estado pero, a diferencia de ella, no lo hacía por placer. Manduco era mi hermano. Él fue de los primeros en ir a Etiopía, de los que bailaron el mambo con la mala. Cuando llegó le dieron varias condecoraciones, que de nada le valieron luego, y la nueva misión de colaborar con la Seguridad del Estado de informante.

Un tiempo después falsificó un documento para justificar el nivel preuniversitario que le exigían para ocupar un puesto en la empresa y lo partieron. Por aquella época se estaba divorciando y su hijo la estaba pasando muy mal. Para amortiguarle el golpe iba a verlo a diario a casa de su madre y descuidó los horarios de la facultad donde terminaba unos estudios equivalentes a Preuniversitario. Al final suspendió. Aunque trabajaba de analista de sistemas, su salario era de programador. Para que definitivamente le diesen ese puesto de analista y subir de categoría salarial falsificó con poca fortuna el Diploma. La sanción fue trabajar en la cocina durante dos años, con el sueldo de un auxiliar de cocina. Nos presentaron mucho antes. Era la mejor persona que había conocido hasta entonces. Enseguida nos hicimos inseparables y después de aquello mucho más. Lo ayudé todas las veces que pude. Me dejó pagarle sus *tickets* de almuerzo, le llevé las cajas de cigarro que me tocaban por la libreta, y estuve pendiente de su vida como si fuera una extensión de la mía.

Cuando, a causa de la Nena, me negué a trabajar para la seguridad del estado, a él le dieron la tarea de vigilarme de cerca, de averiguar por qué me había negado, si realizaba alguna actividad ilícita, con quién me juntaba, quiénes eran los del grupo de *rock*, por qué tenía el pelo largo… Supongo que estaban convencidos, pese al castigo consentido, de que su integridad revolucionaria estaba por encima de la moral. En definitiva, que me echaría pa'lante como el carrito del hela'o; sin dudarlo. Pero se equivocaron de cabo a rabo.

–Bróder, me han preguntado un montón de cosas acerca de ti –sacó el tema un día.

–¿Tú...?

–Si. Eso mismo –me respondió gesticulando como si tocara la trompeta –¿Qué se le va a hacer? Después de Etiopía me la metieron dobla'. Esto solo lo sabes tú porque yo no se ni pinga y tú eres mi hermano y yo no me voy a prestar pa' esa mariconá contigo. Así que tú tampoco sabes na'. Me dices qué cojones quieres que diga y eso es lo que les diré.

Nos divertimos montando la película, creando al personaje, pero sabía que no podíamos pasarnos. Con ese fuego no se juega. Podíamos arder los dos. El fuego amigo es mucho peor que el fuego enemigo, llega antes, por la espalda y con más daño. Cuando me llamó ese día, me vino a la mente la historia de la firma para las Brigadas... «Ya empezó la fiesta, que poco dura la felicidad en casa del pobre». Llegó enseguida y confirmó lo que temía.

–Bróder. Están puestos pa' ti. Ayer hubo una reunión de amboris comuñangas y el punto principal del orden del día eras tú. Problemas Ideológicos, con mayúsculas. Fíjate cómo es la cosa, que hoy me llamaron de donde tú sabes pa' lo mismo. Asere, ¿tú no puedes firmar ese papelito de pinga y quitarte la cruz de los socingaítos estos de encima?

–Lo siento Manduco pero no es simplemente firmar un papel. Ya yo pasé por esto y tú lo sabes y no quiero volver a verme involucrado en ninguna historia de estas. Ahora son los Panamericanos ¿y mañana? Mañana ¿qué coño van a pedirnos bró?

–Asere, ¿usted no puede hacer lo que hace todo el mundo en este país? Firma consorte y luego no haces ni pinga. Aquí lo importante no es lo que hagas o dejes de hacer, sino que estés dispuesto a hacerlo o no. ¿Tú crees que yo voy a hacer ni pinga? Yo no voy a aparecer por ninguna parte. Les diré que me enfermé, que se me murió el rabo, que me cayó comején en los dientes y ya está. Me van a poner justificado y aquí no pasó ná.

–No se. Estoy hasta la pinga ya de todo esto.

–Entonces ¿qué vas a hacer?

–Me piro.

–¿Cómo que te piras?, ¿del país?

–No bróder, de la empresa. Voy a pedir la baja.

–Asere, ¿usted no puede hacer las cosas como un ciudadano normal?

–¿Me estás insinuando que soy anormal?

Pero los dos sabíamos perfectamente a qué se refería. Era simplemente una conversación retórica. Cogí un papel y redacté una carta pidiendo la baja ipso facto.

```
A quien pueda interesar,
No quiero ser partícipe de la mediocridad que se
ha ido instalando en esta empresa, ni de la
arbitrariedad de los que, diciéndose
revolucionarios, perjudican seriamente a la
Revolución con su ineptitud. Ruego se me conceda
la baja inmediatamente.
```

La firmé, la doble y me la metí en el bolsillo.

–Vamos, te acompaño.

–Estás *crazy man*. Esto es saltar desde el último piso del trampolín con la piscina vacía.

Durante el camino me contó cómo habían cuadrado lo de los Juegos. Era de risa. Habían asignado a cada militante una serie de eventos. Lo habían hecho al azar, para que no hubiera favoritismos. Al final consiguieron que, al que quería ver Boxeo le tocara Natación o Gimnasia Rítmica. Al que quería ver Tenis de Mesa, Pelota. Una locura. Luego estuvimos especulando acerca de la reacción de la dirección de la empresa. Yo llevaba varios proyectos de investigación importantes. A lo mejor, para joder, querrían retenerme seis meses, que era lo que permitía la ley o, al menos, eso creíamos.

Cuando llegué, el Director estaba en su despacho. El también, por supuesto, era del Partido y del Sindicato.

–¿Puedo hablar contigo un momento? –le pregunté.

–¿De qué se trata? –no pareció inmutarse.

–De mi baja –se inclinó hacia delante en un acto que se me antojó premeditado, esperado y que aproveché para dejar mi carta encima de su mesa. La leyó frunciendo ligeramente el ceño. Luego volvió a mirarme.

–¿Eso es todo? –preguntó.

–Si. Eso es todo.

–Bien. Pásate mañana por Personal a recogerla. ¿Algo más?

–Nada más. Adiós.

Cuando se lo conté a Manduco no daba crédito. Baja instantánea. Al que menos, le habían demorado dos meses en dársela y a mi me la darían, firmada, en menos de dos días. Salí a la calle y me sentí liberado. Era imposible calcular cuánto de caro me saldría el atrevimiento pero en ese preciso momento advertía que me quitaba una enorme lápida de encima. Llamé a Cuca para decírselo.

–He dejado el trabajo –le dije.

–Últimamente lo dejas todo.

–Solo quería que lo supieras y saber de ti. ¿Qué tal estás?

–¿Cómo quieres que esté? –se hizo un profundo y oscuro silencio. Cuando estaba dispuesto a decirle que lo sentía, que me disculpara por llamarla, volví a escucharla.

–Quiero presentar el divorcio.

Esta vez la pausa fue mutua. Estaba claro que nuestra convivencia había sido difícil en crescendo. Sin embargo nunca había pensado tan definitivamente. Lo que hasta ahora era una remota posibilidad perdía la ingenuidad, se revelaba. Llegué a decirle incluso que con ella me pasaba como con mi madre. La adoraba, pero no podía vivir con ella. De cerca nos llevábamos mal, de lejos bien. Está claro que la relación con tu pareja no puede ser la misma que con tu madre pero no sabía cómo resolver esa dicotomía. Esa fuerza extraña de amar y odiar.

–Bueno –le dije–, quizá sea lo mejor.

–A ti te afectará menos. Ya me enteré que tienes compañía.

–Ah, ¿de eso se trata?

–No. No se trata de eso. Se trata de que ya no te importo y de que no lo soporto.

–No es eso Cuca… –pero no seguí. No valía la pena. Se hizo otro breve silencio.

–Bueno –me dijo–, ya te avisaré cuando tenga listos los papeles.

–Ok. Cuídate. Un beso –dije y colgó.

No quería que ninguno de los dos sufriera pero el amor tiene un algo de irracional imposible de evitar. Como si no fuera posible sin dolor. Así nos cruzamos y así nos separamos, con la misma intensidad. Como dijo Paul Géraldy: *el más difícil no es el primer beso, sino el último.* La llama no se había extinguido. No supimos controlarla. Nos quemaba. Era difícil, pero era lo más razonable. Lo único razonable.

Ya no quedaba nada a lo que decir adiós. Solo a Ámbar, quizá. Me sentí solo, despojado, como probablemente se sienten los niños al nacer, en cueros. Me fui caminando a casa con la música de King Crimson en la cabeza: *Three of a perfect pair.*

she is susceptible
he is impossible
they have their cross to share
three of a perfect pair…
he has his contradicting views
she has her cyclothymic moods
they make a study in despair
three of a perfect pair…
one, one too many
schizophrenic tendencies
keeps it complicated
keeps it aggravated

and full of this hopelessness
what a perfect mess…

Volví al Palacio de la Computación. Con Ámbar allí igual la cosa era diferente. Pocas cosas habían cambiado pero, por suerte para nosotros, ya no habían rositas de maíz que hacer con la máquina, ni refrescos. En definitiva, el sótano volvía a quedar solo para la Música Electrónica. El Laboratorio seguía exactamente igual pero vacío, sin nada que enseñar. El detalle de haber dejado allí mi interfaz MIDI cuando levanté el campamento no fue pasado por alto. Me acogieron con los brazos abiertos.

Así que me reinstalé con el Buda y seguimos experimentando. Ahora podíamos controlar la síntesis de sonido desde la guitarra. Modificamos buena parte de los *presets* del módulo K4 y dejamos el teclado para controlarlo desde la computadora y, eventualmente, desde los *pads*. Secuenciamos los temas que habíamos estado haciendo en mi casa. Había que vernos programando los ritmos. Volvíamos a ser tres: el Buda, la computadora y yo, cuando regresó Perico. Su temporada en Teatro de Sonido duró mucho menos de lo que dura un merengue en la puerta de un colegio. Pensé que lo peor que podía pasar es que volviera a dejarnos por otro Teatro pero, a esas alturas, ningún daño podía ser peor a los anteriores. Ya había experimentado su pérdida, la de Bebé, la del Abuelo, la de Wolf, la del trabajo y la de Cuca. Ya no tenía mucho más que perder. Era algo asumible.

Cuando empecé con Bebé solo una cosa teníamos clara. Lo importante era pasarlo bien, compartir, divertirnos, explorar; hacer, en definitiva, lo que nos diera la gana. La música era algo secundario, un experimento. Con el tiempo nos fuimos enredando conceptualmente, por placer, por provocar, por madurar, pero siempre la mayor prioridad la tuvo la amistad. Por ella arrastramos a Bebé cuando le era imposible andar por sí mismo, tiramos de él hasta que soltó la mano. Por ella nos quedamos en la Habana cuando mandaron al Abuelo a Angola. Por ella no me importó que Perico siguiera su camino. Así que por ella me alegraba que siguiéramos juntos.

–Ven cuando quieras Perico. Esto es como el *Bar Esperanza, el último que cierra.*

Se trajo su Moog y el violín y todo siguió como si nunca hubiera sido interrumpido excepto que ahora el *stream* era otro. Se integró en la línea que habíamos iniciado –el Buda de hecho estuvo reticente en principio porque temía que nos dejáramos llevar por nuestras anteriores complicidades musicales (él estaba en clara minoría)– y la enriqueció con todos sus recursos. Además del violín y el piano, hicimos otro montón de timbres nuevos y los fusionamos con el Moog. Era difícil acoplar aquel trasto a la computadora pero iba a ponerme en ello.

Apenas llevábamos un mes allí cuando grabamos la primera maqueta. Doce piezas. Nos grabaron para televisión una interpretación de *Hierba Mala*, una obra muy larga llena de improvisaciones, y la estrenaron en "A Capella". Salimos por primera vez en la televisión. La idea de Guille Vilar era pasar también una entrevista, pero al Buda le dio un ataque de risa y fue imposible grabarla. Guille se encabronó, aquello no era serio. A nosotros, la verdad, nos divirtió. La seriedad ya era más que tragedia. Niels Bohr tenía razón cuando dijo que *algunas cosas son tan serias que solo podemos bromear con ellas.* Faltaba risa en un mundo tan solemne. En definitiva de la música poco hay que explicar; mucho menos nosotros. Mejor es oírla.

En tu corazón se matan dos
y me amas y odias otra vez
una ola nos arrastra
somos piedras que comparten red
mientras pasa nuestra hora
no puede ser
que seas mujer
una excusa de seguir y olvidar

Atrás quedó un mundo hecho
de espaldas contra la pared
un tazón de té unos versos
y las huellas de amar en la piel
ceder no fue la estrategia
y la pasión
nos inundó
hasta conseguir ahogar al amor

Pero la vida es más
no hay que seguir ni parar
solo aceptar y dar
libre como el aire como el mar
flota alguna canción
y el abrigo de un tiempo que pasó
pero hay un amanecer
y otro horizonte y después

La soledad abre un foso
pierdo el aliento al caer
y en el fondo la tristeza
ciego dolor que no ve
resucito tengo un rumbo
a ningún lugar
sin estación
busco en el mar y en el viento mi voz

Pero la vida es más
no hay que seguir ni parar
solo aceptar y dar
libre como el aire como el mar
flota alguna canción
y el abrigo de un tiempo que pasó
pero hay un amanecer
y otro horizonte y después

Prismas

Las premoniciones de mi madre se confirmaron. Había poco desenvolvimiento. Más bien, se enredaba la pita. Un punto de inflexión me sacudía. Mi curva vital atravesaba una tangente. Un momento de segunda derivada igual a cero. Después, nada sería como antes. Fuimos a ver a Domingo.

Domingo era un negro viejo que había inventado una religión a su medida. Mezclaba la Regla de Ocha, la Santería, con Palo y Vudú. Babalawo y Oungan a la vez. Estaba ralla'o, montaba muerto. Un personaje de mucho cuidado. La casa, en las afueras de la Habana, tenía varios cocoteros, un pequeño platanal y un montón de animales sueltos, probablemente para alimentar a los santos: gallos, chivos, cerdos, palomas, guineos, patos, pollos. Consultaba en un pequeño cuartico, acostado en una estera de saco de yute extendida frente a su altar. No era como los que había visto hasta entonces. No tenía una Santa Bárbara, ni un San Lázaro. Allí había una cruz de madera manchada de sangre, un montón de huesos, carabelas, botellas, velas, dos ollas llenas de clavos de tren, cadenas, un pedazo de raíl, un yunque, todo empolvado de cenizas. Aquello parecía una factoría de pesadillas. A la gente que trabaja con muertos se les tiene mucho respeto (cuando no miedo) porque pueden hacer mucho daño, pueden mandar a cualquiera al otro lado.

–¿Ves esto? –me preguntó apuntando a una puerta desvencijada cubierta por una sábana que alguna vez fue blanca–, eso es un televisor. Ahí se ve todo. Si ves aparecer algún animal, no tengas miedo –dijo estudiando mi reacción. Él sabía perfectamente que no tenía miedo. Que ni siquiera *creía*. Que estaba allí por mi madre. Que no le respetaba.

Se acostó en la esterilla, encendió un cigarro, lo metió en la boca de una calavera y empezó a invocar a los orishas. *Obatala erucalle o branla orualla abanla ecualle mugualle megualle magualle magua oregun eche brabu chechelli jicabraba. Chango aca-zo quinco acu macio agun ni humesuron brubruca ocaniquitan legua baba chacota...*

A cada uno le dedicó un saludo, preguntó a mi madre por mis muertos y los convocó uno a poco, por último invocó a su muerto que no se hizo esperar. Se retorció compulsivamente varias veces como si entrara en trance hasta que sus ojos quedaron en blanco y la voz parecía de otro ser, de alguien mucho mayor, de un viejo. Cogió una vela y la pasó por sus ojos. La pupila ni se inmutó.

–Tú e'cribe 'n pape' –ordenó a mi madre–. E'te mundele...

Resumiendo, dijo que tenía un viaje muy próximo, a Santiago de Compostela, en Galicia. Me reí para mis adentros. Estaba sin trabajo, sin mujer, sin estabilidad de ningún tipo y a este hombre, lo primero que se le ocurre adivinar, es que me iba a España. El viaje tenía fecha. Era para tres personas, tres artistas. «¿Perico y el Buda?». –Dos hombres y una mujer –descifró mi madre de aquel dialecto surrealista–. Ten mucho cuidado con esa mujer. Es mala, aquí dice que siembra cizaña –menudo novelón.

Luego me pidió que me pusiera de pie encima de su espalda –Oye, ¡Que yo peso! –Tú sube –ordenó. Cuando apoyé el segundo pie escupió la dentadura postiza sobre los huesos empolvados de ceniza. Siguió divagando y mi madre traduciendo todo lo que decía. Hablaba en *lengua*; yo solo comprendía a medias, palabras aisladas. ¿Dónde había aprendido mi madre a entender aquella lengua muerta? ¿Cuándo? La experiencia era divertida. No me lo creía pero lo estaba pasando bien.

Cuando el muerto se fue, Domingo recuperó su persona. Aquí no ha pasado nada. Me dijo que no me podía cobrar aunque no me explicó por qué y me enseñó su galería personal. Era un pintor naíf. Pintaba unos murales figurativos enormes con motivos religiosos. A mi madre le encantaban. –Yo voy a ver cuando me vas a pintar mi Santa Bárbara. ¡Mira que llevo tiempo atrás de ti con eso chico! –y yo me imaginaba a esa señora, que era también el guerrero Shangó, con aquella capa roja enorme y la copa de oro en una mano y la espada en la otra, presidiendo la sala de mi casa y daba las gracias a Domingo porque no cumpliera su palabra. Luego nos despedimos. Iba a tener trabajo, iba a cambiar de vida, iba a viajar. La Abuela de Perico también pensaba lo mismo. Sin tanta parafernalia al menos coincidían en una cosa: no hincaría bandera. Domingo con sus cenizas, humos y muertos. La Abuela con su agua. Los dos ciegos veían lo mismo. ¿Por qué me sentía tan solo?

–Cuando te ocurra todo lo que te he dicho, mira este papel, compruébalo y tráeme un Seiko 5.

¿Cuál fue la reacción de tus padres cuando les comunicaste que eras heterosexual?

Javier Sardá

Había bajado mucho de peso. Estaba en la tea. Quizá tenía una tenia; con la escasez quién sabe cómo estaría el agua. A lo mejor era el rechazo natural a los acontecimientos que vivía entonces, el anticuerpo al virus de la contrariedad, lo que me estaba secando. Tenía un amigo doctor, Chamizo, que jugó polo acuático conmigo y luego se dedicó a la medicina. ¿Quién lo iba a decir?, ¡con lo barco que era! Pero lo cierto es que sí, que al trasatlántico Chamizo, se le daba bien curar. Me enteré por casualidad un día que a mi madre le dio un ataque de asma y tuve que salir corriendo con ella a urgencias. Él estaba de guardia. Me sorprendió verlo con aquella bata blanca. La sorpresa fue grata y mutua. En el polo no nos llevamos bien nunca, siempre nos tocó jugar en equipos contrarios, pero el temporal del tiempo se llevó nuestras diferencias. Debajo quedó todo el frío, el esfuerzo, y las muchas horas que pasamos juntos. Un gran tipo. Ese día Chamizo estaba de guardia así que fui a verle.

Había engordado un poco. –¡La vida! –se justificó sobándose la paila. Mientras nos poníamos al día se levantó un revuelo en la sala de espera. Un tipo había irrumpido con un brazo en la mano. Una maquinaria se lo había arrancado de cuajo, pero él lo recogió con el que le quedaba y arrancó para el Cuerpo de Guardia dispuesto a que se lo empataran. –¡Un médico, un médico por favor! –la gente se puso histérica. Salimos al pasillo.

–Tome Doctor –le dijo dándole el brazo–, a ver qué puede hacer con esto. Chamizo, pese a la ética de la profesión, no pudo evitar una mueca de asco. Aquel trozo de carne con pelos y reloj estaba helado.

–¡Una camilla! Es una urgencia por favor, ¡necesito una camilla! –pidió alzando la voz. Una cama de metal con ruedas apareció enseguida rodeada de un montón de sanitarios. Todos actuaban a la vez mientras Chamizo continuaba dando órdenes–. Súbanlo al salón. Avisen a la Doctora Romanones... –me dejó impresionado.

En pocos minutos todo volvió a la calma.

–Me voy –le dije–, que tú ahora estás muy ocupado.

–Ven el martes a mi consulta. Te voy a ingresar. Te voy a mandar un estudio completo.

Nos abrazamos y me largué. Chamizo era un negrón corpulento. Jugaba poste cuando yo era defensa, era uno de los más fuertes del equipo. Una mala bestia. Sin embargo tenía una debilidad que en aquella época escondía muy bien o al menos yo desconocía: le gustaban los hombres. Mucho antes coincidimos en una función de teatro. Teatro Estudio estrenaba una obra con música de Pável Urquiza. Él estaba tres o cuatro filas más delante de la mía con un muchacho que parecía la damisela encantadora. No supe si saludarlo o no pero a la salida del teatro el encuentro fue inevitable. Se puso muy nervioso.

–Un amigo –me presentó a su acompañante.

–Ricardito –me dijo mientras le daba la mano y él se dejaba apretar la suya.

–¿No te acuerdas de mi? –le pregunté a Ricardito.

–No.

–Yo soy amigo del Abuelo. Tocábamos en el mismo grupo. ¿No te acuerdas?

–Si, si, ya me recuerdo. ¡Ay, que cabeza la mía! Con razón tu cara me sonaba tanto. ¡Mira que el mundo es chiquito caballero!

–Si para colmo tengo cara de estampilla repetida.

Le presenté a Cuca y conversamos un rato. –¿Por qué no vamos a Coppelia a tomar helado? –les propuse ingenuamente cuando ya me sentía incómodo de estorbar en la puerta. A Ricardito le pareció bien. Chamizo lo aceptó con cierta sutil reticencia. Al final arrancamos a andar lentamente y terminamos con una bola de helado cada uno. Allí los conocía todo la farándula. No había loca que pasara por delante sin detenerse a saludarlos. ¡Qué sorpresa!, hasta me hizo gracia pese a que no tenía gracia, pero eso no cambiaba nada.

En eso pensaba, rumbo al Malecón, cuando me pareció ver una espalda conocida bajando Rampa abajo. ¡Qué casualidad!

–Ricardito... Ricardito –me apresuré, parecía que no me oía, así que apuré el paso hasta alcanzarlo por el brazo–. Ricardito coño, ¿estás sordo?

–Disculpa. Te vi en el semáforo pero tuve miedo saludarte y que hicieras como si no me conocieras.

–¿Por qué iba a hacer eso?

–No sería la primera vez. A lo mejor te perjudicaba.

–No jodas Ricardito. Ni que fuera la primera vez que nos cruzáramos en la calle. ¿A qué no sabes con quién acabo de estar? –me miró desconcertado. Se le veía muy cansado–, con Chamizo.

–¿Cómo está él?

–Bien y tú ¿qué tal estás?

–Parece que hoy no es mi día. Chamizo y yo ya no somos amigos sabes.

–No. No sabía. Lo siento. ¿Qué te pasa?

–¿Quieres tomar un té? Si no tienes prisa claro.

–Por supuesto.

Fuimos a su apartamento. Nunca había estado allí antes. Ricardito estudió en la Escuela de Diseño con el Abuelo y Wolf;

algo que se respiraba en todos los rincones de aquel sitio. Fue varias veces a los ensayos y a algún concierto. Las pocas fotos que tuvimos, las hizo él y el Cala. Era un tipo encantador que no podía pasar por alto. Su ropa estrafalaria, diseñada por él mismo, las cejas depiladas, el maquillaje, inédito por aquellas fechas en un hombre, los perfumes carísimos, sus gesticulación exagerada, era imposible de ignorar. Un auténtico Prince fuera de tiempo y lugar. Su casa era fiel reflejo. Todo, todo lo había hecho él solito con sus manitas. Los muebles los había restaurado del basurero. Cada pata de la mesa era única. El tablero no era enterizo, sino una suerte de puzzle hecho con un montón de trozos de madera distintas perfectamente encajadas. Los utensilios de la cocina no eran menos: cucharones de madera tallados a mano, recipientes para la sal y el azúcar. Allí todo era completamente artesanal y armónico entre un montón de plantas esplendorosas y un par de gatos color miel que se dejaban acariciar devolviéndote el placer de tocarlos con su propio pelo suave y sedoso.

Ricardito estaba muy deprimido. Había intentando suicidarse pocos días antes. Chamizo había roto con él recientemente. —Está casado —me dijo. Supuse que no lo sabría. La mentira es universal—, casado y con una niña preciosa… pero no me dejó por su mujer, no. Me dejó por una mulatica vulgar que se metió en medio, por una chusma ordinaria, eso es lo que más me duele.

Intenté tranquilizarlo, tuve gana de decirle que era bello como una niña pero no me atreví. Estaba muy nervioso. La verdad tenía poco repertorio de donde animarle así que opté por prestarle la oreja, degustar el exquisito té con hierba buena tranquilamente y compartir con él el murmullo del tiempo cuando se quema.

XVIII

El principito atravesó el desierto en el que solo encontró una flor de tres pétalos, una flor de nada.

–¡Buenos días! –dijo el principito.

–¡Buenos días! –dijo la flor.

–¿Dónde están los hombres? –preguntó cortésmente el principito.

La flor, un día, había visto pasar una caravana.

–¿Los hombres? No existen más que seis o siete, me parece. Los he visto hace ya años y nunca se sabe dónde encontrarlos. El viento los pasea. Les faltan las raíces. Esto les molesta.

–Adiós –dijo el principito.

–Adiós –dijo la flor.

Antoine de Saint–Exupéry

La felicidad está dentro de uno, no al lado de nadie.

Marilyn Monroe

Los pájaros vuelan y eso es lo único que los sostiene.

Nos fuimos a la escalinata del Capitolio. Hacía un viento agradable que anunciaba lluvia. Ámbar se apretó contra mí.

–El muchacho de las fotos...

–Ámbar... no tienes que darme ninguna explicación –la interrumpí sin notar que sus ojos se aguaban.

–Sí tengo que darte una explicación porque... porque lo necesito. Yo no quería enamorarme de ti, sabes. No estaba dentro de mis planes. No quiero sufrir, ni perjudicar a nadie pero... yo no aguanto más en este país. Me voy G y quería que lo supieras. Esto no debió ocurrir nunca.

–¿Cómo que no? ¡Qué dices!

–Yo no quiero sufrir. Ni hacerte daño.

Estalló en sollozos. La abracé intentando consolarla. Se quitó con rabia las lágrimas de los ojos. Me pregunté si sería la última vez. Eso que no debió ocurrir nunca fue lo mejor que me había ocurrido en mucho tiempo. Cerré los ojos. ¿Qué pasa a todos? Me hundí en el vacío. Ahí dentro todo era oscuro, frío, azul. Todo era silencio. El peligro podía asechar oculto, inadvertido, seguro, jugar con ventaja. No estaba a treinta metros de profundidad en el mar pero la sensación era la misma. Desolación.

–Ayer me llamó. Va a venir y yo tengo que estar con él. Va a venir a casarse conmigo. Debería estar feliz, ¿no? Era lo que quería, que se casara conmigo y me sacara de este país y ahora no sé... no quiero echarlo a perder todo. No quiero perderte. No sé qué hacer. ¿Qué me aconsejas?

¿Qué podía decir? La aparición de ella en mi vida fue un regalo. Me dolía pensar que se iría y que no volvería a verla más pero no podía retenerla. No se puede querer siendo egoísta. Amar es dar, solo dar. Ámbar me gustaba mucho pero no era eso lo que más me atraía de ella. Ámbar era un espíritu libre. Un pájaro alegre que no temía volar alto, que amaba la vida. No era yo quién cerraría la puerta de la jaula que ella, de alguna manera, había abierto.

–Quizá debería decirte *haz lo que te dicte tu corazón* pero, para los tiempos que corren sería un consejo poco práctico; así que, sintiéndolo mucho debo decirte *haz lo que te dicte tu razón*.

No dijo nada. Los dos sabíamos la respuesta. Solo teníamos la opción de vivir a plenitud lo que nos quedaba y lo intentamos pero no pudo ser. La tristeza se instaló como carcoma. Saber es morir. No pudimos agotar el tiempo de gracia concedido. Mi muerte se prolongó sin funerales. *La tristeza es una enfermedad de transmisión sexual*. Moría por el Abuelo, por Bebé, por Joel, por Ámbar pero, sobre todo, por Cuca. La quería. Me dolía, con un dolor físico, insoportable. Las cosas solo pasan una vez. ¿Debería dejarla pasar? Sabía que sí. Tenía que dejarla pasar. Lo habíamos intentado todo y no había funcionado. Nos consumimos. Pero me resistía. El insomnio era mi verdugo, mi subconsciente. La extrañaba. La necesitaba. No podía impedirlo.

A Ámbar la disfrutaba. Fue algo positivo, capital. Aire fresco a punto de la asfixia ¿Amores que matan? No creo. Solo fuerzas que fabrican lo que seré. A lo largo de los años, pensé muchas veces en el Capitolio. Era uno de mis sitios preferidos. Sus largos interiores que hicieron las veces de pasadizos a Joel, a Pacheco y a mí, el planetario, las exposiciones especiales, como aquella de armas de la guerra en Viet Nam, la permanente, la colección de escarabajos, el salón de los pasos perdidos con su mítico diamante. Sus escalinatas donde me sentaba a leer o a componer, a respirar el aire simplemente. Sus bancos donde renunciaba a ver la gente pasar.

Pero cada vez que pensaba en él. La primera imagen que regresaba de la memoria era aquella foto que nos hicimos Cuca y yo, un día cualquiera, cuando pensábamos que el amor era eterno. Una foto en una cámara oscura, como en los viejos tiempos. Una foto que nacía empañada por el tiempo.

La tarde cae en la ciudad
tanta gente viene y va
cuanta prisa en movimiento
no vamos a ningún lugar
solo ver el mundo pasar
otra vez y antes

Y te rodeo la cintura
y una instantánea
nos detiene
nos atrapa en tono sepia

Fotos de parque
                de ocasión

Ahora el calor y la humedad
son solo una sensación
de la nostalgia
y las farolas y el jardín
y aquellos bancos desde donde el sol
caía cada tarde

Solo ahí estamos tú y yo
riéndonos
de ese presente
que pasó tan fugazmente

Fotos de parque
               del ayer

Fotos de parque

Los ensayos en el Palacio de Computación fueron a mejor. El papel de la computadora en la música era tan importante como cualquiera de nosotros. Nos obligaba a seguirla, ese era el mayor inconveniente, pero resolvía toda la polifonía, las texturas, la polirritmia y, sobre todo, no se equivocaba. Perico consiguió domarla, *humanizarla*, y la música brotó natural, fluida, pro, virtuosa. Había también un par de cosas más que agradecerle a la tecnología: no tendría opciones que sopesar, ni se volvería loca.

Cuando estuvimos listos para tocar, organizamos un concierto de calentamiento en el mismo Palacio. La nueva directiva nos lo concedió. La acogida fue bestial. Vino mucha gente. Se había generado mucha expectativa. En la Habana el boca a boca funciona y aquel día no cabía un alfiler en la planta baja. Había gente de la televisión y la radio, hasta un periodista de la RAI, un montón de amigos e incondicionales. Eso era *bestial*. A pesar de las enormes paredes de cristales, el audio fue bueno. Cuando acabó el concierto se me acercó un tipo, me felicitó y a continuación me dijo: –Ese bajo es mío, lo robaron de mi unidad, del MININT –Eso era *brutal*. Comprobamos varias marcas. No había duda. Le expliqué cómo lo había conseguido: a cambio de una interfaz MIDI y un bajo (aquel amarillo pollito chillón que Bebé y yo le tumbamos al grupo de

112

cabaret). No lo había robado. Me jodía porque sabía que me estaba timando pero tuve que devolvérselo. En su unidad ya lo habían dado por perdido, así que él no lo iba a devolver. Ojo por ojo, diente por diente. A pesar de dejarme con el culo al aire, tuvo la gentileza de prestármelo para el próximo concierto en la Casa del Joven Creador, donde una vez tocamos como parte de la Brigada "Amor de Ciudad Grande".

Ese concierto también fue gratificante. Tocamos el nuevo repertorio y el impresionante cilindro reverberante del recinto se encargó de elevarlo. En lugar de las luces psicodélicas del primer experimento, utilizamos colores planos, muy *pop*. El discurso también fue diferente. Todo siempre era diferente. Cada vez era una nueva vez. Otra vez Mafhud Massís abrió la boca en nombre nuestro.

Cuando mató a su amante, yo estaba involucrado.
Cuando murió de tristeza, yo estaba involucrado.
Cuando declaró la guerra, yo estaba involucrado.

Me fui a lavar, pero estaba lleno de sangre.
No había suficiente jabón ni arena marina.
¡Adelante vendedores de detergentes y lejías blancas!
Seré vuestro consumidor, el más delirante.

No hay piltrafa que no cuelgue de mis orejas.
No hay basura que no caiga en el centro de mi ojo.
No hay un niño muerto al que no haya empujado.

Ocurre entonces que no puedo dormir de noche.
Ocurre que debo sostener un elefante mientras duermo.
Y alguien me tira la nariz, me arranca las pestañas
Y duermen junto a mí fabricantes de cera.

Pregunto a cada instante quién soy, qué he hecho.
Si hay otros hombres como yo, y por qué duermen.

Si hay otros asesinos como yo y por qué duermen.

Yacen inmóviles. Escucho sus ronquidos.
Respiran sin rencor, inexorablemente.

Ninguno vomita en su pijama de noche.
Sólo yo tengo llena de suciedad la almohada.
Sólo yo escupo sobre mi propia boca.

Adaptación del poema *El Involucrado*
Mahfud Massís.

Aquella actuación en la Casa del Joven Creador prometía ser la última. Sin bajo lo complicado pasaría a penoso. *León pa' Mono, con Mono amarra'o.* Por si las moscas, secuenciamos todas las líneas de bajo en la computadora, por si no quedaba otra que la computadora me sustituyera y así mismo grabamos, gracias a los tejemanejes electroacústicos de Perico, en el Laboratorio Nacional de Música Electrónica de Juan Blanco. Me prestaron un Yamaha para esos días y aprovechamos para meter un segundo bajo. Grabamos todo el nuevo repertorio, por primera vez, como Dios manda: en un buen estudio, con buenos equipos, con técnicos acostumbrados a todo tipo de experimentación. Luego Perico se encargó de joderlo a posteriori en la mezcla y en Cuba no se podían permitir el lujo de guardar los cintas másteres. Le metió tanta reverberación que los platillos silbaban de un lado a otro del estéreo como en muchas de las grabaciones de los setenta; sobre todo de la Motown. Se la pasó de lujo experimentando pero el coste fue alto. Perdimos la única grabación decente que habíamos conseguido hacer hasta la fecha. No obstante el material, más bien el proceso, convenció. Nos invitaron a participar en el próximo Festival Internacional de Música Electrónica en Varadero.

Al concierto de la Casa del Joven Creador fueron los de siempre pero hubo alguien, oculta entre el público, que me sorprendió gratamente: Niurka.

–¡Niurkita!, ¿qué es de tu vida?, ¡qué sorpresa verte!

–Bien... ¡Sorpresa la mía!, no sabía que esto te lo tomabas tan en serio. Mira, te presento a Martica, mi amiga –y sonrió y me miró de tal forma que pude entender perfectamente su mensaje. «Ves que preciosa es, te acuerdas de lo que hablamos en el lago. Pues es ella».

–Felicidades.

–Muchas gracias.

–Ya me enteré que te fuiste. Yo también salí pitando detrás. Ahora estoy en Cultura, volaísimo, sin complicaciones ideológicas ni traumas de mente estrecha.

–Cuanto me alegro. Yo todavía estoy sin pincha. Me han hecho algunas proposiciones pero que va. No quiero volver a marcar tarjeta nunca más en la vida.

–Oye, si te interesa, tengo un socito en el ISA que es profesor de la facultad de teatro y está buscando a alguien para hacer una historia multimedia. Tiene muchas ideas pero de esto no sabe ni papa. A lo mejor tú eres el tipo. Tú que siempre estás metido en cosas de esas.

–Sí que suena interesante.

–Bueno, mira, vamos a hacer una cosa. El lunes de la semana que viene yo tengo que ir por allí a una reunión. Si quieres, nos ponemos de acuerdo para vernos en algún lugar antes, y vamos a su estudio y te lo presento y se ponen de acuerdo. Seguro que te va a cuadrar. El socio es mortal y está alante, como tú.

–Ba...

Al final quedamos en eso. Quería cambiar de aires y trabajar en una onda diferente, libre. Niurka tenía razón. Hubo química. Parecía que cada uno estuviese esperando la aparición del otro. En menos de una semana tenía un puesto de profesor adjunto a la cátedra de teatro para dar talleres de informática y nuevas tecnologías y desarrollar herramientas pedagógicas computacionales.

La facultad tenía la forma de un castillo medieval. Era preciosa, al igual que otras partes del conjunto. Allí no había reuniones de militantes de la juventud, ni del partido, a todas horas; es más, diría a casi ninguna. Por primera vez sentía respirar un aire diferente.

La amiga de Niurka, Martica, era profesora de Artes Plásticas. Una chica preciosa con el pelo a lo Sinéad O'Connor y una trencita larga muy fina que resbalaba por la nuca hacia delante perdiéndose entre unos hermosos pechos libres de ajustadores. A veces almorzábamos juntos y otras tantas, la acercaba en la bicicleta hasta su casa en el Vedado, refrescaba con un té helado escuchando música y luego partía *new packet*. Martica era un encanto de persona.

Niurka fue una de las primeras personas con quien intimé cuando empecé a trabajar en la Empresa de Computación. Tocaba Fito Páez y era imposible conseguir entradas. Nos enteramos que solo quedaban para los sindicatos. El responsable de cultura del sindicato de la empresa ni lo sabía, ni se iba a molestar en averiguarlo, pero no le importó que fuéramos en su nombre. Niurka y yo hicimos una lista con toda la gente interesada y conseguimos las entradas. Luego vinieron otros conciertos, algún ballet y alguna que otra ópera experimental. Habían sido buenos años, de cierta posibilidad de cambio. Queríamos cambiar las tornas y parecía que los reflujos de la desintegración del campo socialista se confabulaban a favor del cambio. Muy pronto constatamos que solo fue un espejismo efímero del que solo quedaba el regusto que va dejando la extinción. Pero, en ese momento, la frase *saber es poder* resumía bastante bien la filosofía de aquella generación, la nuestra (la nacida y educada en la Revolución). Al año siguiente nos eligieron para llevar cultura en el sindicato. Fue entonces cuando organizamos una excursión al pico más alto de Cuba: el Turquino.

Aquel viaje fue toda una odisea. El periplo en tren duró casi treinta horas, el guía que contratamos para ascender al pico no se presentó (nos aventuramos sin mapa, siguiendo la intuición de un espontáneo), los mosquitos acabaron con todos, nos bañamos en un lago infectado de cocodrilos. Aún así, aquella experiencia fue inolvidable. Por las noches, cuando todo el mundo caía rendido en sus hamacas, Niurka y yo solíamos conversar un rato más. Éramos unos intrépidos irresponsables, de eso no cabía duda. Arrastramos a más de treinta personas que durmieron felices todos aquellos días y realmente habíamos hecho poco, tan solo despertarles ese espíritu bohemio adormilado por la rutina, ahogado por las circunstancias, asesinado por la rutina ideológica.

Una de aquellas noches de luna llena, cuando ya no quedaba nadie en pie, solo nosotros murmurando en la playa, la invité a darse un chapuzón.

—A que no te atreves a bañarte en pelotas, como si esta playa fuese nudista.

No dijo nada. De más está decir que en Cuba no existe ninguna playa nudista. No se permite. El desnudo corporal, fuera del ámbito privado, era considerado obsceno, escándalo público, delito. Nos quitamos la ropa y nos adentramos en el agua cálida y brillante. Tenía un cuerpo escultural. Una piel muy tostada, lisa y dura que resaltaba unas curvas voluptuosas en pleno esplendor.

–¿Cómo es que no tienes novio?, si no es mucha indiscreción –ella sonrió buscando la respuesta debajo de la línea de flotación.

–Lo tengo muy complicado –me dijo.

–¡No jodas!

–Pues sí. No es tan fácil de entender, mucho más de explicar, sobre todo por los hombres –se hizo un incómodo silencio. Cualquier ruido del agua podía significar lo indescriptible–. A ti te lo puedo decir. No tengo novio pero...

–No hace falta Niurki. No tienes que darme ninguna explicación.

–No... pero quiero, deseo probar cómo suena saliendo de mi boca. Es la primera vez ¿sabes? Tengo una persona a la que quiero más que a mí misma, por la que daría cualquier cosa. Es maravillosa.

–Me alegro. Te felicito.

Y así estuvimos desnudos en cuerpo y alma flotando en la quietud, dejándonos acariciar por el líquido, el silencio y la confidencia durante horas. Flotando como plumas sobre aquel lago infectado de cocodrilos.

Karl Popper

–¿Qué bolá Perico?, ¿y la oso hormiguero? –no sabía por dónde cojones venía el singaíto del Aceite pero no me dio tiempo ni a preguntarle–. Tu jeba asere, la aspiradora. ¿Quién va a ser?

–¡Que sinnngao! –al fin caía mientras el Buda se desternillaba de la risa con esos sobre agudos de bruja Jezibaba fuera de revoluciones.

–Leeeeento.

–¿Quieren ver la hormiga? ¿A que me la saco? –cuando el Buda arranca a reírse no para, es superior a sus fuerzas, contagioso. Cuando por fin logra, más o menos contenerse, vuelve a mirarme y a empezar de nuevo. Por eso nos quedamos sin entrevista en "A Capella". Puso una cara de tiburón pa' dar una respuesta trascendente que me despingó de la risa y, como se contagia solo, sin saber ni por qué, no paró hasta llorar a moco tendido.

–Oye Perico, ¿tú conoces algún profesor de canto?

–Sí, conozco a uno buenísimo: el padre de un socio de la orquesta.

–¿Da clases?

–Yo creo que sí. Si quieres le pregunto. Es un tipo empinga'o aunque a lo mejor se enamora de ti.

–Pregúntale a ver.

–¿Te vas meter a cantante o a maricón?

–No sé. ¿Quién sabe?

Me cuadró con cojones que el Aceite se interesara por dar clases porque a veces desafinaba con pinga. Sobre todo cuando tenía que atacar notas muy agudas y le entraba por debajo o cuando se le iba la cabeza que hasta se olvidaba de la letra. Así y todo me cuadraba, le daba ese énfasis peculiar que parecía llevar cada canción, se entregaba, hacía que toda la técnica fuera superflua, solo un adorno sin importancia dentro del conjunto. Lo vola'o de estas imparticiones sería, sobre todo, pa' él mismo, pa' ayudarlo a cuidarse el aparato fonador. Muchas veces, después de un concierto largo, se quedaba sin voz.

Mario hizo una concesión conmigo. Estaba a tope pero yo era como su hijo. La carrera de violín empieza pronto, así que me había visto crecer junto a sus hijos. Nos citó pa' hacerle una prueba al Aceite. Se quedó encanta'o. –A ti te voy a dar yo las clases gratis –le dijo. «¡Lo sabía!», pensé–. Tú tienes la voz que siempre quise tener. Ese vozarrón de barítono bajo, profundo y melodioso, es una voz muy rara en el Caribe. Hubiera dado cualquier cosa por tener esa voz pero ya vez, la naturaleza me hizo tenor, uno más –la verdad no se porqué decía eso porque ¡había que oírlo! Con mas de setenta años tenía una potencia, con un metal, que ya quisieran muchos.

–¿Como quién te gustaría cantar? –le preguntó al Aceite–. Podrías ser un cantante de ópera fabuloso. Tienes lo principal que es el instrumento. Es como un diamante en bruto. Hay que pulirlo, y mucho, pero con él vas a poder hacer lo que quieras, ¿como quién quisieras cantar? –el Aceite no se lo pensó dos veces.

–Como Freddie Mercury.

–Uhm, una voz excepcional –pensé que le iba a echar un cocotazo por lo menos pero no, se fue en el aire–. Sí señor. Vamos a trabajar duro, muy duro. Tú mismo te vas a impresionar del cambio que vas a dar.

Después de eso le pidió que hiciera unos ejercicios de vocalización pa' la próxima clase. No escuché muy bien, pero era algo de hacer no se qué con el paladar superior sin mover la glotis con un huevo en la boca.

–¡Una voz de pinga! –me dijo a mí abriendo los ojos en plan teatral cuando nos íbamos y el Aceite no podía oírlo.

Después de meterme un rato con él, que el profe se había puesto pa' él y esas cosas, le hablé en serio.

–Bróder te has sacao la lotería. Mario es un loco del canto. Se las sabe todas.

–Se le ve rodaísimo, como si llevara toda la vida en eso.

–Es que lleva toda la vida cantando. Le da clases a un montón de gente del Lírico, su ex mujer, esa que entró cuando estabas chillando –porque las clases las daba en la casa de sus hijos–, esa es voz solista del Lírico.

–¡No jodas! ¡Que vergüenza!

–Y el que entró después, el marido, es el director del Lírico –el Aceite se quería morir–. Ná, pero tú no te acomplejes ni ná de eso, que pa' ellos todo eso es normal.

La verdad es que valió la pena. El cambio se notó enseguida. Pa' empezar le cambió el color de la voz completico. Le salió un timbre volaísimo y parejito, con más potencia, con más registro, increíble. La desafinación también pasó a la historia. Yo creo que era un problema de colocación. Después de unas pocas semanas atacaba directamente las notas, de tranca. Por último: adiós ronquera. Ahora podía cantar sin parar y sin perder la voz durante el tiempo que quisiera. No tenía ni pinga que ver con Mercury pero era impresionante.

Lo tuvo un montón de tiempo buscando las resonancias de su cara, reconociéndose, con la boca cerrada, con un huevo dentro. Luego empezó a buscarle la colocación de todo el aparato, le enseñó a utilizar el diafragma, las zonas de paso, le emparejó el timbre en toda la tesitura, increíble.

El Aceite lo adoptó casi como un padre. Después se mudaron a ensayar al cine Acapulco. Había que verlos a los dos en bicicleta por la loma del Zoológico. Se hicieron uña y carne. Mario lo llevó incluso a una operación de laringe que hacía un doctor amigo suyo para que viera en directo todo el aparato fonador. Después el Aceite le llevó a Fran, ex cantante y director de Hojo x Oja y Mario lo convirtió en tenor del Lírico aunque nunca dejó de llamarle Flan por el miedo que tenía a tirar pa' arriba y lastimarse las cuerdas vocales. –¡Con lo grande que está! –decía. Con tan buena suerte que, acabaíto de llegar, participó en un castin de una compañía de ópera italiana y lo cogieron. En menos de lo que canta un gallo Fran se piraba pa' Italia.

–Bróder –me dijo el Aceite un día–, ¿sabes quién se pira?

–¿Quién?

–Fran.

–Ya lo sabía. Me lo dijo Mario el otro día, que lo habían cogido pa' una gira.

–Si, pero se pira. Me lo encontré hace unos días en el Malecón. Iba en bicicleta, estaba acabando los trámites del viaje. *No returns.*

–Asere, nos vamos a quedar pa' apagar el morro.

Así fue. Después de la gira, Fran pidió asilo en España. La noche antes de regresar a la Habana, se subió a un avión con destino Madrid y se quedó en Barajas. Pero eso fue mucho después de los tres o cuatro meses que duró la gira. Después de que Wolf también se pirara. Al final se casó con una egipcia y partió pa'l Cairo. Na' más llegar me mandó una postal de Tutankamón. LAS COSAS NO SON LO QUE PARECEN. Ponía. Fran se quedó después de que, incluso, mis hermanas se piraran, las dos de golpe. Se quedó después de que tocáramos en el Festival Internacional de Música Electrónica.

La filosofía es un invento de ricos.

Antón Reixa

El LNME nos invitó a participar en el Festival de Internacional de Música Electroacústica de Varadero. Fred Frith y Chris Cutler también estaban invitados. Una oportunidad preciosa para la que nos preparamos duro. Ampliamos el repertorio y dimos un par de conciertos para calentar motores, el primero en la Sinagoga de 19 y E y el segundo otra vez en el propio Palacio. Un minifestival que queríamos fuera de Música Electrónica y que la dirección del Palacio organizó como Dios le dio a entender pasando olímpicamente de nosotros. Al final se trajo a músicos y grupos, como a Athanai, por la sencilla razón de que utilizaba una máquina de ritmos.

Resolví un Fender Jazz Bass para la ocasión. Me lo prestó un alumno del ISA. La diferencia era brutal. Daba gusto tocarlo y oír el sonido grave, potente y cálido que devolvía. Otro cambio importante fue la intrusión del Bombardino, que rescaté de la basura en el taller de pintura de una Casa de Cultura tiempo atrás, en algunas canciones. La verdad, apenas sabía tocarlo, pero lo soplaba con todas mis fuerzas y le sacaba unos bramidos de elefante que podía poner los pelos de punta a cualquiera.

Al final a Varadero no fue ninguno de los dos, ni Fred Frith, ni Chris Cutler, y tuvimos que tocar al aire libre con una piscina por medio que perjudicaba la acústica considerablemente. Minutos antes de tocar el Buda me pidió que lo acompañara al baño. Se había metido un par de rayas y estaba hiperquinético.

–Ven conmigo Aceite. No es por ná, eh. Es solo por si acaso –estaba muy gracioso. No me imaginaba cómo podía tocar así en quince o veinte minutos pero estaba comedia y pico.

–No te muevas de ahí que yo termino enseguida –me dijo con los pantalones en el suelo casi. Me paré frente al espejo y fingí que me peinaba, haciendo media, esperando a que terminara de cagar, hasta que lo oí. Hablaba con un tipo que meaba justo al lado del baño.

–Oiga, compañero. Compañero, por favor, dame un poquitico de papel ahí anda, que no tengo –el tipo no daba crédito. Lo miraba con cara de sorpresa mientras se agarraba el pito que no paraba de mear.

–A ver que yo te lo busco –le dije sentándolo de nuevo en el inodoro pero nada más me alejé un poco volvió a la carga.

–Coño, no te acomplejes ni ná compadre. Es una emergencia –desde la puerta cualquiera le podía ver el culo–. ¡Ñoooo! ¡Que insolidaria es la gente shh! –decía mirándolo de reojo– y no voy a decir quién eee.

Así y todo tocó de maravilla. Se equivocó un montón de veces pero supo disfrazarlo con imaginación y soltura. En definitiva, los únicos que sabían nota a nota lo que debía ocurrir éramos nosotros. Perico también estuvo de lujo. Descargamos la euforia con más de dos horas de concierto que pasaron como escasos minutos. No canté como Mercury. Jamás lo haría. Eso ya lo sabía. Mercury solo había uno. Incluso, suponiendo que fuera posible, no tendría sentido que hubiera más de uno. Quería su técnica, su afinación, su expresividad. Las clases de Mario me abrieron un mundo *inconquistado* y me dieron una seguridad esencial. Tocamos a gusto, con un placer repartido, compartido, que al parecer trascendió porque luego recibimos muchas felicitaciones.

Cuando acabamos, la gente del sello mexicano de música alternativa, Luz Negra, nos pidió una entrevista. –Vinimos por Frith y Cutler –me dijo uno de ellos–. Nos enteramos estando ya aquí de su ausencia y nos dio mucha rabia. Pero después de verlos a ustedes el viaje mereció la pena –el halago me pareció desproporcionado pero luego, cuando me comentaron su interés por hacer una recopilación de la música de vanguardia en Cuba y preguntaron si autorizábamos nuestra inclusión, comencé a perder la incredulidad.

La entrevista se hizo en aquella misma terraza, cuando el público se hubo marchado. Un sitio paradisíaco, de esos que anuncian en los folletos de turismo de todo el mundo, con un cuba libre en la mano, hablando de *rock* alternativo. Ver para creer. Preguntaron el mismo montón de cosas que preguntan los periodistas que se dedican a la música: fechas, influencias, cómo hicieron esto o aquello, si conocen a este o a este otro, bla, bla, bla... Mientras lo hacían me venía a la cabeza la opinión de Zappa al respecto:

> El periodismo musical consiste en gente que no sabe escribir entrevistando a gente que no sabe hablar para gente que no sabe leer.

–¿Qué le dirían a las próximas generaciones? –fue su última preocupación o la última oportunidad que nos ofrecían de trascender. En realidad no tenía nada que decir al respecto. Mi preocupación era *qué decir* a esta generación como para pensar en lo que diría a las que vendrán. Además de pretencioso me parecía algo fuera de lugar. Ellos probablemente no tendrían que pasar por lo mismo. Igual su batalla sería otra, despojada de toda ideología. Probablemente su pregunta tenía otro sentido. Era extraño. Perico cogió aire para soltar una buena lección pero el Buda lo interrumpió con la seguridad de aportar algo inédito y profundo. Estaba decidido a aprovechar sus quince minutos de gloria. Elaboró una retórica del sueño, envidiable por el propio Cantinflas. Terminó diciendo: –Que sueñen, que no dejen de soñar, y que todos sus sueños se hagan realidad y que la realidad se convierta en sus sueños –los de Luz Negra no sabían si aplaudir o bostezar, así que se produjo un embarazoso silencio. Pensé en cuánta razón tenía y en el frágil equilibrio de presión que existe entre realidad e irrealidad. Pensé en el surrealismo y pensé que el silencio parecía desproporcionado hasta que él mismo lo rompió: –Caballeros... ¡apreté!

Al día siguiente de nuestra presentación un canadiense intervino mezclando sonidos de agua y saxo. Me acordé de Wolf. Después nos tropezamos en el pasillo y quise felicitarlo. Le di las gracias y para mi sorpresa la felicitación fue devuelta. ¡Le había impresionado con el Bombardino! «La verdad que entre lo sublime y lo ridículo hay solo un paso».

Me acosté muy excitado. Apenas unos días antes todo parecía mucho más oscuro. Sin embargo ahora el futuro parecía más amable. Pensé en Domingo, en su vaticinio del viaje a Santiago de Compostela con dos personas por algo de arte, pero no encajaba, había una mujer. Pensé en la abuela de Perico y en mi madre y en cómo podían funcionar esas cosas. No podía dormir y me acerqué al mar. *La playa estaba desierta*, la arena húmeda y brillante, el cielo lleno de estrellas. «Uno no sabe lo que tiene hasta que no lo pierde», pensé. Delante de mí la bóveda celeste repartía luz a todo lo insignificante. Parecía otra vida. La magia de las estrellas. Quizá las mismas que vería Wolf desde el Cairo, Ámbar en Canadá, o Bebé, desde dondequiera que estuviese.

Otra gran sorpresa me la dio Darío Blanco. Él y el Abuelo eran vecinos de toda la vida. El Abuelo estudió diseño pero Darío siguió bellas artes en el ISA. Su padre dibujaba la tira cómica *¡Ay, Vecino!* en el semanal "Palante" y a veces nos metíamos con él por eso. Era uno de nuestros apoyos incondicionales.

Llegó justo cuando empezó el concierto y se quedó a dormir con nosotros hasta el final. Ese día fuimos a comer al laguito. Nos pidieron los carnés de identidad para darnos los cubiertos. Cuando me senté en la silla, el pantalón se trabó en una soldadura. Me abrió un hueco por donde pude comprobar que los huevos estaban fuera de peligro. La fui a mover pero no había manera, estaba anclada al suelo con cemento. Me acordé de "Alicia en el pueblo de maravillas". «Para que luego digan».

–¿Te dije que mañana se casa Elio en Cárdenas? –hice un gesto que debió entender como: *si me lo has dicho, no me acuerdo*–. Me dijo que te invitara. No pudo venir porque todavía le quedaba por resolver pila de cosas. Van un montón de socios.

«Sí. Claro que me gustaría ir». Ya había terminado mi misión en Varadero así que nada me impedía ya seguir rumbo a Cárdenas con él. Pasamos por el hotel, a recoger algunas cosas, el Buda estaba arrebataito. –¡Coño Aceite, menos mal que llegaste! Tú tienes que sacarme de aquí bróder. No puedo estar ni un minuto más en Varadero, es más, ya no puedo estar ni un minuto más en Matanzas –no podía ser el efecto de la droga, de eso hacía ya un par de días. Traté de tranquilizarlo, solo le faltaba no poder estar más un minuto más en toda la isla, pero estaba muy nervioso. Le pedí que viniera también a la boda con nosotros. –Madelín –se despedía de su mujer por teléfono–, me voy pa' una boda de un socio del Aceite en Cárdenas... No... Tú no lo conoces... ¿Qué línea de qué?... Si. No me esperes que no sé cuándo vuelva –supongo que su mujer ya no sabría qué hacer con él–. Y tú Perico, ya sabes... arréglatelas como puedas –se despidió muy solemne. –¿Pero no se van a quedar pa' la clausura? –Perico tenía que estar en la clausura. Había no se qué coreografía con música suya. –No. Nos vamos pa' Cárdenas a una boda. Se casa un socio del Aceite y tenemos que ir. Cuando hay que ir, se va –sin embargo a la hora de partir el Buda se había dormido tan profundamente que parecía desmayado; así que lo tapamos y lo dejamos en la cama.

Nos costó llegar pero lo conseguimos. Un tipo en un pisicorre nos dio botella. Estuvo a punto de lanzar a Darío varias veces por la borda pero se portó y nos dejó muy cerca de donde íbamos. Efectivamente había mucha gente. La facultad de artes plásticas del ISA en pleno. Muchos de los que más hicieron por cambiar las cosas por aquellos tiempos. Elio se veía contento. Nos recibió con un plato de caldosa para cada uno que nos dejó nuevos. Luego estuvimos tomando, saludando aquí y allá, hasta que nos fuimos al Palacio de Bodas. Quedaba a menos de veinte metros pero la tradición es la tradición; así que alquilaron un carro y le dieron unas cuantas vueltas a la novia por el pueblo antes de llegar enfrente. La boda fue rápida. La abogada recitó los deberes y derechos a los futuros cónyuges. –¡El beso!, ¡el beso! –empezó a corear la gente y cuando se vinieron a dar cuenta, estaban embarca'os. «Hasta que la muerte los separe». Luego se hicieron las fotos en una habitación preparada con una cama roja de terciopelo inmensa. Fue entonces cuando Darío me presentó a sus amigos gallegos: Carmen, Manolo, Santiago y Chús.

No daban crédito al rito de la boda. *Flipaban en colores*. Se la estaban pasando *bomba*. Yo también me divertí mucho. Más que una boda, parecía una fiesta de disfraces, una *performance*. ¿Simulacro o realidad? El tiempo dirá. Hicimos una rueda de casino y estuvimos bailando, comiendo y tomando ron hasta que nos dimos cuenta que no teníamos donde dormir. Había que regresar a Varadero, la reserva del hotel duraba solo hasta el día siguiente, para luego seguir viaje a la Habana con calma. Los españoles también se hospedaban en la península, así que nos dieron botella. Nos metimos los siete en el Lada de Manolo y partimos.

–¿Y vosotros qué hacéis en Varadero, estáis de turistas?

–¿Turistas?, no. Este está en un festival.

–¿Ah sí?, ¿de qué?

–De música electrónica.

–¡Vaya!, ¿así que vosotros dos sois músicos? Pensé que erais pintores también –a pesar de los rones Carmen estaba muy animada–, hemos visto la obra de Elio y es muy buena. Aquí parece que todos sois artistas.

–Yo soy pintor, este es el que es músico.

Carmen estaba sentada sobre mis piernas. Tuvimos que apretarnos para entrar todos. Cuando le tocó su turno, se acomodó sobre mí con tal naturalidad, que no supe que pensar. «¿Le gustaré o en España son tan modernos que esto es normal? ¡Guajiro!». A pesar del sudor olía bien, a un perfume suave, probablemente caro. Era rubia, bonita, muy escotada para el calor del trópico. Para acomodar las piernas tuvo que subirse la menuda saya, así que, puso prácticamente su culo, arropado por un diminuto tanga visible a la primera, sobre mi picha. Intenté mantener una conversación lógica pero las hormonas actuaban por su cuenta. «¿Qué le voy a hacer? Soy así de animal». La fiesta había sido genial. Había hablado con todos, bailado con todas, bueno… incluso con Santiago.

Ellos bailaban juntos, separados, daba igual con quien. Eran gente agradable, sencilla, en talla. –Está puesta pa' ti –me había dejado caer Darío con tanta discreción que quizá Carmen lo oyera–. Mi herma, no te quita la vista de encima –ahora en la oscuridad del carro podía sentir que no exageraba. La atracción había sido tribal. Me sentía cómodo, con esa dulce sensación de compartir un momento privilegiado con una persona que, aunque te la acaban de presentar, pareces conocer de toda la vida. Como si aquel gesto corporal estuviese predestinado, tanto, que debía parecer lo más natural y normal del mundo.

–¿Quieres dar un paseo por la playa? –me propuso cuando llegamos a Varadero. El resto del grupo siguió a la cama. Estaban agotados y querían descansar. Darío se esforzó porque Chús se animara pero, al parecer, no lo consiguió; así que se fue al hotel resignado.

Carmen y yo anduvimos un rato por la arena. No había un alma. Nos quitamos la ropa y nos metimos en el agua automáticamente. Como si una tercera persona invisible, desde el interior de los dos, hubiese dado la orden. Una luna inmensa y redonda reflejaba su lado amable sobre el agua tibia. No nadamos en círculos. Simplemente nos acercamos hasta que nuestros cuerpos desnudos se rozaron. Nos besamos apasionadamente con cierto sabor a sal en cada mordida o roce de los labios. Era como un alarde de apareamiento. Nuestros gemidos parecían capaces de despertar a todos los hoteles, de poner en guardia a los vigilantes de seguridad pero estábamos solos. Daba igual si desde la oscuridad uno o cien ojos dieran fe de ello. Cuando ya podía sostenerse en equilibrio sobre mi pinga sin poner los pies en la arena y el roce invitaba a la penetración salió corriendo a la arena a buscar un preservativo.

–Ven –invitó desde la orilla y yo la obedecí sin voluntad alguna. Como un zombi al que solo le queda un órgano vivo que lucha por separarse de su cuerpo desolado. Singamos sobre la arena hasta parecer croquetas. Carmen *se corrió* una y otra vez. *–Dámela, dámela ya... jo,* ya no puedo más –me pidió en algún momento. –Vamos al agua –le insistí–. Te la doy en el agua –no hay cosa que odie más que vestirme de arena. Nos quedamos donde dábamos pie. El poco peso que nos concede el mar invita a la fantasía pero el cansancio pesaba. Ya no podíamos más. Se puso a horcajadas, moviéndose libremente casi en espiral. Me vine con ella, mientras arañaba mi espalda intentando controlar sus espasmos. Luego nos quedamos un rato así, quietos, dejando que el suave ronroneo de las olas nos devolviera a la realidad.

–Hay algo que debería decirte.

–Ya sé. Estás comprometida.

–Si, pero no es eso.

–¿Qué es entonces?

–Que tengo anticuerpos.

–¿SIDA? –de pronto sentí el agua gélida.

–No. No he desarrollado la enfermedad pero si tengo el virus… De todas formas no tienes por que preocuparte –sentí vergüenza del cambio incontrolado que sufría–; solo se trasmite en la sangre o por los fluidos pero no en la saliva.

Me sentí sucio. Si no hubiera ido por el condón se la hubiera metido en carne. Hasta ese momento mi única experiencia cercana del SIDA había sido el Muppet. Nunca lo había tenido tan cerca ¿A 0,07 mm de silicona? Sentí miedo, pánico. Era un troglodita. Carmen tuvo paciencia.

–¿Tu pareja también...?

–No, mi amigo no tiene nada. Es una persona sana.

Sentí que otra vez fluía sangre por mi cuerpo y que el agua se templaba. Sus palabras me tranquilizaron. Esas y todas las que tuvimos durante el tiempo que duró el paseo hasta mi hotel, ya amaneciendo. Admiré su sinceridad, su valentía, su serenidad. Desprecié mi ignorancia. Le pedí disculpas pero no hacía falta. Esa noche sellamos una amistad que duraría para siempre, una relación de vida por encima de la muerte.

Carmen amaba la vida. El SIDA la condenó en una transfusión por un accidente de coche, cuando aún no se conocía, cuando se atribuía patrimonio exclusivo de los homosexuales (más tarde supe que solo fue un mito prefabricado de explicaciones simples a problemas complejos) pero no le quitó la vida. Su marido no tuvo tanta suerte. Duró poco.

–Yo cojo un taxi –me dijo en la puerta de mi hotel. Nos despedimos con un beso maduro, vacunado–. Gracias por la velada.

Cuando llegué a la habitación todos dormían. Me di un baño y caí en la cama desplomado. El Buda respiraba profundo, estaba en coma. Perico murmuraba algo incomprensible. Darío roncaba. Por primera vez, en muchos años, repare en la importancia de esas pequeñas cosas. Me sentí extrañamente afortunado.

De vuelta en la Habana me llamó Santiago. –¿Por qué no te vienes a dar un paseo con nosotros? –Muy bien pero, ¿dónde piensan ir? –Ni idea. Venga, te dejamos elegir. Llévanos donde te apetezca –«con mucho gusto», pensé. No me atreví a preguntarle si vendría Carmen. ¿Dónde podría llevarlos? Los museos los habrían visto casi todos, las fortalezas y las playas supuse que con alguna ya tendrían suficiente, así que pensé que sería buena idea llevarlos al Instituto Superior de Arte, el ISA, donde trabajaba gracias a la intermediación de Niurkita, *las primeras ruinas postmodernas de las Antillas*, según Gerardo Mosquera.

La construcción del ISA comenzó a principios de los años 60 en los terrenos de golf del antiguo y sofisticado *Havana Country Club*. La elección fue parte de una estrategia meticulosamente articulada en respuesta a la actitud gregaria y racista del antiguo régimen. Para ser socio del *Country* no solo era necesario tener mucho dinero, era imprescindible pertenecer a la raza blanca. Ni el mismísimo ex presidente Batista pudo poner un pie allá adentro por ser mulato. Eso dicen. Hay quien defiende incluso que gran parte de la burguesía apoyó a Fidel a finales de los 50s por puro racismo. Podías ser ladrón, malversador, ignorante pero ¿negro? No, eso era demasiado.

La construcción de un centro popular para la formación de artistas progresistas del tercer mundo en medio de las mansiones millonarias confiscadas a la alta burguesía magnificaría la importancia que el nuevo gobierno otorgaba al arte y la cultura como agentes de transformación de la sociedad y la creación de valores éticos y morales en la población. Según Roberto Segre, la relación con el espacio geográfico poseía connotaciones ideológicas. No es solamente la apropiación de un territorio caracterizado por la belleza exuberante de su vegetación tropical, para uso exclusivo de un restricto grupo social y ahora vivenciado por jóvenes artistas, sino la inserción de un conjunto arquitectónico "urbano" en el medio natural.

El conjunto arquitectónico en cuestión estaba formado por cinco escuelas. Las escuelas de danza moderna y artes plásticas fueron diseñadas por Ricardo Porro, la de artes escénicas por Roberto Gottardi y las de ballet y música por Vittorio Garatti. Era una apuesta por la libertad funcional, la inventiva estructural y la innovación de formas y espacios. Cada arquitecto definió su relación con el contexto respetando el uso del ladrillo como material constructivo predominante, adaptándose a los condicionantes topográficos del paisaje y organizando las funciones con la mayor libertad compositiva. El objetivo era, según Segre, lograr obras disímiles en su forma y unitarias en su contenido.

El proyecto nunca llegó a concluirse. La crisis de los misiles del 62 aumentó la dependencia de la isla con la Unión Soviética. Los aplastantes espacios de las escuelas y el diseño "extravagante" chocaron frontalmente contra la precariedad económica del país y el utilitarismo soviético. Los funcionarios del partido decidieron que las estructuras era demasiado llamativas, costosas, individualistas, ambiciosas, hedonistas y acusaron a los arquitectos de burgueses y folclóricos, de malgastar el dinero del pueblo simplemente para alimentar su ego burgués. Gottardi partió en busca de proyectos menos pretenciosos lejos de la Habana, Porro se exilió en París y Garatti fue encarcelado durante tres semanas acusado de espionaje. Cuando lo soltaron regresó a Italia.

Lo que en su día el propio Fidel llamó "la academia más hermosa de las artes en el mundo entero" fue condenada al abandono, el olvido y la destrucción. La escuela de ballet, a solo un cinco por ciento de su terminación, se utilizó brevemente por los estudiantes de circo y acabó de pasto de los ladrones y de la mismísima naturaleza. La selva se la comió y los desbordamientos del río Quibú acabaron por destrozarla.

–¡Que horror! –Santiago no daba crédito a lo que veía.

–Porro fue el que más suerte tuvo.

–En eso mismo pensaba ahora, en un porro.

–¿En un qué?

–En un cigarrillo de hachís.

–¿Y eso qué es?

–¿No lo sabes? Es un preparado que se hace con la resina del Cannabis. Carmen, por cierto, ¿tú no trajiste?

–Que va, aquí eso está prohibidisísimo. Me dio miedo. Aquí no se andan con chiquitas.

–¿Y Manolo? –pregunté para desviar la conversación no sé si por instinto o por miedo.

–Manolo tenía mucho trabajo –me dijo Santiago–. El pobre es una máquina. No para.

Chús tampoco había venido. Solo nosotros tres paseábamos por entre aquellas ruinas hablando de drogas. Carmen mantenía distancia. Lo suficientemente grande para dejar claro que, lo que pasó, no debió de pasar nunca. Lo suficientemente corta para insinuar que, lo que pasó, debería repetirse.

Santiago se cansó de los mosquitos y huyó al edificio principal con la ilusión, nunca mejor dicho, de encontrar una cerveza.

–¿Eres feliz? –le pregunté. Se lo pensó muy bien antes de contestar.

–Sí, supongo que sí –no era tiempo para confesiones, estaba de vacaciones.

Sin querer su mano rozó con la mía y la agarró y nos besamos y sin darnos cuenta estaba acostada en uno de esos hermosos arcos que parecían desafiar la muerte, con las piernas abiertas a la altura de mi cuello y yo de pie, dentro de ella, fuera de ella, entrando y saliendo, mirando como se *corría* gritando libremente hasta alzarla en vilo con los brazos para lanzar mi esperma en contra de la gravedad, sobre mi mismo, y liberarme del estrangulamiento del *condón*.

–Toma, este es mi teléfono; por si algún día lo necesitas.

–¿Por qué firmas Mhenchu con "h" si no suena?

–No suena pero está ahí. Mi marido es el único que me ha llamado Menchu, a pesar de que firmo así. La "h" la agregué cuando lo perdí. Es suya.

No tenía nada que decir. Mis pérdidas eran menos físicas.

–Es la primera vez que... ¿sabes?

–Supongo –dije, no se por qué, sin saber muy bien a qué se refería.

–Te voy a echar de menos.

–Si aún no te has ido.

–Lo sé.

Y decidí creer. Quizá porque me abrazó como si esa vez fuese la última, como si quisiera darme las gracias por algo, como si aceptase alguna resignación divina. Cuando se fue también la extrañé. No por el sexo, ni por todo lo que nos divertimos durante ese breve tiempo sino por algún desconocido y peregrino sentimiento protector, por alguna extraña y paternalista forma de querer. No era amor. Los dos lo sabíamos. Tampoco compasión sino algo más simple, simultáneo, armónico, algo más duradero, trascendente. Teníamos demasiado en común. Quererla fue uno de las mejores regalos que tuve, de esos que llegan sin avisar y que cuando nos dejan abren un agujero inenarrable.

Estimado G.

¿Qué tal por la isla de maravillas?. Espero que
hayan seguido trabajando. Hemos volcado el material
del concierto que grabamos a DAT y nos hemos
quedado locos. Es muy bueno. Estamos haciendo
gestiones con la Universidad para conseguir
traerlos a tocar aquí, en el D.F. Queremos saber si
les interesa y si dan su venia para publicar alguna
de las piezas en una recopilación que queremos
sacar acerca del rock en Cuba. Dale un abrazo muy
grande al Buda y a Perico de todos nosotros. La
pasamos genial. Contesta pronto. Un saludo cordial.

Paco Porras

Luz Negra

Cuando el Aceite me leyó la carta no lo podía creer. Me había ido con Teatro, entre otras cosas, porque había gira por medio y resulta que ahora, después de ná de ná, cae lo de Luz... así solito, del cielo. Parecía tan volao que era difícil de creer. Estuve un par de días haciendo una programación para la edición y masterización de las mezclas. Pa' no joderla de nuevo. Quería hacer una pincha completa, tema a tema, pa' después revisarla con el Aceite. Cuando ya más o menos tenía todo cuadra'o me llegó otra buena noticia. Una carta del LNME con una invitación a una beca ¡¡¡En el yuma!!! Había ganado un concurso y el premio era ese. Coño, de no tener ná, ahora resulta que iba a estar estresa'o porque ¿y si coincidían? Tenía que decírselo al Aceite cagando melodías. «Esta vez, Perico, no te mees fuera del *bidet*».

–Aceite. ¿Qué bolá?

–Bien y tú qué ¿en que andas?

–Oye te oigo mal, coge bien el teléfono que tengo que contarte una cosa.

–Si lo tengo bien cogido mariquita, estaba dormido. Dime.

–Me ha llega'o una beca pa'l yuma asere, el premio de la termocefalia que mandé al concurso de música electroacústica. ¿Te acuerdas?

–Felicidades Perico, claro que me acuerdo. ¿Cuándo es?

–Todavía no se muy bien pero puede que coincida con el *faster* a México.

–Bueno… no te precipites, pites…, no te desesperes, peres… todavía hay tiempo y además… tampoco hay nada seguro. Parece que el Buda también se pira, a Argentina.

–¿Y eso?

–Me llamó hace un rato. A la jeba le dieron la salida y quiere llevárselo.

–¿Y qué va a hacer?

–Ahora mismo tiene un problema muy gordo. Se quiere ir y quedar a la vez. ¿Qué harías tú? ¿Qué haría cualquiera que tuviera la oportunidad de largarse ahora mismo? Yo ya me la estoy planteando, no quiero que me coja de sorpresa.

–¿Y qué harías?

–Todavía no sé. Acabo de hacérmela. A veces lo tengo claro, a veces no.

–Es que si…

–Perico… tú no te preocupes que no merece la pena. Alégrate por tu viaje, llama a la trompa y festéjalo, a lo mejor se anima y te deja encajar el molusco.

–Eeehhh, que ya la encajé hace rato.

–¡No jodas! Coño, eso si que es noticia. Y qué, ¿te gustó?

–Tenía la regla.

–Bróder pero…

El Aceite tenía razón. No nos pasaba nada normal. Todo tenía que ser al más puro estilo Kafkiano. Llamé al Buda a ver que bolá. Estaba deprimido. Me salió la jeba.

–Perico. Vente pa' acá a ver si tu amigo se anima porque está insoportable. Ahora te lo paso. Un beso.

–¿Qué bolá?

–¿Qué te pasa *man*?

–Que la jeba me quiere llevar pa' Argentina –por detrás la oía descargándole –*Pero serás descara'o, así que te quieres ir y ahora que puedes, entonces no te quieres ir. Eres como el perro del hortelano.* –Ya, pero ahora tenemos el concierto ese en México. –*Concierto ni concierto. Si eso ni es seguro ni ná.* –¿Tú que coño sabes?

–Si bróder.

–No. No es contigo, es con la jeba. Tú no confías en mí.

–Bróder deja la jeba y habla conmigo. Tiene razón. Eso no es seguro. Ahora mismo hablé con el Aceite y esa gente no tienen el baro ni ná. Están luchándolo pero todavía nanaina.

–Coño, shhh. Verdad que al que nace pa' martillo del cielo le caen los clavos.

–De todas maneras, a lo mejor yo tampoco puedo ir.

–¿Cómo que no?

–Me llegó una beca pa'l yuma. Gané el premio del concurso asere.

–¡Ñoooo Perico!, ya se lo dijiste al Aceite.

–Si, si te estoy diciendo que acabo de colgarle –noté que se relajaba.

Seguro que el Buda estaba atormenta'o porque no quería dejarnos embarca'os y compartir la mariconá conmigo le hacía sentir mejor.

–Es que me da pena con el Aceite.

–A mí también pero a él parece que le importa tres cojones.

–¡No jodas!

Días después le llegó su turno. Manolo, su socio gallego lo llamó que tenía una carta pa' él. Era de Carmen, una gaita que estuvo buscándolo por el hotel el último día del festival. Uno seco y otros con lluvia torrencial. Carmen se había enterado de una convocatoria para unas becas de la Agencia Española de Cooperación Internacional y le había mandado las planillas y el librito con toda la oferta. ¡Un master de audio! La verdad es que le vendría que ni pinta'o. El Aceite también estaba contento. –Dile a tu abuela que sí, pero no –nunca supe lo que se traían los dos entre manos pero suponía que tenía que ver con lo de los fasters.

Al final el Buda fue el primero de nosotros en partir. Cuando llegó a Buenos Aires me mandó una postal. Solo ponía:

Perico, esto está de pinga. Dile al Aceite que no puedo estar más en esta ciudad. Ni un minuto más.

–¿Qué bolá Gadamerto?

–¿El del culo tuerto?

–El del culo zuzio.

–Eso no rima.

–Ya pero seguro que pica que no veas. ¿Qué bolá? ¿Ya regresaste del extranjero?

–¿De la República Martiana de Varadero? Sí, hace unos días.

–¿Qué tal les fue?

–Bien.

–¿Bien na' ma'? Salieron en el periódico y to' y solo dices… bien… así, ¿con minúsculas?

–¿Ah sí? ¿Y qué decía?

–Que unos socitos que son tremedos singaítos… ¡Yo qué sé! Bola de comepinguería farandulera. No entendí na' así que lo cojí pa' limpiarme el culo a ver si conseguía culturizarlo un poco y entonara con un poquito más de afinación.

–Ja, ja, ja.

–Es broma, te lo he guarda'o. Hablando en serio. No sé qué ha pasa'o pero me han traslada'o, al Ministerio.

–¿Entonces te han levanta'o el castigo?

–¡Qué va! Me trasladan de una cocina pa' otra. Si, pensándolo bien me han ascendido: ahora tengo más cacharros que fregar.

–Coño Manduco, lo siento.

–No sientas ni pinga. Aquí no hay nada que sentir. *Se acabó el querer*. ¿Sabes lo que me llamó la atención? Que la jebita verde esa que tengo, ¿tú sabe?, la extraterrestre, me estuvo preguntando por Niurkita. Oye ¿tú sabía que Niurki es pan con pasta?

–¡No jodas Manduco! ¿Eso te contaron?

–Eso y bolá de cosas más. Por ejemplo, por ponerte un ejemplo así cualquiera como quien no quiere la cosa, que había sido ella la intermediaria, la que te facilitó pirarte pa'l ISA.

–¿Y?

–Na' asere. Ten cuidao. No te metas en líos y camina por la sombra. No te quemes que si no vas a tener que estar a la sombra ya tú sabe de rato pa' curarte la quemadura.

–No te preocupes Bró. ¿Cuándo nos vemos?

–Pásate por el gao mariquita. Ven cuando te salga del ojo tuerto. Oye te dejo pero no te pierdas. Un brazo. Chao, abelachao, chao.

–Chao.

Todos querían despedirse pero nadie quería reconocer que se iba. Eso, por unas u otras razones, podía sapear el viaje. Así que Alina, una amiga común de todos nos convocó a su fiesta de cumpleaños antes de que empezara el chorreo. Era el momento justo. Aún estábamos casi todos; pero era algo que no duraría demasiado. Alina percibió la aceleración de la fuerza centrífuga y, antes de que nos lanzara a cualquier parte, quiso hacer algo por y para todos. Con los nervios a flor de piel aparecieron por allí músicos de todas partes y géneros. Alina vivía sola en una casa enorme del Vedado con jardín que de pronto se convirtió en un concurrido *parking* de bicicletas chinas.

Todos llevaron kcts y botellas de ron, desde alguna de 7 años hasta hueso, chispa'e tren y salta pa'trás. Aquello prometía. Todos conocían a Alina y Alina conocía a todos. No tocaba ningún instrumento. No sabía nada de música pero poseía ese don. Lo único que sabíamos de ella es que era escritora; al menos eso es lo que se decía porque tampoco conocía novela, cuento o poesía suya. Estaba en todas partes, conocía a todo el mundo y era aceptada y reconocida como de la manada porque, todo hay que decirlo, aquello era una fauna curiosa para unos y peligrosa para otros. Alina era linda, sata, pero no conocía a nadie, ni a nadie que conociera a nadie, que ni siquiera hubiera llegado a asomarse dentro de ella. Una incógnita. Alguna vez en el Palacio de la Computación estuvimos coqueteando descaradamente pero todo enmascarado por un juego que, llegado a un límite (llegamos a darnos un pico incluso), puso freno al desenfreno. Parecía inevitable pero… no pasó nada. Lo dejamos correr sin saber muy bien por qué.

Aunque nadie dijo nada todos fueron con sus parejas. Todos menos yo, claro. Sin Cuca, sin Ámbar, era un totí libre. Eso tiene sus pros y sus contras. Puedes hacer lo que quieras aunque no lo desees; porque lo que deseas probablemente no esté a tu alcance, quieras o no. Debía estar alegre pero estaba triste. Aquello no era una celebración sino una triste despedida. Y allí estábamos todos fingiendo que lo pasábamos bien con un nudo en el estómago.

Había vuelto a ver a Cuca, por casualidad, un par de días antes. La conversación fue breve y cordial: –El primo de mi novio estudia en tu facultad. Le dije que tenía un amigo que es profesor, a lo mejor le das clases –me dijo. Esta frase era la confirmación definitiva: había salido de su vida. Hasta entonces era su familia; a partir de ese momento: un amigo que posiblemente le diera clases al primo de su novio. Así son las cosas.

Tomamos más de la cuenta. Entre tanta música y tantas emociones una cosa fue sucediendo a la otra. Algunos vómitos, algunas deserciones, algunos llantos, algunos excesos. No se cómo sucedió, ni en qué momento, pero sin darme cuenta Alina me sorprendió: –*El barco está más seguro cuando está en el puerto; pero no es para eso que se construyen los barcos* –me susurró al oído.

–¿Qué quieres decir?

–Todos se van. Lo se. Por eso he organizado esta fiesta. Quizá esta sea la última ocasión que tengan para verse las caras. Ahora no, pero quien sabe si de aquí a diez o veinte años lo echen de menos y crean que las cosas fueron de otra manera y que todos éramos otra cosa.

–¿Y cómo es que sabes tanto?

–Porque soy hija de Ará, la tierra… Y tú eres hijo de Oggún. ¿Me equivoco?

–No, no te equivocas. Empiezas a asustarme.

–Yo no te asusto, te intrigo ¿no es así?

–La verdad es que sí. ¿Por qué una mujer tan linda como tú está sola? –y me sonreí porque en ese momento me imagine qué piropo hubiera dicho Bebé en mi lugar «¿Por qué ese culito pasa hambre?», pero Alina no era la directora de actividades culturales del municipio Habana del Este ni yo era Bebé.

–Porque estar sola es mejor que estar mal acompañada, ya se sabe. Pero no estoy sola. Ahora estoy aquí, contigo, los dos solos –susurró de nuevo y me agarró la mano y me extrañó porque las mujeres tienen un detector de tristeza que actúa de repelente–. Hace tiempo que quería hacer esto pero solo cuando sé que te vas me he decidido.

–No me voy.

–Sí que te vas. Ya verás. Todos se van. Todos menos yo. Yo soy la tierra, no me puedo ir.

Sentí que otra vez jugábamos con fuego pero ahora todo era diferente. Estábamos solos, rodeados de parejas, pero solos ella y yo desparejados, libres de hacer sin tener que explicar o inventar. Me empujó a su habitación, en un gesto bastante expresivo incluso para un poco entendedor, apagó la luz y nos besamos. Nos mordisqueamos con prisa, tocándonos, resoplando. Fui a levantarle el vestido pero no me dejó.

–Déjame que te voy a singar vestida… por si tengo que salir corriendo –se rió y me dejó desnudo encima de la cama; sobre una tela muy fina que no pude distinguir entre raso y seda. Empezó a relamerme la pinga con grandes lametadas, estirando el pellejo retráctil con las dos manos y engulléndola todo lo que podía. Después me metió la lengua en el culo mientras seguía manoseando el glande. Alternaba una cosa con la otra con tal sincronía que estaba a punto de venirme cuando paró–. No me hagas eso –ronroneó–, ahora me toca a mí, espérate ahí un segundo, solo un segundo –escuché desde lejos, desde algún rincón imposible de localizar en aquella oscuridad absoluta. Solo sentí que regresaba cuando me colocó un preservativo con destreza, desplegó la amplia falda sobre mí, lo que me produjo una oleada de escalofríos y ordenó: –Prepárate, agárrame el culo que me voy hundir ahora mismo en esa morronga –y así hizo. Debió de echarse vaselina o algo parecido pero aquel agujero tan estrecho y la posición en la que estaba delataba que se la estaba metiendo por el culo. Rugió no sé si de dolor o de placer pero se movió con fuerza sobre mí ordenando todo el rato que le agarrara las nalgas, que le pellizcara, que le pegara, a la vez que me masajeaba los huevos y se pajeaba. Finalmente gritó en medio de unos espasmos que me succionó definitivamente toda la leche. Si no fuera por las leyes de la física juraría que la había estampado contra el techo.

No hubo más. Después de un rato acostada a un lado como si se hubiera desmayado se levantó y encendió la luz. Aún tenía el rabo duro pero la fiesta había acabado. Me tiró un beso desde la puerta y desapareció. No la volví a ver en toda la noche y en toda la vida. Me pareció una mantis que por alguna razón no había concluido bien su trabajo. Ahora ya conocía a alguien que estuvo dentro, al menos, de sus intestinos.

Media hora después se habían agotado las reservas etílicas y el ganado empezaba a largarse.

–Coño Aceite –me atajó Perico–, ¿pensé que te había pira'o?

–¿Pa'l Yankee?

–Ah deja eso Billy Wyman ¿qué te paaaasa? –la lengua se le enredaba y los ojitos se le cerraban y las pausas eran largas, muy largas. En ese momento empecé a preocuparme por el regreso–. ¡Eeeeeh!, ya se. Tú tiene' carita de haber moja'o… A ti te han forra'o pepino… ¡Qué singaaaaaoooo!

–Estás de pinga. Venga, vamo' echando que ya se acabó lo que se daba.

Al rato estábamos todos más o menos instalados en las bicicletas, aunque no sabía si íbamos a ser capaces de llegar a alguna parte.

–Vámono' pa'l Malecón –propuso el Buda–, pa' la piragua. A volar el Maine.

–Bró, estás escapa'o –le dije muy cerca.

–¿Sabes una cosa? –me secreteó reduciendo aún más la distancia–. Entre tú y yo… Aquí hay una pila d' singaítos juntos –y se descojonó de la risa, con ese ruido contagioso que no puede parar, hasta que se encontró con la cara de Madelín y abrió los ojos como si hubiera visto al coco y se le cerró la boca en seco.

–Vamos, monta anda –le ordenó Madelín que ya estaba subida en la bici. El Buda iba atrás en la parrilla y Madelín pedaleaba. Menudo personaje. Todos se metieron con él: *abusador*, *descara'o*, pero él ponía cara de *¿qué hace esta gente? ¿en qué están pensando? ¿de quién están hablando?*

Busqué con la vista de nuevo por la casa pero no vi a Alina. Solo un póster enorme en el salón, en el cual no había reparado, de la ópera *Madama Butterfly*, de Puccini.

Eran aproximadamente las cuatro de la mañana y no había ni un alma, mucho menos un coche, en todo el Vedado. No había ni sonido, ni luz. Todo estaba *off*. Bajamos hasta Línea y tiramos por todo el medio rumbo a Malecón. El Buda entonaba con la voz engolaba letras ininteligibles que reverberaban engrandecidas y todos nos partíamos de la risa. De repente otra vez silencio. En un bache el Buda se había caído y Madelín no se había enterado. Paramos y miramos para atrás buscándolo, pero no se veía. Al final dimos la vuelta y un par de cuadras atrás lo encontramos tirado en el asfalto, en medio de la avenida, riéndose. –Ñoooo, aquí hay una pila de singaíto suelto –Madelín lo levantó del suelo y le espantó un galletazo en la cara. –Oye tú, eeeeh ¿por qué tú me pegas delante de los socios? –se sorprendió el Buda–, a ver si ahora se van a pensar que tú me maltrata. ¡Eeeeh! ¡Eeeeh! Eso es moral. ¡Te pasaste! ¡Deja que se me pase la nota! –le amenazó y se subió otra vez atrás. Entonces Madelín le advirtió: –Como te vuelvas a caer ahí te quedas. Así que agárrate –y él se agarró fuerte y siguió todavía un buen rato balbuceando frases inconexas hasta que llegamos al monumento del Maine y recuperó el *bel canto*.

Ma n'atu sole
cchiu' bello, oi ne'
'o sole mio sta nfronte a te!
'o sole, o sole mio
sta nfronte a te
sta nfronte a te...

Al final a mi también me dieron la beca. Rellené las planillas que me mandó Carmen y las entregué en el consulado. Varios meses después me avisaron. ACEPTADO. El Buda ya no estaba y Perico tampoco. Escribió desde el *yuma* (New York) arrebataito con todo lo que tenía al alcance. Por si acaso, me mandaba su dirección de correo electrónico en el estudio y me contaba sus vivencias tecnológicas. Internet lo tenía loquito. La gira de Luz Negra seguía en *standby*. La beca me pagaba un estipendio mensual pero no el pasaje de avión. Santiago consiguió el dinero.

A él le había impresionado la obra de varios artistas jóvenes que conoció y se había propuesto promover algún tipo de intercambio, casi en una sola dirección, con las instituciones culturales españolas. Había conseguido organizar la primera de estas expediciones, una pareja que trabajaba juntos. En realidad solo él pintaba pero firmaban los dos. Fue relativamente sencillo incluirme en el *pack* aunque después me desviara a lo mío. Además de la exposición había cuadrado una serie de charlas y yo podría hablar de la Música Rock en Cuba. Al menos de lo que estaba a mi alcance. Todo encajaba.

Hasta el último momento no parecía real pero llegó. Manolo me entregó el billete de avión, cortesía de Santiago, y me dejó algún dinero de bolsillo. –No es mucho –se disculpó–, pero te va a venir muy bien en Madrid –al cambio, era más de lo que había ganado en todo el tiempo que llevaba trabajando. Lo guardé nervioso. Por solo uno de aquellos dólares me podían meter en la cárcel. Adiós viaje, adiós todo. Carmen me llamó por teléfono. Estaba ansiosa.

–Hola ¿Qué tal? ¿muchos nervios?

–Un poco. Aún no salgo de la sorpresa.

–Tú no te preocupes. Yo te voy a ir a buscar al aeropuerto y te vienes para mi casa.

–¿A tu casa?

–Claro.

–¿Y... tu amigo?

–Él está encantado. Le he hablado tanto de ti que está loco por conocerte –me quedé callado–. Nooo. No te preocupes. Él solo sabe que somos muy buenos amigos. Bueno... acaba de venirte ya.

–¡Pero bueno!

Carmen se desternillaba de la risa. Lo de venirse era una simple gracia que no dejaba de hacerle gracia. Lo que para mí era *venirse* para ella era *correrse*. Me hacía mucha gracia oírle decir: *Nos vinimos todos juntos* o *Chús se vino conmigo*, así que le devolvía la broma: *Córrete pa'llá*, que para mí solo era, desplázate un poco, y ella no podía evitar la sorpresa. Siempre la cogía.

Por fin llegó el día del viaje. –Ves mijito, ves como tenía razón –insistía mi madre–. Ves como todo iba a salir bien. Tú tienes una estrella muy grande mi hijo –no escatimaba en alardes, madre al fin, pero había algo en lo que aún no había reparado. Éramos tres, dos hombres y una mujer y, aunque luego siguiera mi camino a la Universidad, íbamos por algo de arte.

La muerte es una vida vivida. La vida es una muerte que viene.

Jorge Luis Borges

Cuántas muertes más serán necesarias para darnos cuenta de que ya han sido demasiadas.

Bob Dylan

Las cosas no se terminan cuando se terminan.

Alicia Pedroso

Fui a casa de Manduco a despedirme; por si acaso, por pura inercia preventiva. Me preparó un pequeño ágape con todo lo que pudo. Sentía que era la última vez que estaríamos juntos y no porque me fuera a quedar ni mucho menos. Aquello era una máquina de moler carne. Manduco era un sobreviviente, pero las cicatrices hacían mella por todas partes. Seguía de cocinero; parte del festín lo financió el mismísimo Ministerio. El barco seguía encallado y botando agua y la gente se ahogaba. Más que agua era espuma, salitre que seguiría quemando, humedad para los huesos, por los tiempos de los tiempos. Manduco, una de las pocas personas por las que haría cualquier cosa, estaba tocado y nada podía hacer. A un extremo el otro. Lo sabíamos y nos abrazamos como si fuese la última vez. Anabel se excusó con un pretexto absurdo y salió para no despedirse. No quiso decir adiós, era como confirmar la mala suerte. *Osorbo Ikú: La muerte. Osorbo Ikú Suayo: La muerte*

153

delante de la persona. Osorbo Ikú Ado: La muerte detrás de la persona. Osorbo Ikú Ayé: La muerte viene por detrás de la persona. Osorbo Ikú Ni Ikú: La muerte segura (solo puede salvar Orunmila). Osorbo Ikú Ru: La muerte por accidente. Osorbo Ikú Bakú: La muerte por confundirlo por otro. Osorbo Ikú Imo Lule: La muerte por colapso. Osorbo Ikú Ote Arayé: La muerte por conspiración. La muerte. Ikú. Eso era. Allí olía a muerte, a muerte en vida.

Había comido, dormido, bailado, duchado, descansado, casi vivido por tiempos en esa casa y nunca se reveló tan despiadada. Ojalá que lo que fuera que pasara por allí siguiera su camino. Ojalá que la maquinaria perdiera los dientes. *Ojalá que las flores no te toquen el cuerpo cuando caigan.* Ojalá se abran tus caminos Manduco.

Llamé al hermano de Joel, aún seguía jimiquiando por la mordida. Joel ya estaba en casa. Me dijo que era imposible que se pusiera al teléfono; que si lo quería ver que fuera cuando quisiera. Cuando llegué estaba en el balcón, como un *hombre mirando al norte.* Desde su casa solo se puede ver un filón del mar, una pequeña raja entre dos edificios. Solo una pequeña rayita de agua que se difumina de azul a blanco cuando hay buen tiempo y de negro a gris cuando hay mal tiempo. En Cuba no hay estaciones, no hay matices. Vivaldi lo hubiera tenido más fácil: *lluvia y seca, bueno y malo.* Todo a la vez, lo uno y su contrario.

No se volvió. Era solo un hombre amarrado a una silla mirando al norte. Me puse enfrente suyo, entonces me miró y volvió a buscar lo que fuera que se le hubiera perdido en aquel horizonte de planilandia. No le pregunté qué tal estaba. Él tampoco tenía ninguna interrogación. Las respuestas estaban de más. Busqué una silla, me senté a su lado y ahí estuve hasta que vinieron a buscarlo para el baño. —Asere G, le toca el baño, ya trajimos los cubos, hace días que no viene el agua, y ya está to' prepara'o. No te pongas bravo pero vas a tener que volver otro día —entre dos de los hermanos se lo llevaron junto con la silla. Me preguntaba si bañarían también a la silla; como si fueran ya parte de lo mismo. Joel es más objeto que sujeto. Siento ganas de llorar. Mi madre nunca permitía que me acercara a un cadáver. –Es mejor quedarse con el recuerdo del difunto o la difunta en vida –justificaba. Ahora la entendía mejor que nunca. No tendré otro recuerdo de él más que este. Los días de mataperreo por aquellas aceras y parques, las travesuras que infringía a todo ser vivo que se moviera o no, las peleas con todo lo que se nos antojase enemigo, sus absurdas canciones de protesta, su risa de una forma u otra empezaron a morir cuando murió su madre. Ahora ya no había remedio. Era como una especie de esclerosis trófica del alma. Una enfermedad que deriva de otra y que conduce, inevitablemente, al limbo.

Por último llamé a Cuca. Pese al riesgo que suponía, debía hacerlo. Se mostró esquiva. Quizá no era el mejor momento. –Me voy Cuca, solo llamaba para decirte adiós –le dije para evitar la letanía. Entonces por primera vez, después de mucho tiempo, hablamos en serio y nos deseamos lo mejor el uno al otro y lloramos y prometimos no olvidar nunca lo felices que una vez fuimos.

Hasta la más pequeña gota de rocío caída del pétalo de una rosa al suelo, repercute en la estrella más lejana.

Albert Einstein

Mi cabeza no paró durante todo el viaje. Sería esta personaje una hija de puta como había vaticinado Domingo. Después del *buffet*, en el avión, hubo un detalle que aportaba pistas. Se empeñó en llevarse los cubiertos y las tazas de plástico de los tres. –Yo creo que eso no es para... –Que sí, que mi madre ha viajado mucho y siempre lo hace –Intentamos convencerla pero no hubo forma. Al final la azafata reclamó la cubertería plástica y ella la sacó del bolso de mano con la mayor naturalidad.

Estaba seguro que este viaje cambiaría mi vida. Sentía que, después de haber tocado fondo, empezaba otra vez desde cero, como las mareas. Estaba subido en un avión gracias a Santiago, a Carmen y también a haber estudiado electrónica en el ISPJAE y no en Alemania, adonde no me fui porque me importó más aquella tenista que coger un avión y dejarla, aunque lo hice apenas un mes más tarde. Pero a Santiago y a Carmen los conocí por Darío y porque otro amigo se casó cerca del festival internacional donde actuábamos invitados por la única institución de música electrónica que existía en la isla por aquella época. Y habíamos hecho aquella música porque no nos quedó más remedio, porque el Abuelo no volvió después de su misión en Angola y nos dejó sin batería y porque yo me quedé sin bajo después, porque tuve la mala fortuna de cambiar mi tarjeta MIDI por un bajo robado y por alguna extraña coincidencia el "dueño" fue a ese concierto del Palacio de Computación, sin anuncio, solo por el boca a boca y lo reconoció. Porque por aquella guerra en África no fuimos juntos a España y por el Abuelo conocí a Darío. Y al Abuelo por Bebé, después de probar suerte con una decena de bateristas y a Bebé porque, por estudiar electrónica, un día me dio por construir pedales de efectos de guitarra y tocábamos tan mal que nos venía bien que los probara un guitarrista. Y conocía a Pacheco del barrio, de toda la vida y él a Bebé, que también era del barrio pero no lo había visto nunca. Todo encajaba. Cada jugada llevaba a la próxima.

En una escena de la película *To Live and Die in L.A.*, un falsificador de billetes mata a un agente del servicio secreto oculto dentro de un tanque de basura. Antes de apretar el gatillo le dice: *Estás en el lugar equivocado, en el momento equivocado.* El error le costó la vida. Pero era diferente. El agente seguía una estrategia y falló. En el *waterpolo* pasaba algo similar. El problema no era meter el gol sino estar en lugar más oportuno de la jugada, estar colocado. Nos entrenaban para eso. Sin embargo, el hecho de estar en ese avión, con esas dos personas, que la abuela de Perico y Domingo habían visto, cada cual a su manera, no era el resultado de ningún movimiento, al menos mío. Evidentemente, el azar intervino con fuerza, pero no aislado. Hubo selección. Algunas oportunidades pasaron sin decir adiós, otras no me interesaron, otras fui tras ella. Hubo de todo.

El caos es así, parece impredecible pero no lo es, al menos dentro de ciertos límites. Para que algo ocurra, es necesario que intervengan determinados factores incluso aparentemente inconexos entre sí. Algunos los conocemos, otros no, con lo que no tenemos un planteamiento completo del problema. Si conociésemos todas las variables que influyen en un hecho, por muy débiles que sean, probablemente estuviéramos en mejores condiciones para predecir determinado comportamiento.

El 93 fue un año muy complicado. Mientras la economía del país tocaba fondo, Fidel recibía tres títulos doctor honoris causa por la Universidad Autónoma de Santo Domingo, la Universidad Técnica del Norte de Ibarra de Ecuador y la Universidad Federal de Santa Caterina Meridional de Brasil.

Al desastre económico se sumó uno meteorológico devastador. El mar penetró en la ciudad arrasando viviendas y demoliendo la ya frágil arquitectura. Pero hubo otro desastre peor, una extraña epidemia: la neuropatía congénita. Manduco casi se queda ciego, a otra gente le atacó los huesos. A un tío suyo le amputaron las dos piernas y un brazo. –Si siguen así me lo van a dejar en un busto –me dijo una vez con la impotencia de ver como su tío se reducía sin que ningún médico pudiera pararlo. La gente empezó a apuntar como causa al hambre acumulado pero, en realidad, nadie sabía nada, ni qué era aquello, ni cómo enfrentarlo.

Fue el año más difícil del que tuve conciencia. El primero de enero del 94, mientras el país se preparaba para festejar el próximo aniversario del triunfo de la Revolución, mientras que Wolf aún dormía en algún lugar del Cairo, Perico componía alguna de sus termocefalias en New York, el Abuelo probablemente fumaba en su cueva del Cerro y el Buda no aguantara ni un minuto más en Buenos Aires, yo volaba a Madrid con dos compañeros de viaje casi desconocidos, a un país borroso del que apenas conocía *La vida sigue igual*, hacia un futuro incierto, con las bobinas del concierto del festival en la maleta porque... quién sabe, en definitiva los del sello Luz Negra habían viajado a Varadero para ver a Fred Frith y Chris Cutler, que por alguna razón no consiguieron el dinero para ir pero que, gracias a eso, se fijaron en nosotros.

¿Será la suerte una manifestación de eso que llamamos destino? Del destino, quizá podríamos decir que es algo que terminamos haciendo, sufriendo, viviendo, con independencia del grado de intensidad, ignorancia o aborrecimiento con el que lo hayamos deseado, planteado, en algún momento, nunca o siempre. Una especie de fatalidad. Pero no creo tal cosa. Me inclino por la causalidad y la casualidad. La primera se puede prever y evitar. La segunda no. Actúan como un par de fuerzas basadas en el conocimiento. La suerte, sin embargo, es la casualidad a que se fía la resolución de algo que, si sale mal, resulta la excusa perfecta para justificar el fracaso. En boca de Neruda: *la suerte es el pretexto de los fracasados.*

Yuya se subió desnuda a la azotea del albergue para coger sol porque estaba convencida que, en ese momento, era el único ser que habitaba toda la escuela y alrededores. Era fin de semana. Todos se habían ido de pase pero su casa estaba demasiado lejos, en otra provincia desconectada, lo que le obligaba a vivir, prácticamente todo el año, en la escuela. Sin pases, ni rutinas familiares. Sola.

Siempre estaba sola. Había descubierto el placer de acostarse en las calientes tejas del chalet-albergue a coger sol y sentir como las gotas de sudor se rendían a la gravedad y bajaban, recorriendo sus recovecos, hasta precipitarse al suelo.

A veces, hasta tenía la tentación de seleccionarlas y organizarlas en pequeños hilos, cada vez más fuertes, para canalizarlas hacia esos puntos sensibles más concretos que conocía tan bien; pero era una operación delicada que la obligaba a "sufrir" la tortura deliciosa del azar. Cualquier movimiento impropio podría hacerle perder el equilibrio y acabar en el suelo, un césped mal cortado que no ofrecía demasiado peligro a más de tres metros del tejado, pero raspaba.

El Pesca'o tampoco pensó encontrarla. Estuvo más de medio curso sin perder ocasión para demostrarle lo que le gustaba sin el más mínimo éxito. –Tú no eres mi tipo. –Yo ahora no estoy pa' eso. –A mí el que me gusta es G este muchacho. –Déjame en paz, chico. –Acosador. –Te estoy cogiendo un odio que no te puedo ni ver –pero nada de eso, ninguna inconveniencia, fue suficiente para el Pesca'o. Lo contaba como si no fuera con él, como si no fuera relevante. Así que, ese día de pase, decidió correr un poco para sobreentrenarse y recorrió los más de 20 km que separaban su casa del albergue de Yuya. Estaba seguro que no estaría. Nunca estaba. Lo había dejado clarísimo. –Siempre me voy a casa de alguna amiga pa' no quedarme sola y pa' no verte – agregaba, pero eso era lo de menos. Llegó y vio una escalera en el jardín con ropa debajo. Subió tranquilamente con cierta curiosidad hasta que su cabeza llegó al reborde del tejado y vio lo que tantas veces había sido motivo de sueños e insomnios. Dos piernas largas, perfectas y húmedas convergían en un casi ralo y musculoso coño. Yuya probablemente sintió la mirada intrusa y se irguió como un resorte, irresponsablemente, para encontrarse con la cara incrédula del Pesca'o y los ojos fuera de órbitas. Un pequeño gesto sin cálculos le costó deslizarse abajo sin alcanzar el vacío gracias al obstáculo que encontró su bollo en la cara del Pesca'o. En esos segundos de tensión, que parecieron horas, ninguno de los dos pudo pensar con claridad. Todo intento de deshacer la situación, perversamente vergonzosa, fue tan torpe que generó reacciones cada vez más fuera de control. Yuya giró, sintió que podía caer, apretó las piernas. El Pesca'o perdió la vista. A ciegas intentó agarrarse y alcanzó una teta y el culo de Yuya. Yuya liberó las uñas de los escasos puntos de fijación en las tejas para clavárselas al Pesca'o y fue ahí cuando, confundidos en una sola masa, se precipitaron al jardín. La escalera colaboró en una caída sistemática y óptima, e incluso tuvo a bien enganchar el *short* del Pesca'o con algo para dejarlo en cueros. No hubo daños. Yuya calló encima. Levantó su cara y muy cerca pudo ver el enorme mástil del Pesca'o latiendo desesperadamente a tono con los acontecimientos. Cayó entonces en la cuenta que, debido a su posición, la cara del Pesca'o debía tener una vista íntima panorámica similar.

Pudo decidir levantarse y salir corriendo, darse la vuelta y abofetearlo e incluso gritarle cualquier improperio: *descara'o, rescabuchador, mirahueco*. El Pesca'o ya estaba acostumbrado a su maltrato. Sin embargo, algún impulso incontrolado, vital, le hizo columpiarse en la cara del Pesca'o y tragarse su miembro para lamerlo sincopádamente con suavidad.

Estuvieron chupeteándose, sudándose, besándose, penetrándose, hasta que el cansancio, el ardor y la picazón producida por la hierba se lo impidió varias horas después. –Oye este muchacho –le dijo Yuya ayudándole a ponerse en pie–. No te acostumbres.

Solo así fue posible, solo así. Yuya había estado obsesionada detrás de uno que se fijaba en todas menos en ella mientras rechazaba a este, quizá por ser menos popular, por tener esa piel tan negra, por ser tan silencioso y pesado o por tener ese apodo ridículo que ni siquiera era por nadar bien, sino por los ojos de *goldfish* telescópico. Cualquiera sabe. Yuya reconoció que estaba equivocada. Por eso después cuando le dijo pichicorto a G y él le abrió el abrigo para enseñarle a hablar con propiedad y ella le cayó atrás y terminó alcanzándolo y echándosele encima, no lo abofeteó, ni se ofendió, ni le

importó. Se rió. –Guárdate eso, anda. Ya no me hace falta –y el
Pesca'o fue feliz y, desde entonces, sin mediar palabra que
atentase contra la magia del "destino" siguieron juntos hasta
que acabamos el pre en la ESPA, nos retiramos del deporte,
salimos de la universidad, algunos nos fuimos *pa' fuera* y ella
lo mató.

La soledad no se encuentra, se hace.

Marguerite Duras

Carmen estaba en Barajas. No se si acelerada por el tráfico o por nuestro encuentro pero estaba más nerviosa que yo. Nos metimos los cuatro con todas las maletas (afortunadamente más pequeñas que un bolso de mano) en su Clio y salimos pitando del aeropuerto. Apenas pude disfrutar del camino entre la calefacción del carro, las Azúcar Moreno a todo volumen y la alternancia de acelerones y frenadas de Carmen sin parar de hablar, ni un segundo. Cuando puse un pie en tierra sudaba frío. Había un montón de gente esperándonos en su casa, con la mesa puesta. Algo se había olvidado Santiago y Carmen se ofreció para traerlo. –¿Te vienes? –¿Le preguntas al muerto si quiere entierro? –le dije sin pensar por esta vez en nuestro juego. Un poco de aire fresco era todo lo que necesitaba en ese momento.

Me metió en el Corte Inglés. Una marea humana subía y bajaba y compraba y fumaba y hablaba entre pasillos interminables llenos de productos: cosméticos, perfumes, relojes, maletas, prendas, ropas, electrodomésticos. Del vacío absoluto del Bulevar de San Rafael al lleno saturado de aquel enorme edificio. –Sácame de aquí, por favor –pero no le dio tiempo. Vomité toda la comida precocinada y plastificada que había tragado durante el viaje y al parecer no había digerido. Tuve la impresión de que, en cualquier momento, saldrían hasta los cubiertos plásticos que la azafata recuperó del bolso de la supuesta hija de puta o los pistachos con cáscara que devoró mi compañero de viaje antes de enterarse, viendo lo que hacía el vecino antes de llevárselo a la boca, que había que descascararlos previamente.

Devolver me salvó la vida. Con aquella natilla asquerosa, grumosa, digna del mejor Cerelac, se fue todo mi malestar y recuperé el color. Algo salió definitivamente para abrir hueco. Fue como donar a Madrid la esencia del período especial. Se restableció mi tensión y hasta me alegré de volver a tener hambre.

Mientras Carmen hacía su recado, contemplé la ciudad desde las escaleras. La gente se movía con prisa, sin detenerse, acelerada. Todo estaba limpio, pintado, conservado. Los edificios podían tener más de cien años pero lucían mejor que cualquiera recién estrenado en la Habana. Era una antigüedad nueva. Los bloques de Alamar venían con goteras y filtraciones de serie, los mausoleos de la Habana Vieja se caían a pedazos, pero aquellas magníficas construcciones, del centro de Madrid, muy cerca de Sol, parecían desafiar al paso del tiempo. Todas las antenas de televisión eran *de fábrica*. En la Habana la mayoría de las antenas eran *caseras*. Algunas, hechas incluso, con bandejas de comedor de aluminio o percheros. No sé de dónde salió la idea, ni de dónde la gente sacaba los planos, pero aquellas cosas funcionaban. Ahora tenía ante mí un despliegue de yaguis y parabólicas impresionante. Todo era nuevo y funcionaba.

Regresamos con el resto del mundo y comimos. Había varios platos. Yo elegí un bistec como hacía rato que no veía ni en fotos; muy suave pero me dolían las muelas y todos los músculos de la quijada. Mi aparato bucal estaba fuera de forma, de entrenamiento. Estuvimos casi tres horas a la mesa y por si fuera poco, hablando de comida. Que si este plato en Cuba se hacía así o asao y en tal región se llama de tal manera por lo que a lo mejor provenía de ahí o quizá se lo trajeron de allá. «Parece que en este país solo se piensa en comer». Desde luego los que menos sabían de comida cubana en aquella reunión eran precisamente los cubanos.

Luego se llevaron a mis compañeros de viaje a otra casa y nos quedamos solo los tres: Carmen, su pareja y yo. Él estaba entusiasmado con poder hablar de política y, aunque era de lo último que yo prefería hablar, soporté estoicamente sus abigarrados, distanciados y peregrinos análisis, desde mi punto de vista, acerca de una realidad sobre la que no tenía ni la menor idea. De esto sí podíamos opinar. Su tesis era el súper tópico. La situación del país era consecuencia del bloqueo americano. La expuso con palabras, citas y hechos estudiados, recitados en algún discurso que más de una vez tragué en directo. Yo solo me limité a escucharlo. No tenía ninguna intención de rasgar mi paciencia por una simple exposición progre trasnochada. A la botella de Chivas Regal que le inspiraba no le quedaba mucho. Recordé el cuento del perro. – No me puedo quejar.

Cuando parecía que se agotaban las pilas el repertorio cambió de tercio.

–Así que tú eres músico.

–Más o menos.

–¿Qué es lo que tocas?

–Música. Música de repuesto.

–Me refiero a qué estilo, qué genero.

–No sé.

–Suena pretencioso.

–Puede sonar pretencioso pero es la verdad. No tengo ni idea. Unos mexicanos le llamaron hace poco *Rock In Oposition*. No sé. Tampoco es que sepa mucho de géneros y estilos. Ni que haya oído gran cosa. Si quieres te pongo algo, me he traído unas grabaciones, y... juzga por ti mismo.

–Vale. Lo haré.

Carmen me miraba con pena, con *vergüenza ajena*. Pero no tuvimos que sufrir mucho. Minutos después, en medio de *Hierba Mala*, se le enredó la lengua.

–Vamos de juerga G, tienes que conocer la noche de Madrid. Venga Carmina, vamos a tomarnos algo.

–Mañana, ahora G está muy cansado. Ala, vamos a dormir, déjalo descansar ya, hombre –pudo arrastrarlo hasta la cama. Luego regresó. Nos quedamos solos en el salón. El *jets lag* hacía su efecto.

–Para mí también va siendo hora de dormir *Carmina* –dije bostezando. Ella se sonrió pero no se movió del sofá–. Que duermas bien. Mañana será otro día.

Lo único que se les exigía era un patriotismo al que poder apelar cuando fuera necesario para hacerles aceptar jornadas laborales más largas o raciones más escasas.

George Orwell, 1984.

Mi primera noche en Madrid tuve pesadillas. Soñé que el avión no despegaba. La gente comenzaba a angustiarse pero aquello no se movía. Sonaba una canción de Los Hermanos Bravo una y otra vez. *Ay, sin misterio, directo pa'l cementerio. Ay, sin misterio.* El bombo del sordo golpeaba con tanta fuerza que distorsionaba hasta parecer un *scratch* acompasado. De repente las azafatas abrían paso a unos agentes de seguridad vestidos de uniforme que venían directamente hacia nosotros. –Ciudadano, acompáñenos –pero solo se refería a mí–. Tú no viajas. A ti no te toca –y me bajaban del avión sin poder hacer nada. Aún no habíamos recorrido la mitad de la escalerilla cuando el DC10 se perdía en el cielo. Entonces me desperté. Ya era de día y las voces y los olores no eran los mismos. Era sonido desestructurado, agradable, perfumado, relajante, envolvente. Era música.

Lo primero que hice fue organizar mi beca en la Universidad. Me explicaron una combinación rara de metro y autobús. El primero absolutamente desconocido, el segundo casi lo mismo. Se podría decir que existe una clara diferencia de significado entre autobús y guagua. El bus va casi siempre vacío, llega a su hora, no huele, la gente respeta tu espacio vital, … Es como un viaje en avión sin despegar del suelo. La guagua (hasta el último estadio de su engendro evolutivo: el camello), llega si llega, para si el chofer quiere (cuando quiere), huele a humanidad ahumada, hay un espacio vital común (tus órganos no te pertenecen. Si te pican los huevos asegúrate no rascar los del vecino. Puedes ocasionar una catarsis másica de proporciones incalculables). Aquel autobús iba cargado de estudiantes. –Joder tronco, la polla, tío, de puta madre –otra chica descargaba con otra: –Mira... es que estoy hasta los cojones –no entendía nada. A diferencia de una guagua, donde todos los sonidos se mezclaban en uno solo, común, perfectamente comprensible, allí se podían distinguir perfectamente cada una de las fuentes, solo que el contenido resultaba ininteligible. Quizá fuera cuestión de tiempo.

Me dieron mi primera dirección de correo electrónico, varios carnés para acceder a los diferentes servicios de la universidad y un montón de material para estudiar. Me pidieron que abriera una cuenta para depositar el dinero; aunque tendría que ir a firmar a la Agencia todos los meses una planilla, a su vez, firmada por todos mis profesores. Supongo que para controlar que no botaban el dinero con alguien que aprovechara para unas buenas vacaciones con todos los gastos pagados en Madrid. En el banco me dijeron que recibiría una tarjeta electrónica para poder operar en los cajeros. Aquel era el primer enlace que me vinculaba al capitalismo pero debo confesar que la idea me encantaba. Eso de que pudieras ir por ahí con una tarjeta plástica llamativa, meterla en una máquina, teclear un poquito y sacar dinero, era un salto cualitativo para mi experiencia. Un montón de miles de pesetas si quería y si podía, claro. Ese año iba a ser millonario por primera vez en mi vida. La peseta estaba tan devaluada que se contaba por millones. No sabía nada de cuentas, de correos electrónicos, de bancos ni tarjetas pero no fue difícil acostumbrarse, al contrario.

Mientras esperaba que empezaran las clases, unos amigos de Carmen me organizaron una charla en la Facultad de Comunicación de la Complutense sobre el *rock* en Cuba. Prepararla me llevó un par de días. Hice un boceto, más o menos, de la historia del *rock* en Cuba basado sobre todo en los apuntes de Humberto Manduley. A diferencia de Humber, soy muy malo para las fechas y los nombres; así que enfoqué un poco el discurso hacia las peregrinas connotaciones ideológicas que se le atribuyeron y sus consecuencias citando a Manduley continuamente para poner ejemplos y reproduciendo pequeños fragmentos lo más variado posibles. Era la primera vez que lo hacía. «¡Qué atrevimiento!». Articular algo sensato acerca de un montón de historias interrumpidas era, como poco, disparatado. La historia del *rock* en Cuba era la historia de la disidencia y quizá, de la decadencia. ¿Podría demostrar que ese éxodo era consecuencia y no causa? Yo que sé. Después del tercer o cuarto borrador decidí improvisar. Limitarme a hablar solo de mis experiencias, sin elucubraciones ideológicas por medio de las que luego no tuviera que arrepentirme. Pensé en Bebé y en el Abuelo. Al menos a Perico y al Buda los tenía *más cerca*, podía escribirles pero al resto... Viéndolo todo desde *fuera*, por primera vez, con cierta perspectiva, sentí un impulso de empezar a escribir nuestra historia pero no para la charla, eso me llevaría *un huevo* de tiempo, y tampoco era el momento apropiado, porque tenía un montón de cosas que estudiar para la Universidad, así que compré un cuaderno azul pequeño en la papelería de los bajos de la casa de Carmen para tomar apuntes (sí, para comprar algo solo necesitabas tener dinero; en Cuba exigiría invertir una cantidad ingente de tiempo). Siendo tan pequeño lo podía llevar dondequiera y tomar notas cada vez que regresara ese impulso para, cuando pudiera, organizarlas mejor. Quién sabe.

El "amigo" de Carmen tenía un *computer* prehistórico, un Amstrad que era como una máquina de escribir mucho más cara, pero era lo que había… y gracias. El único problema era que estaba en su habitación. Era una suerte que me lo ofreciera para ayudarme en mi pretenciosa articulación de ese desencajado rompecabezas para un público desconocido pero, el hecho de que estuviera allí, en su habitación, tantas horas, prometía ser una fuente de complicación. La verdad no dormía tan bien en aquella camita tan pequeña que generosamente habían dispuesto para mí y, quizá por eso o por el agotamiento de conseguir mi Frankenstein, un mediodía me acomodé en la cama "matrimonial" a pensar y me quedé dormido. Entre sueños sentí que alguien se acostaba a mi lado y abrí los ojos. Era él. Me quedé helado sin saber cómo reaccionar, pero debió durar tan solo unos microsegundos porque me levanté como un muelle y salí pitando. Bajé a dar una vuelta y airearme. No podía alejarme mucho, no fuera que luego no encontrara el camino de vuelta pero si lo suficiente para, con un poco de privacidad, organizar los acontecimientos sin sacarlos de quicio.

Después de aquella historia todo volvió a las más absoluta normalidad, como si no hubiera ocurrido y solo hubiera sido parte de mi pesadilla. Se inauguró la exposición de mis compañeros de viaje e hicimos una especie de coloquio. El público hizo muchas preguntas pero ninguna de los temas que habíamos preparado. –¿Por qué reprime el régimen de Castro a los homosexuales? –¿Cuál ha sido el tratamiento que se la dado a los enfermos de SIDA? –¿Es cierto que los recluyen en Los Cocos? –¿Conoces a Reinaldo Arenas?

A juzgar por las preguntas, a aquel quórum le interesaba una mierda lo que pasara con el *rock* en Cuba y, probablemente un poco más, lo que a la plástica de los 80, pero no lo suficiente. Está claro que no habían ido allí a ceñirse a nuestro libreto. Era su oportunidad, para satisfacer su curiosidad, con carne fresca venida de la isla. Es probable que hasta calcularan el efecto del miedo a hablar. Disfrutaron de su libertad de opinión sin reparar en el compromiso en que nos dejaba ejercer la nuestra.

Si piensas volver, las reglas son las mismas. Pero, pensándolo bien, las respuestas que exigían esas preguntas eran más vitales, mucho más importantes, que especular sobre arte.

La avalancha fue apabullante. Estaba claro que no estábamos preparado para aquel interrogatorio. Sabía que al Muppet lo habían metido en Los Cocos y tenía un vago recuerdo fotográfico del momento en que sacaron de su casa al primer caso detectado de SIDA en la isla, aislado en una funda de *nylon*. Se comentaba que en los primeros años de la Revolución habían encerrado a mucha gente en la UMAP (las Unidades Militares de Apoyo a la Producción) ya sea por ser maricón o rarito. Entiéndase tener el pelo largo, vestirse medio *hippie* (algo zarrapastroso también valía) o andar con una guitarra por la calle en vez de estar cortando caña o sembrando algún trozo de las 19 000 hectáreas de frutales con café intercalado durante la gloriosa ocurrencia del Cordón de La Habana. Pero no conocía a nadie que lo hubiera sufrido en carne propia. No sabía, salvo algún caso aislado como aquel que trajeron estando detenido en la estación de policía, que realmente esas prácticas continuaron, ni cómo. La verdad es que tampoco tenía ni idea de quien era Reinaldo Arenas, ni había leído nada de Virgilio Piñera, ni de Severo Sarduy, apenas el *Paradiso* de Lezama Lima. Sentí mucha vergüenza. Mi propia ignorancia y cobardía aportaba las pruebas.

Aprendí a jugar en mi terreno. A decir medias verdades en boca de otros. A coquetear con los límites de la tolerancia pero no había aprendido a expresarme con libertad, a decir verdades completas. Aquí todo el mundo hablaba el mismo lenguaje pero no nos entendíamos. Para nosotros la verdadera palabra debía ocultarse bajo otras. Esa era la salvación, el posible equívoco de los significados. Aquí el discurso solo tenía un significado, el llano, y la historia se limitaba a los hechos, a una información que nunca estuvo a nuestro alcance. El Ministerio de la Verdad existía, eso ya lo sabíamos, pero no habíamos calculado sus consecuencias.

Al salir de allí nos fuimos todos a un bar pequeño, enterrado, siniestro. Dentro, un travesti excesivamente maquillado doblaba un bolero decadente mientras en la barra un calvo con gorra de cuero se mateaba con otro. *Tacones Lejanos* en directo y a todo color. Había mucho humo y excursiones en grupo al baño.

–¿Tú entiendes? –me preguntó uno que había estado en la charla a boca de jarro.

–¿Si entiendo qué? No te entiendo.

–No tiene importancia –me dijo y me quedé sin entender qué era lo que tenía que entender. Luego él mismo me agarró del brazo en dirección a los baños–. No te asustes que yo no me como a nadie –sacó del bolsillo una diminuta bolsita de papel y extendió una rayas en la tapa del inodoro.

–No, gracias.

–Es buena y carísima. No harás un feo a una invitación –y probé la cocaína por primera vez y aunque no pasó nada sentí que inhalando aquella raya cruzaba todas las rayas permitidas y entraba en un mundo sin rayas y tuve miedo.

Para nosotros todo aquello era nuevo, desconocido, otra realidad que abría sus puertas. Daba pánico entrar, asomarse. Luego supe que aún era peor salir. A priori, emergía como una habitación oscura, en la que todo era posible, en la que libertad y libertinaje eran solo dos palabras. Carmen también estaba allí y acudió en mi ayuda. Bebimos un *par de copas* más y luego a casa. Había venido sola. Regresamos caminando por la ruidosas calles del centro. Madrid nunca duerme. «Quizá como La Habana en sus mejores tiempos». Llegamos a casa y nos sentamos en la cocina a tomar un Cola Cao. Era lo más parecido al extinguido Pinocho. *Me apetecía.* Conversamos acerca de sus amigos, los que no conocía, de la mesa redonda. La mayoría eran homosexuales, algunos militantes activos, otros artistas. Ella decía que habíamos estado bien pero yo seguía sintiendo esa vergüenza pueblerina.

Sin darnos cuenta nos fuimos acercando y, cuando sentí el ruido de un puñetazo sobre la puerta, Carmen estaba encima de mis piernas besándome en la boca desaforadamente. El susto nos apartó y pude verle. Era él, su *amigo*. Esperaba que se lanzara sobre mí como un perro rabioso pero no lo hizo. Blasfemó ininteligiblemente y se largó dando un sonoro portazo. Yo me quedé petrificado.

–No pasa nada. No te preocupes –me dijo Carmen en voz baja.

Después de la escenita, cuando reaccionamos, tuve que mudar el campamento. Carmen despertó a una amiga suya. –Ha pasado algo. Ahora no te puedo contar. Necesito que me hagáis un favor. ¿Puede quedarse a dormir en vuestra casa un amigo? –parece que la respuesta fue sí, porque allá nos fuimos, aunque más bien al amanecer. Sentía una pena espantosa. En la cara de su amiga pude leer: –Vaya con el cubanito. Si tiene que pasar, cuidadito con que no se entere mi pareja por lo menos –a las pocas horas, cerca del mediodía, llamó Carmen de nuevo. –Lo siento –me dijo–, fue culpa mía. –No, en realidad yo tampoco... –Tú tranquilo. Se mosqueó muchísimo pero ya se le pasará. He hablado con Antón, un amigo que se ofreció para hospedar en su casa a alguno de vosotros, y dice que no hay problemas, que te puedes quedar allí el tiempo que haga falta. Es majísimo, ya verás.

Me dio la dirección y me fui en metro, de nuevo, con mi aún ligero equipaje. Efectivamente Antón era una bella persona. Vivía solo en un apartamento forrado de libros y discos y cuadros preciosos. Apenas nos vimos en varios días, pues él viajaba mucho, pero yo estaba demasiado atareado en ponerme al día con el curso y en no perderme por Madrid. Me acordaba vagamente de resolver una integral y las clases iban muy de prisa. El mundo se aceleraba. Llegaba de la

174

Universidad y seguía estudiando con los discos de Antón de fondo. Tenía una colección impresionante. No era exactamente la música que consumía en la Habana pero tenía un montón de placas (por fin entendí el verso de Fito *todo el día encerrado en el placar*) buenas y desconocidas que devoraba con la misma ansiedad con la que me ponía al día con el tratamiento digital de la señal.

Cuando nos vimos hablamos muchas horas de Cuba. Por primera vez, en este país, alguien hablaba con suma propiedad del tema. Antón estuvo incluso preso durante el gobierno de Franco pero no quería a Cuba con ese patético paternalismo de izquierdas. Distinguía los matices sin perderse en los límites, sin que la pasión le cegara de la frialdad necesaria para hacerse con una composición objetiva de la situación. Antón era un estratega, veía las jugadas con la claridad de quien observa desde fuera, de quién calcula los riesgos de la próxima jugada y se compromete. Antón estaba implicado con la situación cubana pero no *de piquito*, no con la puntica de la lengua. Había viajado a la isla muchas veces, algunas invitado por el gobierno, otras por su cuenta, pero no perdía de vista las posibilidades de la oposición. Su visión era amplia, documentada y distanciada y su actitud consecuente la mayor prueba. Antón se hacía querer y yo lo quise. A cambio de otra equivocación, conseguí un gran amigo.

A pesar de mi complicada vida de estudiante pude ver a mis dos compañeros de a bordo en varias ocasiones. Una periodista que estuvo en la inauguración de la exposición me llamó dos o tres semanas después para *tomar algo* muy cerca de un restaurante que presumía con un curioso cartel: *HEMINGWAY NEVER ATE HERE*. No la recordaba por su nombre aunque sí la reconocí cuando la vi, una medio tiempo rubia muy atractiva, alta y delicada. Después de varias *cañas* quedamos para cenar en su casa al final de esa semana. Intuía claramente sus intenciones pero, después del exilio apresurado de la casa de Carmen, no estaba dispuesto a seguir el juego de cubanito semental; así que invité a mi compañero de viaje (todavía andaba por Madrid) a que me acompañara. Le pregunté cuidadosamente si no le importaba. –No, claro que no –respondió sin poder ocultar cierta incredulidad.

La cena estuvo muy buena. En España la comida siempre es buena, al menos para mí. Cocinar mal era delito. Ya no me dolían las muelas al masticar y empezaba a apreciar los vinos y las sutilezas culinarias así que *disfruté como un enano*. A lo bueno no cuesta acostumbrarse. Lo malo es al revés. Después del café, mi compañero empezó a ponerse cariñoso con la anfitriona, momento que aproveché para hacer mutis por el foro.

Dos días después volvió a llamarme. Esta vez *quedamos* en un bar. Estaba incómoda, yo diría violenta. Se sentía engañada. Aquel día se había acostado con mi compañero y a la mañana siguiente, después de estar *follando* toda la noche, otra *chica* lo llamó *a su propio teléfono* y él se fue sin más. –Es un cerdo –se quejaba–. ¿Cómo ha podido hacerme esto? –Yo estaba convencido que él no le había jurado fidelidad en ningún momento, pero daba la impresión que ella no creía lo mismo. Él si estaba dispuesto a romper todos los pronósticos. En Cuba *no se comía ni una rosca*; aquí se lo disputaban. No podía detenerse a calcular los estragos sentimentales que fuera provocando. Intenté consolarla todo lo bien que pude, que no fue mucho, porque no podía olvidar que, siendo yo en realidad su principal objetivo de esa noche, distorsionara los acontecimientos hasta convertirse en una mujer fatal abandonada por otra, sin más, por un machito de mierda con el que ha estado follando probablemente durante más horas que en toda su vida junta.

Al final me disculpé con la excusa de la Universidad al día siguiente invitándola yo a cenar en casa. –Te voy a preparar algo típico. A ver si te gusta –esta vez tendría que valerme por mí mismo porque Antón andaba por Bruselas, pero por la tarde llamó mi compañera de viaje (la latente hijo de puta aún sin manifestarse) que también estaba *depre*, añorando y esas cosas, así que aproveché para matar dos pájaros de un tiro. Las dos se conocían y, de alguna manera, supongo que notaran mi falta de entusiasmo hacia ellas pero la velada fue inmejorable. No pararon de hablar entre ellas durante toda la noche. Yo solo traje los platos, puse la música e intervine con algún que otro monosílabo; más que como anfitrión serví como un camarero diligente. Se fueron cerca de la medianoche, cuando casi se me cerraban los ojos y las ganas de echarlas se volvían irresistibles. Cuando cerré la puerta sentí un alivio tan grande que dormí como un bendito.

Después de aquello hablamos muchas veces. Nos hicimos *colegas* de tanta confidencia. Ninguna de las dos había tenido, hasta aquel día, ninguna experiencia homosexual pero por algo, que no tiene nada que ver con la comida que preparé para ellas aquella noche, se *liaron* y hasta entonces.

Yo lo sabía porque ella me lo confesó, pero no para la cubana que, aunque lo intuía, no estaba segura. –Me he mudado con Mari Paz porque en su casa estaré más cómoda – me dijo absolutamente convencida que no era creíble pero yo le sonreí y le animé a seguir. –Me alegro por ti –y era cierto.

From: aceite <G@madrid.es>
To: perico <ppp@yahoo.com>
Subject: 8-)

bróder... ¡ciencia ficción!
estoy con una beca en Madrid, en principio, por dos
años
¿quién nos lo iba a decir?
¿qué tal t va por NY?
yo estoy bien, estudiando con cojones, pero
contento
traje las cintas para ver que puedo hacer con
ellas, teniendo en cuenta que a Luz Negra le
interesó nuestra pincha; pero aún no he encontrado
a nadie que tenga una grabadora de esas (aquí le
llaman "de carretes"; pero no de fotos)
¡son prehistóricas!
un abrazo rompe estrechez d' corazón

el Aceite

Mi querido hijo,

A Dios gracias que estás bien. Estudia mucho mijito que te salen unas cartas preciosas. Confía en tu madre. Vas a ver como todo se resuelve y no vas a tener problemas. El otro día vi a tu amigo Joel. El pobre, está un poco perjudicado todavía pero, cómo se acuerda de ti. Me dijo que te mandara un abrazo muy grande, que te iba a escribir para mandarte las últimas canciones que ha hecho. Es comiquísimo. Me cantó una que se llama Con-su-mismo. Ese es el estribillo, después sigue *con-su-mismo pantalón, con-su-mismo zapato, con-su-misma camisa. Con-su-mismo. Con-su-mismo.* Me reí cantidad con él. Tiene cada cosa.

Por lo demás todo está cada vez peor. Menos mal que estás fuera y puedes ayudarme, si no, yo no sé qué pinga sería de nosotros. Ese señor, que Dios lo perdone, definitivamente ha perdido la cabeza. Hace ya varios meses que no hay leche ni en los centros espirituales y el cerelac ese sabe a tierra. Bárbaro ha conseguido hacer una natilla con eso pero yo no puedo probarla. Me entran ganas de vomitar. El pollo, ay mijito, el tiempo que hace que no veo un pollo. Han abierto un montón de tiendas en dólares pero todo es carííísimo. Que poca vergüenza. Resulta que antes te metían preso por tener un dólar y ahora lo llaman moneda convertible y si no la tienes te mueres de hambre. Yo no quiero abrumarte mijito pero no es fácil. Tu hermano está bien, pobrecito, tú sabes que su vida es el televisor y nada más. Por cierto, ahora lo tiene roto y el mecánico pide 200 pesos por arreglarlo. La gente se aprovecha. Ni que hubiera mucho que ver. Menos mal que ya viene la programación de verano porque si no... Esto es sálvese quien pueda. No te quiero presionar mijito pero cuando puedas mándame un dinerito extra para poder arreglarle el televisor a tu hermano. Me tiene loca.

Recibí las pastillas de la presión que me mandaste y los blummers. Muchas gracias mijo porque los que tenían estaban lleno de huecos que casi se me salía el... mejor déjame callarme. El radio que le mandaste a tu hermano estaba precioso. Que buena idea que fuera como un auricular. Como no podía estarlo toqueteando le duró cantidad. Parecía un extraterrestre, si tú lo ves. Pero el otro día Cuqui, la vecina de los bajos, le dijo *El televisor es mío*, la muy imbécil, y... ya sabes como se pone. Se los quitó y los reventó contra la pared. ¡Le di una leña! En el fondo, el pobre no tiene la culpa. Hay gente mucho más anormal que él. Tu padre, por ejemplo.

Bueno mi amor, no te atormentes con todo lo que te cuento pero, contigo tan lejos, a veces me siento muy sola y necesito descargar. Te voy a contar un chistecito para que te animes.

Quien tú sabes por fin se muere y va directo y sin escala al infierno pero el diablo le dice —¡Qué va, aquí no te quiero! Pa' diablo yo —y lo manda pa'l paraíso. Cuando llega, San Pedro lo recibe —Quiero hablar con Dios ahora mismo —le dice el barbas. San Pedro no sabe que hacer con él —Bueno espérate un segundo a ver si te puede atender. Él esta muy ocupado así que no te garantizo nada. De todas formas veré que puedo hacer —se va a buscar un mensajero para avisarle pero, cuando regresa, el tipo no está. «Me cago en...». Sale a buscarlo, registra por todas partes y nada. «A ver si está con Él» piensa, y se dirige a la casa del Señor. La luz esta encendida. Se acerca a la ventana y escucha a Dios hablando —A mí me parece muy bien ese plan de cooperativas que propones, lo del trabajo voluntario, incluso hasta lo de crear esos comités de defensa de la revolución, pero... ¿por qué tú insistes en que sea el vicepresidente?

Ay y este otro que me acordé ahora. Quien tú sabes se para en la tribuna de la Plaza de la revolución y le dice a la gente —Querido pueblo, tengo dos noticias que darles, una mala y una buena… ¿Cuál quieren que les de primero? El pueblo entusiasmado coreó: la mala, la mala y el comandante menea los

micrófonos pensando y dice seriamente —La mala
noticia es que, debido a la escasez de alimentos,
nos veremos en la necesidad de comer mierda —hace
una pausa grandilocuente y sigue—. La buena es que
hay mucha.
Bueno mi amor, ahora si te dejo. No le hagas mucho
caso a esta vieja loca que te quiere con la vida.
Un beso muy, muy grande de tu madre que te adora y
te extraña mucho. Muchos besos mi corazón.

Tu Mamá

P.D. Hay hijo perdóname, casi se me olvida, el otro
día me encontré por la calle con una amiga tuya. Se
llama Niurka; fue ella la que me reconoció, a lo
mejor de algún concierto tuyo. Hablamos mucho de
ti. Te manda muchos besos aunque tenía una mala
noticia. Martica, una amiga común de ustedes, murió
hará cuestión de medio año. Me dijo que trabajaba
contigo. Regresaba en bicicleta del trabajo, en
medio de un apagón, y tuvo la mala fortuna de meter
una rueda en una cazuela. Las calles están todas
echa una mierda, con agujeros por todas partes. Se
cayó y se facturó el cráneo contra el contén. Igual
que tu abuela, que en paz descanse. Lo siento mucho
mi amor. Aquí se muere el que no tiene que morirse.
Voy a rezarle unas oraciones por ti. Que Dios te
bendiga. Un beso muy grande de tu madre con toda su
alma y cuídate, por favor, hazlo por mí.

From: perico <ppp@yahoo.com>
To: aceite <G@madrid.es>
Subject: Re: 8-)

Al fin te hablo por medios poco convencionales
pero eficientes...
No sabía que estabas por Madrid
Déjame darte primer primero algo de mis últimas
coordenadas post cubanas.
Estoy en Tokio. Sí, así mismo como lo lees... *Made
In Japan*
Me empaté con una narra de la Orquesta Sinfónica de
aquí que también le mete a la música electrónica
(la conocí en la beca del yanqui, en NYC).
Esta sí que... eso.
Cuando se acabó la beca intenté partir una visa
para trabajar y pinchar pero... no conseguí ni de
mozo.
La jeba había regresado y me avisó de un concurso
de oposición para una orquesta *very important* de
Tokio.
El lío fue que no había agarrado el violín en seis
meses y tuve que pelarla durísimo... me pedían un
concierto de Mozart y todo...
Bue, el caso fue que el santo quería que yo comiera
más carne de la que había molido con los molares
hasta ese día... Tu socio Perico con pancita de
sietemesino pa' que sepas...
Es un trabajo super *easy*, tipo lo que era la
orquesta del ICRT pero con músicos en talla. Es una
plaza VITALICIA, con seguro médico, jubilación y
jubileo.
Asere, disculpa que no coordine bien pero como hoy
es mi cumpleaños ya a esta hora he fumado kosas
para sakar takikardias...

Y na'. Estoy bien con pinga, singando como un loco
(lee de nuevo esto último) y pinchando en la tierra
de los yerros. Ya me compré mi primer sintetizador.
Es un CS1x de Yamaha... está chulísimo. Además ya
tenía un sampler CASIO FZ1... ese, como es de
suponer SI tiene bateos con la pantalla de cristal
líquido y tiene además un tornillo dando vueltas
por su vientre digital que se hace escuchar cada
vez que levantas el aparato... normal.
Los de Luz Prieta me escribieron y aunque parece
que de faster ni pinga sí están interesados en
sacar un CD del piquete... así que métele con tó.
Te mando su direc...
Asere de pinga volao que vaya a salir ese
material... No le metas mucha reverb! Jaja
Me voy del aire...
Un beso grande pa' ti... fuera se dan besitos los
hombres...
Y a todos los Kuban boys que te encuentres por
ahí... Por fa, si tienes la dirección del Buda
hágamela llegar porque no se nada de su querida
calva...
Chao broer un quiero grande de mi ser con 26 años
de vida artística...
P...

El amigo de un hermano de uno que estudiaba conmigo en el curso tenía una grabadora de cintas. Teníamos que hacer un trabajo y yo escogí el de Restauración de Señales. Es algo así como la restauración de un cuadro, quitarle la porquería de encima, devolverle el color, arreglar un detalle, solo que, en lugar de una foto o sobre el mismo lienzo, se trabaja sobre audio, sobre música o voz grabada y, en este ámbito, a todo esto se le llama señal. Mi idea era remendar aquella grabación que traía de La Habana, lo más decentemente posible, para mandársela a los del sello Luz Negra a ver si, de verdad, la comercializaban. Yo pensé que en la Universidad podían tener alguna de esas Tascam antiguas, en La Habana no estábamos tan escasos de esas, pero no. No tenían ni una sola. Ya todo era digital, la verdad, desde hacía rato todo era digital y no nos habíamos enterado. Este me oyó y sintió curiosidad y *mira por donde*, me llevó hasta *el tipo*.

Quedar con el Calamar no fue nada fácil. Era forense, un médico forense apasionado por la música, tanto, que poco a poco montó un pequeño estudio en una habitación más pequeña que *un cuarto de baño*, pero con todo lo necesario para producir música. Estaba loco por la música andina y, ajeno a la idea que me había hecho de él, por su profesión claro (y también por su mote), era un tipo simpático, agradable y buenazo. Sacó el trasto lleno de mierda. Para mí era una grabadora de cinta pero para él era de carrete porque la de cintas era la de cassette. Aquel aparato húngaro estaba roto pero, por suerte, tenía los planos. No le importó que me lo llevara para intentar arreglarlo, ni dedicarme parte de su tiempo en digitalizar aquellas cintas.

Yo ya me había comprado un *ordenador*. Antón me prestó la mitad del dinero y, a través de un conocido suyo, conseguí uno por un precio especial. No era ninguna maravilla pero con eso ya podía trabajar audio semiprofesional. Con mucha paciencia, un multímetro prestado y un poco de suerte di con la avería de aquel trasto socialista y pude arreglarlo. Los componentes electrónicos no eran un problema. Había tiendas especializadas, libros de equivalencias y todo tipo de *cacharros*. Así pudimos pasar, en casa del Calamar, *mi material* a una cinta de vídeo en formato digital ADAT para luego en la Universidad grabarlo en un CDROM y por último meterlo desde el CD a mi PC. Esto son los inconvenientes de vivir solo con un estipendio pero, aún así, era mucho más de lo jamás había tenido en Cuba.

Las sesiones en casa del Calamar, en general, no alcanzaban a durar lo suficiente. Apenas nos entusiasmábamos un poco sonaba su *busca*. –Un fiambre. Lo siento pero tengo que irme al Hospital –y así varias veces hasta que conseguimos terminar con el último *track*.

El día que tuve todas mis pistas metidas en mi máquina me sentí el tipo más feliz de todo el vecindario de la Latina. No podía oírlas porque aún no tenía tarjeta de sonido. Eran carísimas a pesar de ser extremadamente malas. Pero allí estaban y podía trabajar sobre ellas, al menos de manera cuantitativa hasta que pudiera disponer del dinero suficiente para comprar una tarjeta de audio y poder comprobar qué había hecho realmente. Hice todo mi trabajo sin oír absolutamente nada, como una partitura sin orquesta. Valió la pena. Además de sacar una buena nota, cuando Antón me regaló la tarjeta por mi cumpleaños pude comprobar que, salvo algún detalle, había funcionado. Conseguí eliminar casi todo el ruido *hiss* de la cinta y parte del ruido de fondo (debido a la mala calidad de la grabación). Ahora que ya lo podía escuchar bien, reajuste la ecualización, cambié algunas cosas de lugar, aumenté la espacialidad del estéreo y comprimí un poco. El resultado fue espectacular. Parecía otro grupo.

Así daba gusto. Tenía el *state of the art* del *software* de audio por aquel momento que un buen amigo me había pirateado generosamente, un cacharro que, aunque no fuera ideal, tiraba, y el resto me lo cedía gratuitamente la Universidad en mis horas de prácticas. Me sentí muy afortunado de seguir ese programa por mucho que tuviera que estudiar.

Ese disco era todo instrumental. Lo intitulé *Música para sordomudos*, que es algo así como: mensaje abstracto, entre líneas. La escucha es lo de menos. Era toda una apuesta conceptual y arriesgada. La idea era: da igual si oyes o no, te verás obligado a elucubrar si lees el título de las canciones. *Música para sordomudos* era un pequeño alegato, en nombre de mi generación, 30 años después. En realidad era nuestro modesto homenaje a lo que creía ser nuestra generación. No es que habláramos en nombre de todos, lo que sería pretensioso y absurdo. Era solo una voz, la nuestra. Para los cubanos que ahora escapaban a otros continentes, y para los que aún no habían podido hacerlo, "el experimento" del Ché, del *hombre nuevo*, había fracasado. Nos enseñaron el guión pero nos dejaron sin papel para nuestro debut en esta gran comedia silente con banda sonora.

No tener nada q' decir no es motivo para callarse; pero… tener algo q' decir, puede ser motivo para callar.

El silencio puede matar.

Quería que la portada del disco fuese un charco de sangre con quemaduras aisladas a través de las cuales se pudiera ver un cielo azul con nubecillas blancas. La contraportada debía ser igual pero al revés. Lo que antes era sangre, ahora sería cielo con nubes y a través de las quemaduras, sangre. Los tres colores de la bandera convertidos, a través de técnicas fractales, en representación del fuego, el agua y el aire. Con el significado que nos enseñaron en primaria. El rojo significa la sangre de todos los caídos por la independencia, el azul, el color de nuestro cielo y el blanco, la pureza de nuestra alma.

From: aceite <G@madrid.es>
To: luz_negra <lnegra@hotmail.com>
Subject: Salu2

A quién esté detrás
hola,
conseguí esta dirección a través d Perico
espero que funcione
un abrazo desde Madrid
el Aceite

Eugenio Montejo, 21 gramos

Simone era algo así como una manzana prohibida. Tenía un pelo negro, negrísimo, fuerte y ondeado, una cara de modelo que aparentaba cinco o seis años menos y un cuerpo modesto y ligero, con un poco menos de curvas de las que me gustaría sino fueran tan suaves, excepto las tetas; más tarde me enteré que eran operadas y aún así me parecieron perfectas: perpendiculares (rectas según la geometría de Bebé), bien puestas, incansables. La conocí por Carmen, en un concierto de Manolín, el Médico de la Salsa. Yo no quería ir, pero Carmen me convenció y allí estaba Simone con un vestido negro transparente y esa sonrisa cautivadora. Nos restregamos toda la noche. Pasaba por un mal momento con su novio y se la desquitó conmigo.

Después de la fiesta nos fuimos a su casa. Su ex andaba de viaje con unos amigos y además... ya no estaban juntos. Debía regresar solo a recoger sus cosas. No sé por qué me contaba todo eso mientras subíamos. Quizá la hacía sentirse mejor. El apartamento era muy pequeño, parecía un estudio de Ikea; últimamente todas las casas lo parecían. Mientras subíamos pensaba dónde encajaría Simone. ¿Una mateodora? Que si la meten grita y si se la sacan llora. Ná. No tenía tipo. ¿Una gozadora? ¿Quizá una *Big*? De esas para los que los tipos somos de usar y tirar, como un *Clínex*. A lo mejor tampoco. Espero que no un *Tampax*. ¿Por qué debemos, necesariamente, pertenecer a alguna categoría? ¿Por qué ese instinto? Así que escupí los prejuicios y dejé que me sorprendiera.

Simone era muy sexy, mimosa, zalamera, un poco descarada, atrevida mejor, pero las primeras impresiones son como las pruebas de orina, hay que desechar el primer chorro. Irse a la cama con alguien en la primera cita sin cita no debe ser tenido en cuenta. Aunque no fuera su mejor momento, había notado que me miraba en plan radiográfico mientras iba a la barra por sus *cubatas* y mi vodka con naranja. Quizá fuera una chica simple de la exclusiva categoría de las que están a gusto con su vida y aspiraciones, de las que no ponen su futuro a disposición de la Lotería y la suerte y de las que le importe todo tres cojones y hagan lo que les de la real gana. Quizá no perteneciera a ninguna clase. ¿Por qué no?

Sentado en el enorme sofá Strömstad vi su tanga cuando se agachó para poner un disco de Nina Simone. «¿Casualidad?»; muy apropiado para la ocasión. Hasta entonces pensaba que estaba en pelotas pero aquel diminuto trozo de tela hundiéndose entre las nalgas apretadas y discretas revelaban lo contrario. Sentí que se me ponía dura, durísima, que se partiría dentro de ese pantalón de pana si... Entonces ella se acercó y pasó su mano por encima y lo desabrochó lentamente y la liberó para devorarla, acariciándola entre sus manos. «¡Que oportuna!». Pero la oportunidad duró poco. Me puso un condón al menos una talla más pequeña que la mía y la devoró entre sus piernas hincando sus rodillas en mis brazos. Al principio le dolió un poco pero estaba completamente mojada y sedienta. No tuvo tiempo ni de quitarse el tanga, lo apartó para hacerle sitio a mi verga y, sin llegar a deshacerse del vestido, se *corrió* gimoteando. Me pareció que lloraba cuando empezó a desnudarse, entonces se deshizo de aquella minúscula prenda interior y mientras íbamos a su cama aproveché para quitarme las medias, los *calcetines*. Desnudos completamente hicimos un repaso del Kamasutra versión abreviada. Fue una noche distinguible.

Amaneció como en cualquier película de sexo fortuito. Me desperté y vi que traía una bandeja con sumo de naranja, café con leche y tostadas con mantequilla y una amplia sonrisa de felicidad. Desayunamos *sobándonos* y volvimos a hacerlo a plena luz del día, sin música de fondo. No podía creerlo. ¿Dónde estaba el truco?

Luego me fui. Tenía que irme deprisa para llegar a tiempo a la Universidad. Quedamos en llamarnos. Y lo hizo. Y repetimos una y otra vez, cambiamos los cordones extranguladores por otros más cómodos, dormimos en su cama o en la mía. Sin darnos cuenta, imperceptiblemente, comimos juntos cada vez que pudimos y cenamos juntos, y finalmente nos mudamos juntos a un tercer piso, neutro, sin recuerdos, vacío, para poder llenarlo. Entonces no hizo falta contar el tiempo que no compartíamos, el complemento. Resultó ser normal, normalita, como ya no existen. Tan normal como especial, a pesar de sus implantes.

From: luz_negra <lnegra@hotmail.com>
To: aceite <G@madrid.es>
Subject: Re: Salu2

Hola, Aceite,
¿Dónde estabas cuando mataron a Kennedy?
Que bueno que hayas contactado con nosotros
No sabía que estabas por Madrid
¿Cómo ha sido eso?
Lo del viaje está cada vez más duro
Este sábado hablamos de una posible producción de
"música para sordomudos" (si es que ese título
queda finalmente)
– Maquila de 500 discos compactos
– Diseño de la portado, contraportada, etc.
– Distribución a nivel mundial.
– Regalías (25% – te lo pagaríamos con discos –)
Necesitamos:
– Master digital (DAT) definitivo.
– Firma del contrato (luego te lo enviamos),
– Ideas para la portada.

¿Cómo ves?
En unos días te mandamos el DAT del concierto de
Varadero y una copia del contrato.
Estamos en contacto.

Luz Negra

Dos meses después del incidente en la cocina de la casa de Carmen su amigo la dejó. No por aquello. El motivo fue más triste todavía que el simple despecho de una traición pasajera. Él quería tener hijos y ella no podía dárselos. Carmen se hundió en la depresión. Pero no solo por eso. Había algo más grave. Por primera vez, después de muchos años acostumbrándose a la idea de morirse, tenía la certeza de que eso no iba a ocurrir. El AZT se lo impedía. Su salud, a pesar de robarle masa muscular, mejoraba día a día. Los anticuerpos disminuían. Podía vivir. Su enfermedad remitía de letal a crónica. Podía morir como yo, como cualquier otra persona, de otra cosa (para morirse lo único que hace falta es estar vivo), pero no de SIDA y eso desencajaba sus planes.

Había vivido de espaldas a la realidad consciente de que no le quedaba mucho. Mucha de la gente que conoció en la clínica ya no estaba. Uno a uno fueron diciendo adiós con la impotencia de lo inevitable. Ella no deseó una suerte diferente para sí misma. Se preparó para cuando llegase el momento y casi diez años después, zas, se entera de que ese momento se posterga indefinidamente, de que tiene que prepararse para algo mucho más complicado: vivir.

Cuando la conocí era vida en estado puro: risueña, simpática, elocuente. Le gustaba hablar de su pasado *hippie* en el barrio de Arapiles. Ella también coqueteó con las drogas, era lo mínimo que se esperaba de cualquier *progre* durante el destape, pero nunca con el *caballo*. Eran otros tiempos. Aprendían a ser libres a marcha forzada. Era feliz cuando tuvo la desdicha de dormirse, saltarse la mediana y hundirse en la cuneta. Se destrozó una pierna que la tuvo más de un año hospitalizada. Para salvarle la vida, le pasaron la muerte en una transfusión. Eran los primeros años y se sabía bien poco.

En solo veintidós meses de tratamiento sus brazos habían adelgazado considerablemente, sus piernas también, sus pechos se hinchaban. Su preciosa cara se secaba. Su vida se resistía cuando su espíritu empezaba a secarse. Perdió la sonrisa. Sentí mucha pena.

Nunca dejamos de vernos. Los dos sabíamos que, aquella historia de sexo, había sido más bien anecdótica, una entrega placentera de una amistad entera, sin fecha de caducidad. Sus padres no conocían su enfermedad. Ella prefirió ahorrarles el disgusto, tragárselo solita. Con el tiempo supe que no era la única enferma que conocía, ni yo, el único ignorante.

Ese día vino a casa a tomar el café.

—¿Por qué no *te vienes* conmigo a Cuba? —pensé que iba a alegrarse pero solo se limitó a sonreír.

—¿Cuándo te vas?

—Todavía no sé.

—Tío y por qué no los mandas a tomar por culo y te quedas.

–Porque allí tengo a mi madre y a mi hermano y si pierdo ese *status* de Asunto Oficial no sé cuándo podré volver a verlos.

–¿Pero no acaban de hacer una conferencia de la nación, la emigración y no se que más puñetas para normalizar las relaciones entre los cubanos que viven en la isla y los que residen fuera?

–¿Y qué? También han aprobado la ley para la inversión extranjera después de que, unos meses antes, montaran un festival para ratificar la continuidad de su proyecto. La crisis *se la suda*. Quien tú sabes va a hacer lo que haga falta para salir a flote. Un corcho. Eso es lo que es, un corcho. Ya despenalizó el dólar pero nada de eso da ninguna garantía.

–¿No tienes miedo que te dejen tío?

–¿Tú qué crees? Claro que voy caga'o de miedo, pero ¿qué puedo hacer? Tendré que arriesgarme. Si no me dejan volver a salir te enterarás por la tele. Seré el primer balsero cubano transoceánico.

–No. Yo no puedo ir. Ahora no estoy para viajes.

–A ti lo que te hace falta es una buena morronga.

–Uhh ¿Y eso qué es? El caso es que me suena –ni la abstinencia era capaz de hacerle perder el buen humor.

–Anímate y *vente* conmigo que te voy a presentar a Magdaleno, un socito estibador del puerto que levanta los palés con la barra de...

–No seas guarro –estábamos acostados cada uno en un sofá. Parecía mas animada.

–Sabes qué... voy a ir a un psicólogo. ¿Qué te parece?

–Me parece *cojonudo* –dije y me levanté y le di un beso y la abracé y sentí su voz entrecortada repetir:

–Va a ser lo mejor... va a ser lo mejor.

From: Luz Negra <lnegra@yahoo.com>
To: aceite <G@madrid.es>
Cc:
Subject: *Música para sordomudos*

Hola, G.
¿Qué dónde los vamos a vender?
Pues, se han interesado por otras producciones (así que, seguramente se interesarán en éste) en Recommended (UK), Wayside (USA), Eurock (USA), Musea (Francia) y vamos a ver si podemos colocarlo en Nueva Zelanda (Cranium), España (Pan y Música) y Brasil (Pany Lane y RecordRunner).

Si tienes alguna otra idea, háznosla saber.
Por cierto, siguiendo la línea de los "piquetes" cubanos, éste sería editado bajo la serie *Menos de lo mismo*.
Para mi es grato el hecho de que exista la posibilidad de imprimir con Luz Negra *Música para sordomudos*. Desde la primera vez que los escuché (en Varadero) su obra me motivó a realizar *Menos de lo mismo*/Volumen 1; después los volúmenes 2 y 3 de la misma colección. Es más, gracias a ello nació Luz Negra... Ahora "Música para sordomudos" vendría a constituirse en el volumen número 4 de esta colección dedicada a la música alternativa cubana.
En lo referente al DAT que contiene su actuación en Varadero, antes que nada, te debo una AMPLIA DISCULPA por no enviártelo con oportunidad. Sin embargo, nunca es tarde para enmendar y hoy mismo andará un largo camino intercontinental para llegar a tus manos. La transferencia se realizó sin ningún tipo de ecualización o filtros para que tú la

trabajes como desees. De hecho, la copia la tenía
en mi poder desde hace unas 3 ó 4 semanas.
Anduve por tu Madre Patria unos cuantos días (10) y
ya te imaginarás el paisaje: Paulatinamente el
"personal" se ha ido "desintegrando" o, más bien,
diseminando por otras latitudes. Esta situación, me
da la impresión, aunque pesa a los que se quedan,
también es útil para nutrir el espíritu de los
"aferrados". En fin...
Por el diseño envíanos lo que quieres
Pues, nada, que asistí a la versión VII del
Festival Internacional de Música Electrónica
"Primavera en La Habana". Un montón de máquinas y
poca inventiva, al menos en lo que escuché. Y ya te
imaginarás... ¡Cerró nuestro gentil amigo Carlos
Alfonso y Síntesis! ¡¡Tremenda mierdona!!
Bueno, Aceite, me despido enviándote un caluroso
abrazo. Ojalá y algún día no lejano volvamos a
encontrarnos en el camino.
Mis mejores deseos.

Luz Negra.

>From: Aceite (G@madrid.es)
>To: Luz Negra (lnegra@yahoo.com)
>Cc:
>Subject: 8-)
>
>vine por una beca a hacer un master, aunque
probablemente me quede más tiempo
>me han propuesto hacer el doctorado
>la propuesta me parece bien, aunque el diseño
(portada, etc.) quisiera hacerlo yo como parte de
la obra.
>díganme qué les parece y cómo podemos concretarlo.
>además me gustaría saber dónde pueden colocarlo,
USA?, UK?, España?
>un abrazo, seguimos en contacto
>
>el Aceite

Si tuviera que escoger cuáles discos me han influido más lo tendría bastante crudo. A mi me encantaban los Beatles, como a Joel y a Pacheco y probablemente, como a la mayor parte de mi generación; que le dio por la guitarra y aprendió a rasgarla con sus canciones. Al principio, Joel me escribía los acordes cifrados con las letras a su manera, cuando no, los traía Pacheco; su hermano iba al preuniversitario y ellos sí que estaban en la onda. Pero poco a poco, según aumentaba el vocabulario de acordes, las iba sacando uno mismo.

Cuando conocí a Bebé yo estaba fascinado con Queen. Me impresionaban los coros, la voz de Mercury y el sonido estrafalario de la guitarra de Brian May. En esa época muy pocos utilizaron, tan bien como él, los armonizadores y el *sustain*. Y todo fue más o menos bien hasta que un día, en casa de Rubén Torres Llorca, escuché el *Relayer* de Yes. El tema *Sound Chaser*, en concreto, de 9:25 de duración cambio completamente mi perspectiva de la música. Yes era otra cosa. El virtuosismo, los arreglos, los cambios de tempo, el enlace perfecto de una idea con otra, todo me fascinaba. La potencia de Chris Squire en el bajo me mandó para la escuela. Si conseguía buena técnica, quizá algún día podría llegar a hacer lo que me diera la gana, como él, y poder tocar sin complejos con Bebé. A Kansas los conocí por la misma época. Si tuviera que seleccionar un solo tema escogería sin duda *Magnum Opus*, el último track del *Leftoverture*; aunque también es la última del directo *Two for the Show*. Probablemente tiene pinta de tema para cerrar. Sí, ya se que *Dust In The Wind* es un clásico, pero prefiero el otro.

Otro bajista que me sacó por el techo fue Gueddy Lee. ¡La cantidad de veces que oí con el Abuelo el *Exit... Stage Left*! Hasta llegamos a conseguir una copia horrible en video que sirvió más para *aterrillarnos* que para otra cosa. Pero me dejaba llevar por aquellos ritmos asimétricos que encajaban una frase con otra, como un rompecabezas, siempre arrasando, tirando pa'lante.

Pero no fue hasta los álbumes de colores de King Crimson (*Discipline*, *Beat*, *Three of a Perfect Pair*) y el *Remain in Ligth* de Talking Head que supe lo que buscaba. David Palacios, otro diseñador que estudió con Wolf y Abuelo, consiguió grabar *Discipline*. –Toma, échate esto –me dijo–. Esta es tu talla y no el *rock & roll* setentero ese de Bebé –y tenía razón. David, como muchos otros *artistas plásticos*, no le quitaba el *play* a Laurie Anderson. Era consciente. Bebé cada vez sonaba más atrás. Eso en realidad no era cierto, sonaba igual. Nosotros avanzábamos y él se quedaba clavado en Hendrix. No había forma de convencerle para que oyera algo nuevo.

Muchas veces hablamos de lo mismo. Alguien dijo una vez *el rock ha muerto... y apesta*. Los timbres y los ritmos se ponen de moda pero pocos sobreviven como clásicos. Pasado un tiempo se convierten en insoportables. Sin embargo, la colaboración de Adrian Belew, David Byrne y Brian Eno en el *Remain...* aportaba un lenguaje nuevo y, caramba ¡Qué coincidencia!, Belew repetía con King Crimson. Los timbres se renovaban con sonidos de guitarra sintetizada, bajos percutidos de doce cuerdas, nuevos *sets* de percusión electrónica y texturas polirítmicas de ritmos imposibles hasta entonces en una banda de rock.

Aspirar a esa tecnología, por supuesto, era simplemente ciencia ficción para nosotros. Con los ritmos sí que podíamos experimentar lo que nos diera la gana, con los instrumentos también, sacándole cuanto ruido fuera posible. Así era como lo veía; no como una limitación, sino como un reto, una posibilidad. Si éramos capaces de hacer algo bueno con aquellos trastos, si alguna vez tuviéramos mejores hierros podríamos sacarle mucho más partido. Esa era mi filosofía, simple y práctica. Además teníamos la voz, una grabadora medio qué y muchos deseos; solo había que poner a funcionar la imaginación. La máquinaria Zappa: The Mother Of Invention.

El Abuelo se quejaba de lo mal que sonaban sus *tomtoms*. –Tú te quejas y el baterista de Etron Fou Leloublanc, que puede tener los *toms* de la marca que le salga de los cojones, les siembra flores por debajo. Sácale partido a esos sonidos que nadie podrá hacerlo con una Ludwig. Hay gente que ha hecho música tocando en latones de basura o cubos de plástico –el Buda también se deprimía con facilidad. Bastaba con que oyera cualquier disco de la Mahavishnu Orchestra o Pat Metheny. A Wolf, a Perico y a mí, eso no nos afectaba. Cuando grabamos en el estudio del ICAIC, Perico abrió el piano de cola y puso sobre las cuerdas cuanta mierda encontró. –A lo John Cage –y con su piano preparado hicimos un montón de sonidos interesantes. El Abuelo combinó timpanis con pailas. Nunca los había tocado, pero allí estaban y había que aprovecharlos. A pesar de los problemas técnicos quedamos satisfechos. A propósito de esa etapa Humberto Manduley escribió años más tarde.

Cuando miro en retrospectiva compruebo que en Cartón Tabla anidaban, cual embrión, algunos de los trazos más significativos que marcarían las futuras proyecciones de sus implicados: apego a fórmulas poco usuales, carácter apropiativo de las composiciones, cierto espíritu de confrontación estética que los alineaba, sin saberlo aún, junto a los postulados de lo que se denominó Rock en Oposición (ver ECB 289), y un concepto investigador muy práctico que tomaba como punto de partida las posibilidades logísticas reales.

Raras veces escucho aquella música pero, cuando lo hago, la encuentro igual de fresca: Ningún sonido ha caducado, ninguna idea ha envejecido. La música sobrevivió a los años; ahí metida, en una cinta barata de cromo Sony.

Vayamos por partes.

Jack el destripador

HERMANO MIO, COMO BIEN DICES EL DUCA ESTÁ GUAPO Y
FAJAO' AQUI LA MIERDA LLEGA A ALASKA PUES TU SABES
EN LAS PESIMAS CONDICIONES QUE ESTA LA HABANA. TU
ERES CUBANO Y SABES QUE PARA NOSOTROS TODO ES UNA
PACHANGA Y ESTAMOS DISTRIBUYENDO EN ESTE MISMO
INSTANTE, AQUI EN EL DEPARTAMENTO, DÓNDE CAERÁ CADA
MUNICIPIO DESPUÉS QUE PASE EL CICLÓN. POR EJEMPLO
EL MIO, 10 DE OCTUBRE CAERÁ CERCA DE NEW YORK POR
LO QUE SENTIREMOS UN CAMBIO BRUSCO EN LAS
TEMPERATURAS.

AYER TU TIO EL MATRACA METIO UNA CONFERENCIA
TELEVISIVA EN CADENA PERO EL DE LO MAS JOCOSO, COMO
SI NADA NOS FUERA A PASAR ..... QUE TE DIGO
YO...... NO PODEMOS NI APERTRECHARNOS PORQUE ADEMAS
DE NO HABER DINERO, EL POCO QUE ALGUIEN PUEDA TENER
NO TIENE EN QUE INVERTIRLO PUES LAS TIENDAS NO
ESTAN ABASTECIDAS COMO DIOS MANDA .... MUCHA MIERDA
ES LO QUE HAY, PERO DE COMER NADA.

ESPERO QUE POR ALLA ESTEN BIEN Y LA SIMONE SIGA TAN
LINDA COMO SIEMPRE Y SE LLEVEN BIEN. ¡COÑO Y PARE
UN CHAMA! A VER SI SOY TIO DE UN ESPAÑOLITO
ACUBANADO.

BUENO HERMANO AHORA TENGO QUE DEJARTE PUES TENGO
QUE HACER UNA PILA DE MOVIMIENTO DE MAQUINAS A
LUGARES SEGUROS. DE LO CONTRARIO CUANDO VENGA EL
MARTES A TRABAJAR NO VOY A ENCONTRAR MUCHAS DE
ELLAS. MENOS MAL QUE FINALMENTE ME HAN DEVUELTO A
LA INFORMÁTICA PORQUE SI HUBIERA SEGUIDO EN LA
COCINA A LO MEJOR ME TOCABA MOVER LA COCINA, EL
REFRIGERADOR, LAS CAZUELAS ....

UN ABARZO VERY FUERTE PARA TI HERMANO MIO Y UN BESO
A LA SIMON.

MANDUCA.

Los dedos tienen memoria.

David Caldera

Cuando terminaba los detalles conceptuales del disco conocí a César: un tipo muy delgado, pequeño y nervioso. César trabajaba como diseñador para un estudio publicitario. El silencio modesto nunca fue su virtud, asfixiado siempre en discursos asquerosamente termocefálicos. Tocaba la guitarra eléctrica y estaba *enganchado* con King Crimson y Frank Zappa. Respecto a la música había solo un problema: tenía serios bateos con el tempo, que creía compensar con una muy buena digitación. Se ofreció para realizar mi diseño de *Música para sordomudos* en su Mac. Le quedó perfecto, aunque para él, aquello todavía no funcionaba completamente bien con el concepto. César era un tipo cerebral. Yo me hubiera quedado con cualquiera de las pruebas. El error también crea. Al final escogimos una, a pesar de su insistencia perfeccionista, y la mandamos junto con la maqueta a Luz Negra por correo certificado.

Aquel ejercicio me había devuelto las ganas de tocar pero aún no tenía bajo, solo la voz. Un amigo de Carmen, Javier, *me dejó* el suyo, un Yamaha negro bastante bueno sin apenas uso. Su grupo se había desintegrado recientemente y apenas había podido estrenarlo. Hacía siglos que no tocaba. Solo recordaba frases aisladas de alguna canción. Pensé que me iba a llevar mucho tiempo engrasar las manos y sintonizarlas con el instrumento; sin embargo, según practicaba, los dedos solos buscaban la posición de las notas. No fue tan difícil como pensaba. En poco tiempo estaba de nuevo complicándome la vida.

Por lo menos una vez a la semana *quedaba* con César para una sesión. Todo lo grababa. Ese es mi método de trabajo. Grabar, olvidar y luego seleccionar. Nos sentábamos uno frente al otro. Improvisábamos. Cuando encontrábamos algo interesante lo archivábamos y seguíamos. Si aparecía otra cosa la conectábamos con alguna de las anteriores. Al cabo de unas cuantas semanas echamos un vistazo. Había material suficiente para continuar la saga. Parecía imposible volver a juntarnos todos alguna vez y aquel *pequeñajo* era lo más cerca que tenía de la música. Así que decidí empezar el próximo experimento.

César era un tipo curioso, diseñador como Wolf y el Abuelo pero nada que ver con Bebé y el Buda como guitarrista. Él tenía sus propios recursos. Su Epiphone de brazo ancho era el primer detalle, podía tocarla hasta yo, de lo grande que era. Todo lo demás era Roland. El GK2, que es una especie de aditamento para convertir la vibración de las cuerdas a MIDI, un sintetizador de guitarra GR09 y un procesador de efectos digital GP100. Aquello era demasiado. Él no sabía lo que significaba el *Feedback Control* de una *Reverb*, sin embargo, era capaz de conseguir cualquier sonido de Adrian Belew, Robert Fripp, Frank Zappa, Steve Vai... y eso es impresionante porque no existe una relación directa entre los valores de los parámetros de control de los efectos (ni siquiera en el número de parámetros y la función de cada uno) y la cualidad tímbrica de un sonido. La calidad de la guitarra como instrumento era mucho más de lo que conocía hasta entonces. No era tan rápido como Bebé, no era tan metódico como el Buda, no era tan preciso como ninguno de los dos; pero era capaz de conseguir acordes rarísimos que sonaban bien, con timbres más extraños todavía, de controlar unos efectos inéditos. Era la primera vez que podía escuchar timbres en directo similares a los de aquellas grabaciones hechas en los mejores estudios por los mejores músicos, al menos para mi.

La pega era su *tempo…* y su personalidad. Al principio creía que era un defecto provocado por tocar solo. Cuando no hay nadie contigo, sin metrónomo, estiras y alargas el tiempo a discreción, marcas tu propio ritmo sin dar mucho el *cante*. Pero cuando tienes un compañero, el tempo *va a misa*. Mucho más cuando te metes con ritmos asimétricos o de métrica poco usual o polirritmias, como era nuestro caso. Poco a poco fui cambiando de idea. El problema era mucho más grave. Él no era consciente. No era consciente de cuándo perdía el tempo. Le regalé un metrónomo con la mejor intención, pero no se lo tomó bien, y los problemas se agravaron por la segunda pega: su personalidad. A pesar de los rubatos tuve que ceder en dejar a 63.25 el tempo de una sección de menos de 5 segundos de duración, en lugar de los 63 BPMs en números redondos que pretendía.

Mientras, mi curso llegaba a su fin. King Crimson tocó en Madrid y fuimos verlo. Cesáreo escuchó todo el concierto con tapones. Según él, debía cuidar de sus oídos. Después de aquello interrumpí mis sesiones para dedicarme a la tesis; el pobre no era un parto sino más bien un aborto recuperado por cesárea. Quería centrarme completamente en el trabajo y airear un poco los ánimos. Tenía que desarrollar un método para extraer el ritmo a partir de una *señal* musical. Parece sospechoso pero juro que fue casual. Después de esto debía volver a la Habana. Tenía que volver a la Habana. Quería seguir con el doctorado, pero si no regresaba para renovar el permiso de estancia en el extranjero me declaraban automáticamente disidente.

Hasta entonces no había pensado en la posibilidad de quedarme. Por esa razón ni siquiera me había comprado ropa de invierno. Solo unos *jerseys* de lana y algún forro polar. Ese invierno, cuando acabó el curso, en las rebajas, me compré un

buen abrigo de piel de ante. Fue un acto inconsciente. Cuando
salí de la tienda, de repente, reparé en lo que había acabado de
hacer. Era una nueva señal, una delación de mi subconsciente.
Quería quedarme.

From: perico <ppp@yahoo.com>
To: aceite <G@madrid.es>
Subject: Se acabó el abuso

Broer, ahora sí que me tecnifique. Ahora si no te escribo es por singaito, ¿Cómo anda la cosa? ¿Y la supertesis de ultraudio? ¿Y Cuca? ¿Y los chorizos?...
Mostro, te cuento mis últimas andanzas
Estoy tentado de mandarte la data de la recopilación de textos míos que hice. Me quedó bonito el libro... le puse "La Casa Inocente (la palabra Culpable)" y metí un texto tuyo abriendo una de las partes. Aquello de "... y quien vea a la dicha entrelácela porque se le escapa." Y na... ¿te lo envío?
Después me cuentas...
¿estás haciendo música? Yo todavía no tengo todo el rollo armado (además mi cabeza se resiste a trabajar todo dentro de la PC: el indio persiste y necesita ver un par de cables y un poco de churre dando vueltas al set, así que lo de hacerlo todo vía tarjeta de audio exclusivamente está demasiado prolijo para mis gustos... y disgustos). Igual voy cocinando algunas ideas, conociendo gentes para trabajar en el futuro, aprendiéndome bien el sinte – ¿te había contado que me mandé con un Yamaha CS1x?... ahora ví en una tienda el N5 de Korg y leí la crítica que le hicieron en el Future Music y me enganché con ese, aunque no sé si el keso de tener un Wavestation usado gane la pelea...
En otra onda... Recibí noticias de Humbertico – ya quasi termina el bendito libro de Historia del rock cubano – y lo último que hizo el Abuelo ¡está volaísimo! Ha vuelto a tocar y está en talla; con

Ciro el de Superávit. Lo grabaron en un estudio (y
si no, que me den la receta porque se escucha bien
con pinga)
Broer, sigo luego. Voy a meterle las manos al viejo
bife dentro de un rato...
Un abrazo grande mi hermano
Yo.-

La vida no es un problema que tiene que ser resuelto, sino una realidad que debe ser experimentada.

Soren Kierkegaard

Después de que Simone arreglara definitivamente los problemas con su novio decidimos vivir juntos. A Antón le alegró la noticia. –Es una chica muy maja –dijo. Encontramos un *piso* mediano en el centro, con mucha luz, una sola habitación pero amplia, donde metimos un amplio tatami japonés para dormir, y un salón de unos 4x4 donde cabía un sofá, un refrigerador grande y mi pequeño estudio. Éramos felices. *Follábamos* a todas horas, comíamos de lujo, nos llevábamos bien. Empezaba a enamorarme de ella.

–Hay un espectáculo de música cubana en el teatro Alcázar. ¿Quieres ir?

–¿Tú quieres? –debí parecerle no muy convencido, casi insultante, pero no podía evitar pensar en que sería de muy mal gusto. Podía imaginar las palmeras de cartón y el mini *show* de Tropicana, con mulatas llenas de plumas en la cabeza y en el culo, cantando canciones cheísimas.

–La verdad es que sí. A lo mejor está bien.

–Ok –no quise contradecirla, en definitiva nunca me pedía nada y, no debía olvidar que la conocí renegando de un *show* parecido.

Cuando se levantó el telón y vi las palmeras entre luces de colores se confirmaron todas mis sospechas. No obstante, intenté tomármelo positivamente y disfrutar de aquello, total, ya lo habíamos pagado. Los señores cantantes vestían de traje negro con pajarita y las señoras, efectivamente, con plumas, casi todas, y minifaldas de vuelitos con medias de malla reventonas. No había orquesta, apenas un grupo de cinco o seis músicos tocando encima de un *playback* irregular. La gente aplaudía y parecía pasarla bien. En el cuarto o quinto número salió un tipo grandote cuya cara me resultó familiar. Cuando abrió la boca lo reconocí enseguida, ¡era Padilla! No me lo podía creer. ¿Qué cojones hacía el ex líder de una de las mejores bandas de rock progresivo cantando aquella mierda con esas palmeritas de fondo?

Se lo comenté a Simone orgulloso y lo esperé a la salida del teatro. Nos abrazamos, los presenté y me contó su pesadilla. Efectivamente, el día antes de partir de Italia hacia Cuba, cuando finalizó la gira del lírico, cogió sus maletas, se pagó un billete a Madrid y nada más llegar, pidió asilo político. Lo metieron en un albergue de acogida junto con un montón de extranjeros pero, por suerte, allí habían otros cubanos y podían cuidarse unos a otros.

–Imagínate que..e..e.. allí Va..a..liente, el fagotista, ¿T..t..t..e acuerdas? –debí mirarlo con cara de: no sé pero en fin–. El po..po..bre, lleva allí m..m..ás de seis meses. El otro día lo a..acompañé a un locutorio pa..para que llamara a su casa. Le decía a la.. Jeba: –*Mi negra, t..tú no te p..preocupes que aquí tengo una maleta lle..e..ena de dinero pa' mandarte p..p..pa'llá, y un refrigerador y u..na lavadora.* –Cuan..ndo colgó lo miré co..co..como dicién..ndole ¿qué bolá con..tigo con..s..sorte? –*Es que no quiero q..que se p...preocupe asere. Tú n..no co..noces a mi negra* –me dijo. La co..o..sa está d..de pinga. Yo he re..suelto ya..a una pin..chita de se..e..cretario de un ma...nager del lírico y me piro de esto bró..der, po..po..por suerte.

A pesar de todo lo vi contento. Ya tenía el dinero para traer a su mujer y una perspectiva de vida a corto plazo.

–¿Tú sabes des..de cuando co..nozco yo a este? –le preguntó retóricamente a Simone–, desde que éramos niños, ..n..nad..d.dábamos juntos. Oye y ¿qué es d..d..de la vida del P.p..pp.escao y el Bú..caro y to..to..da esa gente?

–Lamento decírtelo pero todos están muerto. El Guajiro se partió en un accidente con una moto. El Mojón, tu sabes que se ahogó en el tanque de clavados, el Pesca'o también se murió… una onda muy extraña…

–¡No!… Ñoooooooooo, los pobres, oye qué pe..pe..pena tú… ¡Qué o..o..sorbo asere!

–Y el Búcaro…

–M..me habían d..dicho q..q..que lo habían co..o.jido mo..o..ordiendo almohada. ¿E..e..es verdad eso? ¿Qui..ién era el so..opla nuca?

–Al Búcaro lo desgarraron que por poco se muere. Él no quiso decir quién, probablemente por miedo; pero fue un abuso. Intentó suicidarse varias veces: la primera vez se cortó las venas pero la cuchilla estaba oxidada y lo cogieron a tiempo. Casi se muere de la infección pero no, sobrevivió a esa. Luego abrió las llaves de la cocina en su casa pero se fue el gas y apenas le alcanzó para toser un poco atontado. Al final lo consiguió ahorcándose en las duchas con un cinto. A la tercera va la vencida.

–Co...o..ño, ¡Qué fuerte! El po..o..bre Búcaro. A mi me habían dicho q..q..que había cruz..zado a la a..acera d..de enfrente.

–Pues no bróder, más bien se fue al barrio boca-arriba.

–Oye, ¿y M..m..maría M..margarita?

–Lo último que supe de ella es que se había casado con un técnico extranjero y había parido una niña preciosa.

Me alegró mucho verlo. Le pregunté por Fran. Bien, me dijo. También se había quedado en Madrid pero no tenía su contacto. Fran y Eddy, los dos. Si quería verlo tenía que buscarlo por las casa de Beneficencia o los comedores sociales. Le conté que estaba pinchando con Cesáreo y quedamos en vernos a mi regreso de la Habana. Teníamos que hacer algo juntos.

–¿Es que vosotros todos se conocéis?

–El mundo es muy p..p..pequeño *mi amol*.

Nuestras maletas maltrechas estaban apiladas en la acera nuevamente; teníamos mucho por recorrer. Pero no importa, el camino es la vida.

Jack Kerouac

Nuestro destino nunca es un lugar, sino una nueva forma de ver las cosas.

Henry Miller

Para poder viajar a la Habana tenía que tener los papeles en regla. Salir no fue tan fácil. Aunque la beca la había conseguido por mi cuenta (es decir, no a través del estado), no podía viajar por mi cuenta. Necesitaba un permiso del Ministerio de Cultura que, por suerte, me dio sin problemas. De haber seguido en la Empresa de Computación hubiera sido imposible obtenerlo pero, gracias a las Brigadas de Acción Rápida, ya no estaba allí y en el Ministerio de Cultura, la política es otra. No sé si por la comprensión de la simple necesidad de libertad o por la influencia en la opinión pública que pueden ejercer los intelectuales desde su tribuna, el arte. Pero lo cierto es que, en exclusiva, el Ministerio de Cultura era mucho más flexible a la hora de otorgar un permiso de salida al extranjero. De esa manera, aunque todos los gastos corrieran por el gobierno español, yo era, oficialmente, un becario del estado cubano. El funcionario me selló el pasaporte y me leyó cartilla: –Bueno mijito, ya está... Asunto Oficial. Cuando llegues a Madrid pásate por la Embajada, pá que sepan que estás por allí. A lo mejor te llaman para hacer alguna guardia pero son ellos mismos los que tienen que renovar tus papeles allí. Así que ya sabes, buen viaje y… pórtate bien.

Por supuesto, nunca aparecí por la Embajada y aunque el pasaporte, en teoría, estaba en regla, tenía un montón de dudas que aclarar. Cuando llegué al Consulado había una cola del carajo. Aquello parecía el solar de Bebé en Regla. De vez en cuando una viejita, la recepcionista tal vez, salía dando chillidos: –Caballero po'l favor, que así no se puede trabajar. Hagan el favor de hacer silencio. Cojan su numerito y esperen tranquilitos a que los llame; pero po'l favor bajen un poquito la voz que me duele la cabeza.

Me tocó cerca del mediodía llegar a la recepción; delante de mí había un muchacho que había tenido el privilegio de entrar en el grupo de balseros, concentrados en Guantánamo, que el Gobierno Español se había comprometido a absorber.

–¿Tú qué quieres mijito? –le preguntó la recepcionista sin mirarle a la cara.

–Vengo a que me hagan un pasaporte… por primera vez.

–¿Y tú, de dónde saliste? ¿Cómo es eso de… por primera vez?

–Yo soy balsero.

–¿Y viniste en…? –no daba crédito. ¿De dónde sacaron a esta funcionaria?

–Claro que no. Yo soy del grupo de acogida.

–¡Ah! ¡Qué susto! Coge este tiquecito y espérate ahí un momentico que la cónsul te llame. ¡El próximo!

A mí me echó una bronca *guapa* por no haberme presentado antes. Tenía que hacer una inscripción consular, traer unas fotos y pagar unas tasas en una ventanilla enfrente de ella. Bajé a hacerme las fotos; cuando subí aquello se había despejado un poco.

–¿Tú eres la última? –le pregunté a una mulata con pelo de muñeca rubio y un culo inmenso y perpendicular que amenazaba con hacer estallar la licra rosa neón, un par de tallas más pequeña, que intentaba contener aquella cosa.

–Sí, mi amo'l. Yo soy la última. ¡Qué ba'lbaridad lo que se demora e'ta gente shhh!

–¿Llevas mucho tiempo aquí?

–E'toy aquí de'de las sei de la mañana y, mira la hora que ess, y en todavía no me han atendío –con ese acento de Las Tunas era imposible confundirla.

–No, yo te preguntaba en España.

–Mañana hará tre' mesess. Yo soy bailarina... del balle' de Tropicana de Santiago. Vinimo' pa' un espectáculo en Pue'to Banúss, en Marbella. Pero yo me quedo, pa'llá no vuelvo, ¡Solabaya!, pa'trá ni pa' coge'l impulso.

–El próximo –ahora le tocaba a ella. Se acercó a la ventanilla pero la funcionaria no le dio tiempo a abrir la boca–. Ay ¡déjame ver chica!… ¡Pero si parece un lunar! –le dijo sobrada de indiscreción apuntándole a un diminuto *piercing* en la nariz.

–No e' un lunar, e' un p'ercing. Tengo otro en e' culo. ¿Quiere' verlo?

Se despidió de mí apartándose el pelo de muñeca de la cara y entornando los ojos en plan «¡Que falta 'e re'petos ma' glande caballero! Lo que una tiene que aguanta'». –Adiós mi amo'l, mucho gu'to. –Que te vaya bien. El gusto es mío –pagué mi inscripción y, ya me largaba, cuando vi tirados en un sofá y por el suelo a los de Habana Abierta.

–Ale, ¡qué sorpresa! –mi madre me había avisado que estaba por Madrid pero no habíamos tenido contacto– ¿Qué tal?

–Na', aquí con la resingación esta de los papeles.

–¿Qué bolero Bróder?, coño, me alegro de verte –me abrazó Boris– tengo una carta de Manduley pa' ti de hace tiempo. Disculpa, pero no te la he podido mandar, ni había podido dar contigo.

Saludé también a Medina; compatriota de la Habana del Este. Me presentaron a Kelvis, a Vanito y a Pepe. Hablamos solo unos minutos porque enseguida los llamaron adentro.

Llevaban ya rato en Madrid; luchando. Estaban tocando en el bar "Libertad 8". Quedé en que me pasaría a verlos; si regresaba.

Te amaré
en el fondo del mar
donde se pierden los continentes
te besaré el tiempo que tardemos en ahogarnos
poseídos por el desenfreno

Ascenderemos
como pequeñas burbujas
que tal vez algún día toquen tierra
nunca será como la inmersión
ahora nada fue posible

Antes

Día 0.

Han pasado casi tres años sin volver a la Habana. Hace dos días un libanés raptó un vuelo de Iberia Madrid–Habana y lo desvió a Miami. Hace tan solo dos semanas explotó un avión de la TWA que salía de NYC a París. Pero todo eso es un niño de tetas, comparado con la zozobra de volver a la isla *de vacaciones forzosas*. Unos dicen que la ciudad está en ruinas, otros, o a veces los mismos, que la gente se ha metalizado, que se acabó el querer. No se cuántos amigos me quedan. ¿Me pregunto cómo estará Joel?
De lejos el país parece inmóvil. Quizá para los que lo padecen, la estática es más relativa. Habrá que verlo. Por ahora, lo primero es llegar y lo más importante... salir. Espero que la burocracia no me suicide. Acabo de hablar con mi madre. Le ha pedido a la Caridad del Cobre que nos acompañe y que tengamos un viaje feliz. Como no creo en Dios le doy las gracias a ella y a Simone, Santiago, Manolo, Carmen y a Antón: mi nueva familia; los que han espantado el fantasma de la soledad y la inercia de sentirme extranjero.

Día 1.

En Barajas, en medio de los gritos desconsolados en árabe
de una marroquí a la que habían arrasado (billete,
pasaporte, dinero, todo), pasamos más de 70 Kg de peso sin
pagar exceso de equipaje de los cuáles menos de la mitad
de la mitad correspondían a nuestras pertenencias. Acabo de
enterarme que Simone, en realidad, se llama Simona. Uno
debería escoger su nombre permanente. Los padres solo
deberían elegir un nombre provisional. Prometo que eso no
cambiará nada. Me pregunto cuántas cosas más creo saber
y no sé; por ejemplo, si el piloto se graduó con aprobado
raspando en una universidad privada o la marroquí que
gritaba desconsolada era una yihadista encubierta fuera de
servicio.
En el avión no cabía un alpiste. La mitad de nuestro
compartimiento estaba ocupada por la orquesta Adalberto
Álvarez y su Son (en pleno) y la charanga de su padre,
también al completo. Muchos fumaban sin complejos de pie
por los pasillos; gritándose de una esquina a otra como si
aquello fuese un solar. Las azafatas hacían la vista gorda.
Pedimos una aspirina que jamás trajeron. En fin. Algunos
turistas se quejaron. Al final el comandante de la nave
decidió imponer su autoridad: –Se les recuerda a los
pasajeros que por fumar en área de no fumadores se les
puede multar con cuotas de hasta 70 000 pesetas,
equivalente a 500 dólares americanos... –la amenaza surtió
efecto inmediato. –Ahora mismo se me acaba de quitar el
vicio –me dijo el trombonista que llevaba de compañero. Es
curioso que la división entre el área de fumadores y no
fumadores es el respaldo de una fila de asientos lejos de los
baños.

Por suerte el viajó duró solo 8 horas y media porque amenazaba ser interminable. Aterrizamos en el aeropuerto José Martí en medio de una lluvia torrencial con descargas eléctricas. En la aduana y control de pasaportes todo fue cuestión de minutos. Simone pasó por una ventanilla aparte y yo con los de la orquesta; como si fuera uno más. –¡Que chupá se te ve la cara en esta foto! Te ha senta'o bien el viaje –fue todo lo que me dijo la funcionaria de inmigración. No nos revisaron el equipaje donde iba mi computadora esparcida en trozos.

Por sus cartas esperaba encontrar a mi madre más flaca que un güin pero estaba tan gruesa que casi era mejor saltarla que darle la vuelta. ¿Cómo había podido engordar tanto? Noté algo raro en su cara, tensa, pero preferí no darle importancia. Mi padre sí que estaba delgado, empapado en sudor y andaba con bastón. Mi tío, blanco en canas, bastante más flaco y arrugado, pero con la misma sonrisa de siempre. Mi hermano, gordo natillero como de costumbre y a lo suyo. –El televisor... se rompió –lo habría descuarejingado por enésima vez. Bárbaro aguardaba en un segundo plano para darme un abrazo; por respeto quizá, teniendo en cuenta la presencia de mi padre. A Simone no hizo falta que la presentara; fue automático. Cuando me vine a dar cuenta mi hermano la tenía agarrada por la cintura contándole no se qué película. No esperaba tal recibimiento de la "familia" al completo.

Nos metimos en los carros que habían alquilado, el de mi padre, para variar, estaba roto, y atravesamos la ciudad oscura. No había un alma. Todo estaba igual pero todo era diferente. La ciudad parece un decorado sin personajes, ni guión, ni dirección. Paramos en una gasolinera para comprar cervezas y refrescos. Un mulatico muy flaco, con la camisa abierta, llenó de espuma el parabrisas exactamente igual a como lo hace un rumano en la rotonda de Cuzco, en la Castellana. Es el primer contacto, al duro y sin guantes, con el capitalismo socialista.

Día 2.

He dormido solo cuatro horas; pero no tengo sueño. Una
amiga nos ha prestado su casa en Miramar. Es imposible
quedarnos en casa de mi madre y la mía, en Centro Habana,
la cueva, está desahuciada. Salgo al balcón. El mar está
sereno, como un plato. Es temprano y ya hay un montón de
gente de aquí para allá. Algunos a pie, con la java en la
mano, otros en bicicleta, sin hacer el más mínimo caso al
tráfico, y otros en carros o camiones. Hay muchos *coches*
nuevos, todos con matrícula extranjera, y también los
almendrones de siempre que no sé cómo se la arreglan pero
se mantienen circulando. Desafiando al tiempo.
Llamo al Ministerio de Cultura para empezar los trámites del
visado de regreso pero el funcionario que lleva el tema no
está; me dicen que vaya en un par de días. Simone se
despierta cuando empiezo a deshacer las maletas; está
contenta, feliz de sus vacaciones en el trópico. Es la primera
vez que viaja a Cuba. Hasta conocerme, este país para ella
era solo un destino turístico más. Echamos un palito de
bienvenida. Después de desayunar repartimos las cosas y
nos fuimos a ver a mi madre. Mi hermano está encantado
con la radio nueva que le hemos traído. Parece un marciano.
–Igual, igual que otra–me dice. Le pregunto a mi madre por
qué tiene esa expresión tan rara en la cara. Se ha hecho una
cirugía plástica en los ojos. Deben de haberse pasado un
poco porque no los puede cerrar. Le pregunto cómo puede
dormir de noche con los ojos abiertos. Ella dice que ya se ha
acostumbrado y que, según el médico, con el tiempo se
cerrarán. Que todo es cuestión de tiempo. No sé si hay algo
de ironía en el razonamiento. Terminamos
acostumbrándonos a todo, sobreviviendo. *La costumbre con*

la costumbre se vence. Con tiempo suficiente seguramente seríamos capaces de ladrar y mear levantando la patica.
Al regreso todavía nos queda tiempo para darnos un chapuzón antes de almorzar. Simone disfruta de la sensación del caribe, de la agradable temperatura y se clava unos cuantos erizos al salir. Aunque le llamen Playita no tiene arena sino roca.
Alquilamos un LADA a un amigo de mi amiga. El manual de instrucciones verbales por si falla es interminable, pero es la mejor opción. Pagamos por adelantado. Por la noche visitamos a mi padre en Regla. El encuentro en el aeropuerto fue breve. El viaje a su casa parece directamente al infierno. Todo está oscuro, ruidoso, destruido. Parece que allí se hubiera librado una batalla con derrota aplastante. Si el desastre fuera a peor, la palabra ruina se quedaría corta: calles y casas en penumbras y vacías, hundidas en la negritud de la noche y el abandono.

Esperamos y esperamos. Todos. ¿No sabría el psiquiatra que esperar es una de las cosas que vuelve loca a la gente? La gente espera toda su vida. Esperan vivir, esperan morir. Esperan en la cola para comprar papel higiénico. Esperan en la cola para recibir dinero. Y si no tienes dinero, esperas en colas más largas. Esperas para dormirte y esperas para despertarte. Esperas para casarte y esperas para divorciarte. Esperas que llueva, esperas que deje de llover. Esperas para comer y esperas para volver a comer. Esperas en la consulta del loquero con un montón de anormales y te preguntas si serás uno de ellos.

Charles Bukoswki

Día 3.

Me hubiera gustado amanecer en el agua, es el "gran" defecto de Madrid, pero lo primero es lo primero. Hoy debo ir al Ministerio de Cultura para renovar el permiso de salida. Tuve que esperar casi una hora hasta que el funcionario que atiende a becarios, un hombrecillo pequeño con la calva sembrada de pelitos de nombre Omar Palenciano, me recibió.
–Caballero, ¡Que hambre tengo! –fue lo primero que soltó cuando me senté en la silla– ¿Y la malta que me prometiste? –le preguntó a una jabá que pasaba por el pasillo.
–Tú sabes que yo no tengo dinero. No te me hagas el loco – ella asomó la cabeza por la puerta y siguió su camino. Él, entre risas y un diálogo de besugos, me hizo la ficha con un mocho de lápiz.
–Mira lo que tengo para trabajar. Aquí no hay nada –no paraba de hablar mientras escribía por aquí y por allá–.

Bueno… ya está mijito. Ahora solo queda esperar –me miró por encima de los espejuelos pero yo estaba en otra parte–. ¡Claro mijo el permiso lo autoriza emigración, no nosotros! Pero no te preocupes –tiene razón… ¿para qué?

–Para la próxima te traigo material de oficina. Vamos, te invitó a merendar –le dije con miedo de que se lo tomase mal–; si te parece bien, claro.

–Ahora no puedo mijo pero si me traes un sándwich y me lo dejas aquí te lo agradezco.

–Ok –afortunadamente justo en frente hay una especie de cafetería en moneda convertible así que se lo traje y me despedí.

–La prórroga está en menos de quince días… seguro, seguro… y muchas gracias. No sabes el favor que me has hecho.

Día 4.

Cuba debe ser uno de los pocos países que exige un permiso
para salir (a los nativos, por supuesto). Excepto Irak, no
conozco otro. Lo normal, aunque cuestionable, es que el
visado lo emita el país receptor. Pero en Cuba hacen falta
los dos visados por falta de uno: de entrada y de salida. Y
este último caduca automáticamente en cuanto pones un pie
en tierra, aunque en tu pasaporte te quede mucho más
tiempo legalmente disponible. Para que tengas que sufrir de
nuevo el tormento de volver a pedirlo y de rogar porque no
se le crucen los cables a los de inmigración y te lo concedan.
Este diabólico mecanismo de control tenía su justificación en
la guerra fría; como siempre, el imperialismo. Pero se cayó
el muro de Berlín, se descojonó la URSS y el sistema se
mantiene cada vez mejor engrasado. Hay mucha gente
afuera que quiere volver de visita y no lo hace por el riesgo
que supone la negación de ese permiso. Entrar y salir se
convierte en un coqueteo peligroso. Algo así como meter la
mano bajo el hacha y sacarla lo más rápido posible, antes
de que te la corten si son más ágiles que tú. Porque el hacha
la tienen ellos, tú solo pones la mano.
La jaula es muy rigurosa. Si no tienes un motivo de salida
sobradamente justificado para el estado, te quedas. Sin
embargo a mí, por increíble que parezca, me mantenían, de
momento, el estatus de Asunto Oficial (AO). Como no te
dejan salir por tu cuenta, el Ministerio de Cultura tuvo que
autorizarme, a regañadientes de la directora de relaciones
internacionales, para gozar de una beca conseguida
personalmente. España pagaba los gastos (excepto el billete
de avión ida y vuelta que pagó Santiago), Cuba autorizaba.
–Yo no entiendo como España da becas a gente por su
cuenta y no, estrictamente, a las que Cuba dispone. Ya he

pedido una reunión con la AECI[6] para tratar este asunto –me comentó como quien no quiera la cosa, a propósito de *mi caso*. Tener un sello AO en el pasaporte te da ciertos privilegios: pagar menos, un poco mayor de agilidad para cualquier tramitación, que no te miren de medio lado cuando vayas al Consulado, ...
Por la tarde fuimos al Café Cantante del Teatro Nacional, a la peña de Gerardo Alfonso. Llegamos tarde. –Ya no quedan entradas. Se acabaron hace rato –nos frenó en seco una mulatica sentada afuera, en la escalera–, pero... por fuera sí quedan. –¿Cuánto? –Cinco pesos –la entrada costaba tres así que pagamos y entramos.
Aquello era una sauna y los grupos... patéticos. Mezcla seguía con su *Río Quibú*, después de sepetecientos años, y con versiones de canciones, dudosamente originales, de Carlos Varela. Toda la farándula se había renovado. Muy pocas caras conocidas pero ahí estaba Humbertico. El Abuelo no fue. Llevaba meses sin saber de él. Nos dio la medianoche entre historias y risas. En el abrazo de despedida Humberto me preguntó.
–Bueno ¿Qué te parece el patio?
–Parece que ha sobrevivido a una guerra.
–Sabes que es lo peor de todo... que de eso ya nosotros, ni nos damos cuenta.

---

[6] Agencia Española de Cooperación Internacional. La reunión fue un fracaso: La posición de la Agencia fue clara y firme: El derecho de selección es únicamente competencia de esta institución; la primera fase en la Habana, la segunda y última en Madrid y la convocatoria de las becas es pública; puede presentarse toda persona que cumpla los requisitos. A pesar de ello, los ministerios prohibieron a sus integrantes presentarse por cuenta propia. En caso de ser aceptados les negaban la autorización de salida. Así ellos se permitieron la prerrogativa de hacer el primer filtrado.

Día 5.

Mi tío está más flaco que nunca. De niño le llamaba tío Palo porque siempre fue alto y flaco pero ahora lo de Palo se queda gordo. –¡Si he aumentado! –protestó cuando le hice el comentario. Su casa está en ruinas, igual que su aspecto. Curiosamente, ahora es más revolucionario que nunca. Si tuviera que escoger una sola palabra, para describir la impresión que me causó, sin duda sería *momia*. Los tiempos han cambiado pero él no reconoce que se jodió para nada; que sacrificó su vida para terminar así, como un indigente. Me ha ofrecido que me lleve los libros que quiera. Lo ha hecho sin querer llamar la atención, como quien no quiere la cosa, pero algo serio tiene que estarle pasando. Mi tío jamás regalaría un libro así como así. Ni siquiera a mí, probablemente la persona que más quiera y haya querido en este mundo. Le quito importancia para que no se sienta incómodo. Elijo *La forma de las cosas que vendrán*, de Luis Rogelio Nogueras y un libro de dos tomos de poesía anónima africana compilada y traducida por Rogelio Martínez Furé. Más tarde Humberto me regalaría *Encicloferia*, también del Wichy. ¿Casualidad?
Cenamos en un restaurante pequeño de solo dos platos, cuatro de uno y dos del otro, cerveza caliente y cubiertos sucios. La comida está asquerosa pero no quisimos herir su sensibilidad de invitarnos a comer pagando él con pesos cubanos. –Ves como sí se puede –insistió. Por suerte no había postre y saltamos a la acera de enfrente para comprarlo en dólares. Es una cafetería–restaurante con la que el estado pretende competir con los *paladares*. ¿Competir a qué? El camarero no sabe que el *sondie* lleva *marshmallow*. El precio de la comida asciende al salario de un mes de un médico.

Día 6.

Hoy pasamos casi todo el día en la "playita". El agua está como un plato, transparente, tibia: un lujo amniótico. Nos hemos encontrado, por casualidad, con Tere e Iván, su niña y tres de las sobrinas. Su tío Patricio de la Guardia aún sigue preso. –No lo dejaron ir al entierro de sus padres –me cuenta Tere–. Cada vez que Ileana abre la boca, la paga él – Ileana es la hija de Toni de la Guardia, hermano gemelo de Patricio. Al tío le echaron treinta años en la causa 1/1989, pero su padre no tuvo la misma suerte. Lo condenaron a muerte por paredón de fusilamiento. Los dos trabajan en *firmas* extranjeras, aunque Iván sigue convaleciente de una operación de riñón, y ganan parte de su sueldo en dólares: *bajo cuerda*. Para ellos *la vida sigue igual*.
Por esto de que el mundo es chiquito, me he encontrado con un amigo común de mi compañera de viaje (la supuesta hija de puta) y mío. Me ha hecho saber, arrinconándome con sigilo en una esquina, que corren rumores que mi mujer en España, que nos mira desde el agua en ese momento, es en realidad un travesti. Me lo tomo como una prueba leve de la profecía. Tampoco es para tanto. También me ha dicho que parezco un gallego.
En 0 y 3ra han montado una tienda en dólares. Quiero regalarle un televisor a mi hermano. En la casa hay otro pero para él no vale. No es "el suyo". Hay uno Sharp pequeño que nos gusta; solo queda el de exposición pero el precio es el mismo. Al final lo llevamos. Antes de salir, un tipo revisa las bolsas de plástico traslúcidas y selladas. No las abre, solo las miras por fuera dándole vueltas, girándola con sus manos. Ese es su trabajo. Un particular se ofreció de taxi; el coche que alquilamos no arranca; el chofer es profesor de filosofía en la Universidad de la Habana. Mi

hermano nos vio llegar desde la ventana y bajó como un bólido. Cuando vio la caja en el maletero se le cortó la respiración. La agarró y subió corriendo.

–¡Mima! ¡Televisor!, ¡Televisor mima! –se lo montamos en su cuarto. No volvió a salir hasta que se acabó la telenovela.

–Gracias, gracias. El televisor... –le decía a Simone inseguro de que lo entendiera y cayéndole a besos.

–No te aproveches descara'o –Mi madre, en cambio, no dijo nada.

Día 7.

El *agromercado* está lleno de gente comprando y vendiendo entre las moscas y el vocerío de los dependientes. Los precios se negocian. «*Como cambian los tiempos Benancio ¿Qué te parece? ¿Qué te parece? Como cambian los tiempos*». Curiosamente, ahora que todo esto es privado, hay de todo: carne de puerco, vegetales, viandas. Nos llevamos un saco de cosas por menos de setenta pesos, el equivalente a tres dólares en una CADECA[7]. Un *cadequero*[8] vino a cambiarnos pero ya estábamos advertidos; podía timarnos.
Antes de irnos tomamos *guarapo* por un peso cubano; a Simone no le hizo gracia, le pareció demasiado dulce. En el puestecito había un cartel que decía: "Por favor, devuelva el vaso".

---

[7] Las Casas De Cambio oficiales (CADECA) fueron creadas a finales de 1995, dos años después de que el gobierno cubano decidió despenalizar la tenencia del dólar, y como parte de las reformas económicas emprendidas por las autoridades de la isla. Están instaladas, en su mayoría, en las cercanías de las tiendas en dólares y los agromercados, el dólar se compra a 21 pesos cubanos y la venta de los pesos convertibles (1 peso convertible equivale a un dólar) se cotiza también en 21 pesos cubanos.

[8] Los *cadequeros* son cambistas ilegales. Lo mismo actúan *con la cara*, a la vista de todos, que se escudan en quioscos de vendedores privados, en los que simulan ser parte del negocio, o incluso se sirven de las plazas en centros de servicios estatales donde hay empleados que combinan su trabajo con esa práctica.

Día 8.

Hoy llega la delegación cubana de los juegos olímpicos y Fidel ha ido a darles un discurso de bienvenida. Simone insistió en ver un poco la retransmisión en directo por las dos cadenas. Eso no se da todos los días. *Alucinó*. Fidel comparaba las olimpíadas con una batalla, al púgil Vinent, que le quitaron la pelea con el único estadounidense con el que se discutió oro, con un soldado, y a su derrota, con un tiro. Dedicó buena parte de su disertación a las olimpíadas en período especial; pero no dijo nada acerca de donde entrenan y viven la mayor parte del año Sotomayor, Ana Fidelia Quirós o Iván Pedroso, ni de su pertenencia al equipo profesional *Larios* aunque sí, sin venir al caso, de la victoria amateur frente a los poderosos profesionales de otros países. «¿Larios amateur?». Habló y habló como antes, como siempre y siguió hablando.

Día 9.

Andar la Habana es exactamente igual que hace tres años.
¡He estado tres años fuera! La única diferencia es que ahora
la mayoría de las tiendas operan en *divisas convertibles*. Esa
es la moneda de verdad, la que sirve para pagar
dondequiera, cualquier cosa: las ilusiones de unos, la
vergüenza de otros; es la llave maestra... del que la tiene,
claro.
La oferta es bastante ridícula, los productos de muy mala
calidad, los precios peregrinos, las tenderas no te dejan
tocar los productos, las boutiques no llegan a un *todo a cien*
pero la gente entra y sale en la novedad calculando hasta
dónde le alcanza para consumir y hasta dónde tiene que
inventar para alcanzarla. Frank Zappa dijo: *el comunismo no
funciona porque a la gente le encanta poseer porquerías*.
Pienso en sus palabras y no alcanzo a comprenderlas del
todo. En el capitalismo a la gente también le encanta poseer
porquerías y tampoco funciona. No igual para todos. Creo
que el problema está en el encanto de poseer porquerías.
Mi madre quiere comprarse un par de ajustadores pero no
hay probadores. Se los tiene que ajustar, si los quiere, por
encima de la ropa, en vivo y en directo, delante de todo el
mundo. En la tienda tampoco hay un único mostrador para
pagar. Hay que ir pagando en cada departamento. Aviso que
voy a pagar con Visa, todo junto, de una sola vez, y nos
asignan un dependiente para que recorra la tienda con
nosotros; como una especie de guardaespaldas que va
cargando todo lo que vamos consumiendo. Me siento muy
incómodo.
La Plaza de la Catedral es otro *show*, un inusitado
despliegue de color y folclore: venta de artesanía, músicos
tocando y bailando y muchos extranjeros rojos como un

tomate por el sol disfrutando de la gozadera, a su ritmo, sin entender a cuenta de qué.

Mi padre se empeñó en invitarnos a cenar en un *paladar*[9] una estupenda comida criolla; diecisiete dólares por ocho personas, cerveza incluida. La velada fue tranquila, familiar y el tema fundamental de conversación: el lenguaje. Que la pinga en Cuba es polla en España y en Colombia verga y el bollo coño y concha y etcétera, etcétera…

---

[9] La palabra *Paladar* sustituyó a la palabra *Fonda* del argot popular, en su nueva acepción capitalista, como consecuencia de la retransmisión, por televisión, de la telenovela brasileña: "Vale Todo". En esta la protagonista, una mujer emprendedora, decide montar un restaurante de comida casera y ponerle de nombre: "El Paladar". En Cuba fueron autorizados por el gobierno con un máximo de doce sillas.

Día 10.

El viaje a Varadero fue una odisea. El carro que alquilamos por poco nos deja tirados de nuevo; primero por un falso contacto de un fusible y luego por un reventón. No nos matamos de milagro; no había nadie en la carretera. Paramos en el puente de Bacunayagua. Mientras contemplamos las diminutas palmas reales, del tamaño de una hormiga, mi madre curioseó por el tenderete de suvenires.
Casi llegando a las Cueva de Bellamar nos paró un policía. Mi hermano se puso nervioso y empezó a gritar y desgarrarse la camisa: –¡Pinga!, ¡Pinga! –por suerte el policía se asustó y no reparó en Simone. –Continúe –ordenó. ¡Menos mal! Los turistas no pueden viajar en carros particulares, para eso están los taxis oficiales. Podía haberme confundido con un *botero*. Fui a pagar para entrar a las Cuevas.
–Doce dólares –me dijo la cajera.
–¿Cómo que doce dólares? –le pregunté.
–Tres por cabeza.
–Pero si somos cubanos, mire… mi carné de identidad –la mujer lo revisó con dudas. Por la ropa podían distinguir perfectamente si eras un nativo. Ella sabía que, lo que llevábamos puesto, no se vende en las *shoppings*.
–Esa de ahí no es cubana –me dijo señalando a Simone. Le habíamos advertido que, por nada del mundo, abriese la boca.
–¿Cómo que no? ¿Te traigo su carné? –la mujer me miró con cara de interrogación. Al final desistió.
–Son ocho pesos. Disculpa, es que a veces nos pasan gato por liebre –y no se si soy gato o liebre. En España soy

cubano pero en Cuba soy español. En realidad no soy de ninguna parte. Mi identidad se evapora.

Vimos las cuevas y seguimos a Varadero: lo más parecido a Marbella que tiene Cuba. Cualquier cubano que se precie te dirá que ya quisiera Marbella, aún sin conocerla, que Varadero tiene las mejores playas del mundo. En realidad no tienen que ver una cosa con la otra. Es solo por hacer un paralelo. Las dos son, quizá, los paraísos más impersonales que conozco. Allí ya no quedan cubanos, solo turistas extranjeros y delincuentes que proporcionan *servicios sociales* en una especie de mercado paralelo. La cantidad de hoteles nuevos es impresionante. La playa se pierde en este nuevo paisaje urbano impersonal, foráneo.

Después de devorar unas pizzas muy apanadas nos hundimos en el eterno azul del hotel Internacional. Simone se fue con mi madre a caminar por la playa y yo me quedé con mi hermano jugando en el agua. –España, amigo, ¿quieres café? ¿tabaco? ¿ron? ¿dos chicas cubanas? –Yo soy cubano, como tú, amigo. –Vale, vale.

Regresamos de noche sin percatarnos de que el carro no tenía luces. Para colmo empezó a llover, una enorme tromba de agua con descargas eléctricas, y los limpiaparabrisas tampoco funcionaron. Esperamos largo rato a que alguien nos adelantara para seguirlo, con mi ventanilla abierta para poder sacar la cabeza cuando era imposible ver a través del cristal. Con suerte, llegamos.

Día 11.

Hoy me encontré con un pariente de Cuca. Él es oficial de las Fuerzas Armadas Revolucionarias. Fue profesor de la Escuela de Pilotos de Pinar del Río hasta que cerró y lo ubicaron en la Cátedra Militar de la Facultad de Ciencias Médicas. Por él me enteré que Cuca estaba embaraza. –Una niña... como ustedes querían –me dijo, solo que el padre sería su ex primer novio. Un tiempo después de nuestra separación habían vuelto. Quizá no debían haberse separado nunca.
–Me alegro, si la ves felicítalos y dale un beso de mi parte.
–Oye y... ¿cuál es la opinión, en general, sobre Cuba y Fidel en España?
–¿En general? Pues... en general opinan que este gobierno es una dictadura.
–¿Y de Fidel?
–Que es un dictador –se tomó unos minutos para reflexionar.
–Bueno... es lógico que piensen así, teniendo en cuenta la manipulación de la prensa.
–Manipulación hay en todas partes –Simone, que hasta entonces se había limitado a *flipar en colores*, decidió pasar a la acción–, o me vas a decir que la prensa cubana es mucho más transparente y diversa que la española.
Le agradecí que parara justo ahí. No merecía la pena. No habían muchos argumentos. Él desconocía cómo era la prensa en España y los tres o cuatro periódicos cubanos, con cuatro hojas como mucho, se limitaban a vitorear los logros de la revolución, transcribir los discursos de Fidel y *poner a caldo* a los americanos. Así que cambiamos de tema.

–Bueno y… ¿Qué te parece lo de las avionetas?[10]

–¿Qué, qué me parece? Completamente absurdo.

–Coño mi hermano disculpa pero… te estás contagiando –me dijo como si padeciera algún virus capitalista que matara la materia gris.

–Tú fuiste profesor de la escuela de pilotos y sabes mejor que yo, que si les hubiera dado la gana, habrían hecho aterrizar esas avionetas donde hubieran querido. Hubiera sido más inteligente y más humano. Por eso me parece absurdo, innecesario y criminal –y no seguí porque podía leer en su cara que más que lavarme el cerebro me lo habían vaciado y la verdad yo le tenía mucho aprecio y no quería que eso cambiara.

Él, su mujer, sus hijos y medio país estaba convencido. –A ver ahora quién va a tener los cojones bien puestos de intentarlo de nuevo –era su argumento, un mal necesario. No valía la pena entrar al trapo pero lo cierto es que todo eso ocurrió cuando Clinton, por primera vez en muchos años, había iniciado una serie de acercamientos con la isla; corrían rumores incluso de una propuesta de levantamiento del embargo al senado[11]. Daba igual la influencia que podía tener

---

[10] El sábado 24 de Febrero de 1996, un avión de combate Mig 29, utilizando el apoyo logístico de un Mig 25 de guerra y radares ubicados en bases militares de Cuba, voló en pedazos con cohetes de aire a aire, a dos de tres avionetas civiles de Hermanos al Rescate. La tercera avioneta logró escapar y regresar a su base en la Florida. La polémica estaba servida. Según el gobierno cubano los pilotos de Hermanos al Rescate habían invadido el territorio nacional en repetidas ocasiones para lanzar octavillas con propaganda en contra del gobierno. En esa ocasión se les había advertido y ante la negativa de retirarse derribaron dos avionetas, en aguas jurisdiccionales de Cuba. Según los de Miami, las octavillas contenían la Proclama Universal de los Derechos Humanos y el derribo ocurrió en aguas internacionales.

[11] Después de haber iniciado una serie de acercamientos con la isla del Caribe, la administración demócrata retrocedió rápidamente tras el derribo de las avionetas de la organización contrarrevolucionaria "Hermanos al Rescate", el pasado 24 de febrero. Clinton firmó con prontitud una iniciativa que había estado demorándose en las oficinas de la Casa Blanca: la ley Helm-Burton. La intensificación del bloqueo

este hecho, en plena campaña electoral para la reelección del presidente Clinton, en la aprobación de la ley Helms-Burton. Daba igual que murieran innecesariamente cuatro personas. La estupidez es siempre igual de agresiva. *Cuando te mueres no sabes que estás muerto, no sufres por ello, pero es duro para el resto. Lo mismo ocurre cuando eres imbécil.*

---

a Cuba que esa ley llevó hasta extremos demenciales, recibió una repulsa mundial.

Ante tanto rechazo Clinton utilizó una de las facultades que le otorgaba la ley: la suspensión temporal de una parte de ella, alegando el interés nacional, por períodos de seis meses. Esa interrupción no podía ser revocada por el Congreso. Fue una especie de tregua mientras terminaba la campaña electoral.

Lisandro Otero, *El fin del Bloqueo es Cuestión de Tiempo*. Noviembre 1996.

Día 12.

La Terraza de Cojímar, famosa por "El viejo y el mar" de Hemingway, ha sido remodelada. El grotesco mural marino y las redes colgando del techo han desaparecido. Ahora esa pared es blanca, con una hilera de fotografías, montadas a media altura, de Hemingway y Fidel. Prefiero su aspecto inicial rústico, con toscos bancos y mesas de madera, y sus redes y andariveles marinos por todas partes. Al abrir las ventanas la luz, el olor a salitre y la brisa fresca del mar, recuperan la serenidad en la instancia; le otorgan atributos de grandeza y placidez. Qué provoca esa química es difícil de explicar. Quizá habría que preguntarle al propio Hemingway. Al menos lo sabría explicar mejor. *Hemingway did eat here*.

Ahora la Terraza es en dólares; excepto alguna excepción. También valen unos *tickets* que se asignan a través de un truculento mecanismo de premios a los trabajadores. Eso permite comer a los cubanos afortunados pero no toda la carta. Para ello la oferta está limitada a un número de platos y de opciones: un solo entrante, un único plato fuerte, dos bebidas, nada de langosta, etc. Mi tío ganó ese *ticket* y quiso compartirlo con nosotros.

Un trío amenizó el almuerzo de los turistas literalmente; solo se detuvo en sus mesas. Tampoco había muchos: un grupo grande repartido en sendas mesas largas y dos vejestorios con sus respectivas jineteras quinceañeras. Una pareja de mujeres del grupo se levantó a bailar una guaracha sin ningún éxito; el ritmo y la gracia se los confiscaron en la aduana del aeropuerto. La Terraza ya no es lo que era. El turista es extranjero dondequiera que va pero en un lugar donde la gente vive al compás de la música esa falta de *swing*, esa carencia de movimiento, de plasticidad, de expresión, es un elemento discordante que rompe la armonía, es ruido en el sistema.

En la comida mi tío me lleva un sobre con muchas fotos familiares en blanco y negro. Hay incluso fotos de mi abuelo, el que murió en la guerra civil Española, con la silueta de la acompañante recortada. Le ruego que me cuente qué le pasa pero responde tranquilo. –Tengo un problemilla en la próstata. Ya sabes, cosas de la edad, pero está todo bajo control. Todos los meses me ponen una inyección que cuesta casi quinientos dólares. ¿En qué país capitalista el estado paga medicinas tan caras a sus ciudadanos? –creo es su manera de contarme que se está muriendo.
Después del almuerzo dejamos a mi tío en una *actividad*: La celebración del cumpleaños del comandante. Solo que ni era el día, ni Él iba a estar presente.

Día 13.

Hoy he podido ver a Joel. No es él. Este es inexpresivo, distante; aunque asegura estar mucho mejor que el otro. Tiene que viajar al interior y aprovecho que tengo un carro alquilado para acercarlo a la Terminal de Autobuses.
No ha cambiado nada; sigue llena de gente entrando, saliendo, regada por el suelo, varios días entre el equipaje, esperando un milagro en la lista de espera. Los servicios del interior: peluquería, cafetería, etc., se han convertido en oficinas. El estado no tiene nada que vender y los *merolicos* no pierden tiempo. Es difícil no gastarse algo afuera; por lo menos diez pesos en cualquier dudoso bocadito. La puntualidad no es precisamente el fuerte de la compañía. Enfrente, en el Ministerio de Comunicaciones, cuelga la misma valla con el lema: *En la guerra como en la paz mantendremos las comunicaciones*. Algunas letras ya no están, ni falta que le hace. Para muchos seguirá diciendo: En la guerra como en la paz mal–tendremos las comunicaciones.

Día 14.

Simone se levantó con un fuerte dolor de ovarios; pero ha tenido la menstruación hace tan solo una semana. Llamé a Chamizo. –Que haga reposo –nos aconseja– pero, si por la tarde le sigue el dolor, vete a Maternidad de Línea y pregunta por el Dr. Alberto Cortés; que hoy está de guardia. Dile que vas de parte mía –Por la tarde el dolor siguió, así que fuimos al hospital. Nadie supo decirme dónde estaba Alberto. Después de deambular por todas partes, como Pedro por su casa, lo encontré en una sala de partos. Estaba solo. No había ningún otro médico en todo el hospital. Era imposible atendernos. Me pregunto que pasaría si llegara alguien muriéndose a urgencias pero mi madre responde con sus supersticiones: *Todo lo que sucede conviene*. Debió de ser algún simple desarreglo o quizá fuera el susto; pero el dolor remitió.

Día 15.

Martes 13. Ni te cases, ni te embarques. Fidel cumple 70 años. Desde ayer, los dos canales de televisión emiten en cadena programas especiales acerca de su vida: Fidel jugando con los niños, la infancia de Fidel, la adolescencia de Fidel, Fidel en la Sierra, Fidel al completo, una retrospectiva de Fidel integral. Fidel hasta en la sopa. En la calle, en cambio, nada, ni nadie, parece recordarlo.
En G y Malecón se ha montado una feria de artesanía parecida a la que, en los 80, hubo en la Plaza de Armas pero muy decadente, a tono con los tiempos. Los artesanos están negros por el sol, los precios en dólares y los productos, con alguna excepción, bastante cheos. Un tipo que vendía collares y pulseras de gorgonia, al ver a Simone, desplegó un arsenal de coral negro en medio de un diálogo nervioso. Miraba a todas partes, hablaba a toda velocidad, en cualquiera podía estar el ojo y la boca que lo llevara a la cárcel. La venta de coral negro está reservada exclusivamente al Estado. Montó tal desorden que Simone se asustó y nos fuimos con una pulsera puesta: una manilla de cilindros negros y brillantes como el azabache pulido, como las piedras de Oggún.

Día 16.

Se me ha caído un empaste. La recepcionista de la clínica estomatológica está muy entretenida manoseando un álbum de fotos. Una enfermera que pasa por allí piensa que es un álbum de fotos familiar pero no es así. Es de "los quince" de la hija de otra compañera. Me apuntó en un trozo de papel para a las doce, que es cuando se dan los turnos, pasarme a la lista definitiva. Volvimos a la una de la tarde, la hora de las consultas, pero no aparecía en ninguna lista. La señorita de las fotos, con tanto entretenimiento y distracción, olvidó cambiarme de papel a la una. Inconscientemente, me aseguró tres horas de espera. Todas las citas se dan para la misma hora. Solo el primero espera lo mínimo pero para el último, la espera es como una lección disciplinaria. Por eso todo el mundo se quiere colar y ser el primero.
Simone salió a dar una vuelta. Fue entonces cuando llegó Irina. Habíamos trabajado juntos en la Empresa de Computación. Estaba muy gorda. Me explicó que tomaba unos medicamentos con corticoides. Tenía lupus. Con voz pausada y tranquila, que sonaba a resignación ajena me puso al día. –La empresa está más enferma que yo. Queda solo la cuarta parte del personal. Además, sin hacer nada, en cuarentena. Todos de brazo cruzados. Benítez sigue de director. De los buenos técnicos no queda nadie. A los que no se fueron, Benítez los botó cuando le convino, la mayoría por protestar, como tú. De la vieja guardia solo queda Leo.

Día 17.

Hemos ido de compras con mi madre (solo quiere ir de compras). Nos esperó en la puerta del cine Payret vestida con un pijama que le envié con alguien. –¿Por qué vienes vestida así? –le pregunto. –Hay mijo, si esto aquí tiene tremendo *swing*, deja eso –me contesta. Como estaba cerca, me he pasado a ver a Leo. Me hicieron un pase para entrar. Todo estaba arrasado, abandonado. Las computadoras seguían siendo las mismas. Apenas veía caras conocidas. Nadie hacía nada. Todos en sus mesas sin mover un dedo. No hay ni una sola mesa igual a otra. Parece un museo de mesas. Leo estaba bien, resignada con su futuro. –Con dos niñas, a estas alturas, no voy a estar inventando – me confiesa. Hipe, un tipo enorme y buenazo a cargo del departamento de formación, cuando yo estaba por allí, falleció de un infarto en un *camello*, esa suerte de camión y autobús que van contaminando por toda la Habana. Al caer al suelo le robaron todo lo que llevaba encima. En el hospital costó identificarlo porque no le dejaron ni el carné de identidad.
Por la tarde por fin vi al Abuelo. Tenía el pelo por la cintura, iba descalzo, un auténtico *hippie* de período especial; mitad Steve Jobs, mitad Caballero de París. Efectivamente había vuelto a tocar. Ahora llevaba encerrado en su casa varios meses preparando una nueva pincha. –Necesito un bajo. ¿Conoces a alguien que venda uno? –No pero hay un socito que está en esa talla. Le pregunto y te doy un *call*. Aceite, tienes que volver a tocar el bajo, los otros instrumentos son muy chiquitos pa' ti –me dijo. Compré unas cervezas y nos tiramos en el césped del parque de calzada y D, frente al Teatro Amadeo Roldán. –Parece que fue ayer cuando te fuiste –me dijo–. Aquí el tiempo no pasa: no pasan aviones, no pasan carros, no pasa gente, no pasa nada –me acordé de una canción de Adrián Morales.

Vivo atrapado en un auto estacionado
Vivo clavado en el asiento de atrás
La cruz es solo la antesala del cielo
Ya estoy seguro de que el auto es mi hogar
Y solo espero que lo echen a andar
Y solo espero que lo echen a andar
Y solo espero que lo echen a andar

Día 18.

Mi propia casa también estaba abandonada. Las reformas duraron varios años. Los socios la llamaban *la cueva*. Era muy difícil conseguir los materiales y contratar a un albañil en condiciones. Mucha gente me ayudo, casi todos los amigos, especialmente Manduco, pero no había manera de que una pared quedara derecha o lisa. Al final Otilio, un viejo experto retirado, remató la faena justo antes de la boda con Cuca. Quedó tan bien que no echamos de menos el Hotel donde pasamos la luna de miel. Durante todo el tiempo que llevo en España, nadie se ha ocupado del apartamento. Los pocos electrodomésticos que tenía se han mudado para Alamar, a la casa de mi madre. Pese a todo, a Simone le gustó. No está mal tener una casa en el mismo centro de la Habana, a solo cuatro cuadras del Malecón. Por la noche hemos ido a un concierto de Síntesis en el parqueo del Teatro Carlos Marx. Han cambiado poco. Nunca he entendido porque no les va mejor en el extranjero. Hay un montón de grupos tipo Peter Gabriel fusionando el rock con folklore y no les va mal. Pero, como dice Lenine: *las raíces crecen hacia abajo*. Quizá el afán de captar a las grandes masas o la propia fuerza expresiva de los originales los ha dejado encerrados en la cruel categoría de rock turístico.

Día 19.

El día amanece muy nublado, con mucho viento. Aún así nos damos un chapuzón. Toda la costa para nosotros. El agua solo está un poco agitada pero nada de fría. Comienza a llover. Los truenos anuncian tormenta. Hoy debo recoger el permiso de salida. Tengo el estómago un poco encogido pero nada. Por suerte, todo está listo. A pesar de eso tuve que esperar otra hora a que me atendieran. Tenían un *caso* que resolver primero: una chica que viajaba al día siguiente y no tenía los papeles en regla. –Acabo de venir de España, de normalizar la situación de cantidad de artistas –le explicaba el director del grupo de relaciones internacionales– que el consulado los tenía por disidentes. ¡Les habían cambiado el pasaporte!... como a ti,... tremendo, lo que tienen montado allí, es una fábrica de disidentes.
Cuando, por fin, me llegó el turno, el funcionario agradecido de los pelitos injertados en la calva, sin que yo le preguntara, me lo aclaró todo: –Hijo, hay una política de recuperar cubanos declarados disidentes por los consulados cubanos. Si tú te quieres quedar no hay problemas. Te hacemos un convenio de trabajo y asunto concluido. Nosotros sabemos, de toda la vida, que ustedes, los artistas, tienen que estar donde quieren estar. Con ese dinero que se les cobra, que nunca es mayor del cuarenta por ciento y que depende del nivel de vida del país, salario, etc., gracias a eso, han podido subsistir las escuelas de arte de este país. Porque nosotros carecemos aquí de todo y eso, eso hijo, viene muy bien. –Oye Omar, una duda. ¿Para todos los organismos el convenio es el mismo? Tengo entendido que el INDER[12] cobra hasta un noventa por ciento, ¿es verdad eso? –A esos se les ha ido la mano.

---

[12] Instituto Nacional de Deporte, Educación y Recreación.

Me queda el resto del día para relajarme. Me voy.

Día 20.

El casco histórico está mitad en ruinas, mitad restaurado; aún así conserva ese halo de misterio y aventura. Me pregunto si algún día estará completamente remozado según los planes del historiador de la ciudad, el eterno, Eusebio Leal. Aún quedan ciudadelas y solares. No puedes entrar pero sí hacerte una idea. A Simone le fascina la arquitectura colonial, los vitrales, la luz tan distinta a la de Madrid.
Hemos caminado desde la Habana Vieja hasta el Vedado por el Malecón. Llueve intermitentemente; la cortina de agua es espesa y fría. Almorzamos en el *Momi's Paladar*, en una pequeña terraza de un apartamento con vista al Malecón. El mar es un plato, como suele ocurrir después de las típicas lluvias torrenciales de verano. Después de almorzar arrancamos el carro, los pies no nos dan más, para llegar a los últimos repartos construidos antes del cincuenta y nueve: la zona de Siboney, Flores, el Biltmore. Llegamos hasta Jaimanitas y regresamos bordeando la costa hasta el Castillo de los Santos Tres Reyes del Morro: la fortificación más antigua construida por los españoles en América. Una larga cadena la unió con el Castillo de San Salvador de la Punta, al otro lado, para impedir que entraran los navíos enemigos. Un túnel de 733 metros de largo, a 12-14 metros del fondo, atraviesa la Bahía y comunica lo antiguo con lo moderno, la Habana Vieja con la Habana del Este.
Subimos al faro. Desde ahí se puede ver prácticamente la bolsa de la Bahía entera, negra de petróleo. Luego nos sentamos en un muro, bajo los cañones de la batería de los doce apóstoles, a contemplar el Malecón, a arreglar el mundo, a hablar del futuro; historias y confidencias que las piedras celarán con cuidado, como otras tantas a lo largo de los siglos.

Día 21.

El Barrio Chino es muy pequeño. A diferencia de los chinos
de Madrid, a los que quedan aquí, de chinos les queda poco.
Son cubanos descendientes de varias generaciones,
descafeinados, mestizos. Apenas les queda el pelo espinoso
y los ojos rasgados. Los primeros chinos llegaron cuando la
Danza de los Millones, con la subida del precio del azúcar
durante la Primera Guerra Mundial. De aquellos mercaderes
ricos, el Teatro Shangai y las fiestas del Dragón, no queda
nada. Entramos al restaurante Pacífico; es enorme y está
vacío. Pensamos que es en dólares pero en la carta los
precios están en pesos. Nos hartamos de langosta y arroz
con marisco, seis personas, por menos de diez dólares. Al
salir callejeamos un poco. La iniciativa privada florecía, quizá
lo suficiente para reactivar el barrio y quién sabe, devolverle
el esplendor que en su día tuvo.
Caminando hacia el Capitolio veo el Palacio de la
Computación. No puedo reprimir la curiosidad de entrar. No
hay nadie conocido. Todo está dispuesto de otra manera.
Los niños y las computadoras han desparecido. El
laboratorio de música electrónica está cerrado. Me pregunto
si se trata del mismo lugar donde venía con Perico y el
Buda.
–Ya no funciona –me dice la CVP al verme tocar la puerta–,
la cuota energética que nos asignan no alcanza pa' na' mijo.
Esto está casi cerrado de' hace tiempo.
–Oiga… por casualidad sigue trabajando aquí… Ámbar.
–¿Ámbar?
–Sí, una rubita muy linda de pelo rizado…
–¿Qué tiene los ojos de un color muy raro?
–Violeta.
–Sí, esa misma. No mijo, ella hace rato que se fue. Se casó
con un yuma y se fue.

Día 22.

Simone solo conoce parte de la Habana y Varadero y
tampoco nos queda mucho tiempo. Por eso hemos viajado a
Pinar del Río. Paramos en Soroa, un salto de agua a veinte
kilómetros de la Sierra del Rosario. Allí a un isleño se le
ocurrió construir un orquideario impresionante. No es
invierno; sin embargo hay más de cinco especies, de más de
quinientas, florecidas. Hay una que huele a chocolate. Al
salto se llega, después de pasar por caja en moneda
libremente convertible, a través de un largo y sinuoso pasillo
tapizados de árboles que se doblan buscando la luz
formando un curioso arco vegetal. Hay mucha humedad. El
salto de Manantiales es espectacular. El agua está helada
pero merece la pena escalar un poco para sentarse debajo
del chorro. La fuerza del salto, desde más de veinte metros
de altura, tonifica la piel. Luego seguimos el riachuelo hasta
la gran piscina natural; un agujero de agua cristalina en
medio de un explosivo bosque tropical de helechos
arborescentes y árboles enormes plagados de curujeyes. El
agua que alimenta la poceta cae del río formando otro
pequeño salto de unos tres metros. Hay pájaros carpinteros
y ruiseñores pero ni un solo tocororo (el ave nacional); es
raro verlos.
Almorzamos unos bocadillos y seguimos hacia el Valle de
Viñales. Cae una llovizna muy fina que abre un arcoíris por
encima del valle. Desde el mirador del hotel Los Jazmines
vemos sus mogotes pero hay que darse prisa para bajar a
las cuevas. La lluvia puede apretar. Bajamos al valle para
llegar hasta la Cueva del Indio. Parte del recorrido se hace a
pie y parte en bote. Por último nos damos un baño de agua
sulfurosa en las pocetas medicinales del Rancho San
Vicente. El agua huele a pedo y pone amarillas las joyas de
plata de Simone pero lo pasamos muy bien. ¡Lo que se
puede hacer si vienes con dinero de fuera! No me extraña

que algún niño quiera ser de mayor extranjero. Regresamos tan relajados que estuve a punto de dormirme en la carretera.

Día 23.

Hay anunciado un concierto de la Orquesta Original de Manzanillo, en honor al Beny Moré, en La Piragua. Como está al lado del Hotel Nacional pasamos antes a tomar algo para que Simone lo conozca. Lucky Luciano, uno de los hombres con más largo historial delictivo en los Estados Unidos y antiguo líder del crimen organizado de New York, escogió la habitación 924 del hotel Nacional para su destierro italiano. Un tribunal neoyorquino le condenó a cadena perpetua pero, gracias a su colaboración en el desembarco de las fuerzas aliadas en Sicilia en 1943, los servicios de inteligencia norteamericanos le conmutaron la pena. A cambio de su libertad no podría volver a pisar territorio americano. Pero Lucky no se entretuvo. Los negocios en Cuba tenían futuro. En pocos años y bajo la mayor discreción, su amigo de la infancia Meyer Lanski, había eslabonado una larga cadena de influencias entre las más altas esferas políticas y financieras del país, al extremo de convertirse en el mediador silencioso de la política del presidente Franklin Delano Roosevelt en Cuba.
Consolidados los vínculos con el poder, la elección de La Habana para el mayor cónclave de la mafia norteamericana en toda su historia era obvia. Los más célebres jefes de familias de Estados Unidos llegaron a este hotel para definir zonas de influencias y acciones futuras en medio de una gran controversia entre las dos grandes tendencias: el control del juego y el tráfico de drogas.
El hotel ha sido remodelado. Da la impresión de que, en cualquier momento, podrías cruzarte con un mafioso por sus largos corredores. Pero, al pasar al bar, solo hemos podido ver a tres italianos con pantalones cortos sobornando al carpeta para subir a sus jovencísimas jineteras a sus habitaciones.

El concierto no estuvo mal; pero éramos un foco y los bisneros no dan respiro. El cansancio también hacía estragos así que no duramos demasiado. Vamos en dirección al carro cuando nos cruzamos con una negra acompañada de una niñita preciosa con unos enormes lazos rojos en la cabeza.
–¡Qué mona! –exclama Simone sinceramente emocionada. Pero la madre parece no entender el piropo y la mira con cara de pocos amigos.

Día 24.

He decidido llevarme mis lienzos y me he enterado que
antes tienen que pasar por patrimonio. No me importa
pagar; pero tengo miedo que no me autoricen a sacar *un*
Toirac. El cuadro es una copia de una foto de Fidel dando un
discurso, rodeado de flores y banderas, publicada en el
Granma. Tiene más de cincuenta lienzos que, ni se lo dejan
exponer, ni puede sacarlos del país. Pertenece, por derecho
propio, a una especie de lista negra, de limbo cultural. Es
uno de los artistas polémicos. Tengo que volver en un par
de días a recogerlos.
Unos amigos nos han invitado a cenar en el paladar *Gringo
Viejo*. La comida es deliciosa. Simone pudo probar un postre
nuevo: Coco glasé. El dueño del paladar era un *plástico* de
la época de la cacería de los pelos largos. Lo habían
propuesto para secretario del municipio de los trabajadores
cuentapropistas. El reinicio de la pequeña empresa tuvo
lugar gracias a la crisis del famoso Período Especial. El
estado autorizó, sin remedio, 157 rubros para trabajos
privados. Quien contaba con un pequeño capital, procuró
desenvolverse en alguno de ellos. En 1997, operaban unos
210 000 cuentapropistas, desde carpinteros hasta dueños de
paladares o cafeterías, desde albañiles hasta peluqueras.
Pero, a medida que la crisis amainaba, el Estado comenzó a
subir los impuestos, a dictar regulaciones inviables, a
realizar *controles oficiales*, en fin, a cerrar el camino a la
iniciativa privada. El Estado necesita a los pequeños
propietarios, pero no los aprueba: cada cierto tiempo les
pone las cosas difíciles, les cierra puertas que luego acaba
volviendo a abrir, como una válvula de escape para aliviar la
presión y evitar que le explote todo en la cara.
–Ahí tengo preparados los calzoncillos por si tengo que ir al
combinado... Pero no me interesa. Aquí lo que hay es que
luchar –nos dice.

Día 25.

La arena de la playa de Bacuranao no es tan fina como la de
Varadero pero nos queda más cerca y el carro alquilado no
está para mucho trote. El agua está agradable y
transparente, excepto por la cantidad de algas acumuladas
en la orilla y el estado lamentable de lo que una vez fueron
los vestuarios. Nos duchamos debajo de un diminuto hilo de
agua dulce improvisado en la pared del antiguo
guardarropas. La mayoría de las cabañas que forman la villa
están en obras, el césped montaña sin cortar, los bajitos
cocoteros sin atender. Pero la instalación no está cerrada.
En la piscina no cabe un alfiler mientras toda la herradura de
la playa permanece desierta.
Ayer arreglaron el teléfono de mi amiga (según ella llevaba
más de un mes sin línea) y he podido hablar con Carmen en
Madrid. ¡No puede más del calor! Por la tarde he ido a Radio
Metropolitana. Humbertico me quiere entrevistar para hablar
acerca del posible disco *Música para sordomudos*. ¿Por qué
la computadora? ¿Por qué no salvan ningún tema de la
primera etapa? ¿Por qué instrumental? ¿Por qué los títulos
de las canciones? Las respuestas se comunican entre sí
mediante dos palabras: azar y necesidad. La idea del disco
gira alrededor del silencio, de su capacidad de comunicar, de
su ambigüedad, del mensaje sensorial del sonido que no se
organiza en lenguaje, de la pérdida formal de la palabra, de
la sordera y mudez selectiva, elegida. –Pensé que ibas a ser
más crítico. –¿Qué querías que dijera? ¡Abajo Fidel! Solo
hemos venido a hablar de un posible disco, ¿no? –la verdad
es que, incluso si así no hubiera sido, tampoco me hubiera
atrevido. No me imaginaba atrapado allí de nuevo.

Día 26.

El rincón de Guanabo es un buen lugar para bucear. Hay que
nadar unos trescientos metros hasta la barrera coralina pero
merece la pena. Ha cesado la lluvia y el mar está totalmente
sereno. El sol tampoco quema mucho. Es la ocasión ideal.
Tere tiene asma e Iván sigue convaleciente de su operación.
Nos vamos Simone y yo solos. Encontramos la barrera a casi
un kilómetro. La profundidad es escasa hasta justo unos
metros antes. Hemos dejado atrás bancos de erizos blancos,
algas y arenazos pero ahí está la barrera. Hay varios barcos
y más de quince turistas curioseando. En cualquier momento
puede aparecer un carrito de Cubanacán vendiendo mojito,
daiquiri y saoco debajo del agua.
La barrera está bastante deteriorada. Hay un montón de
corales destrozados y muchos menos que antes. Langostas
ni se diga. Aun así merece la pena. Simone está feliz. No es
lo mismo que los videos de National Geographic, es mejor.
Un montón de peces multicolores se acercan con descaro
por entre las algas y los corales de fuego. –Parece una gran
pecera. –Si. Pero es de verdad.

Día 27.

El Abuelo me ha dejado un recado: tiene un Fender para mí. Almorzamos con Tere un pargo riquísimo en su terraza, mientras la niña retozaba en una piscina de plástico a nuestro lado. Después del café fuimos a ver el bajo: un Fender Jazz Bass de principios de los ochenta. Sin comentarios. Le di los doscientos setenta dólares que pedía el propietario y me fui... loquito, loquito, muy loquito. Tenemos que comprar algunas cosas para llevarnos. En una tienda cercana venden café Cubita. Los tienen de dos precios: tres y seis dólares respectivamente. Cogemos dos de cada uno. Al llegar a la caja me invitan a devolver los de seis.
–Esos no compañero.
–¿Por qué no?
–Porque no están inventariados.
–Pero si lo tienen en exhibición con el precio puesto. ¿Cuál es el problema?
–El problema es que ese producto aún no ha sido introducido en el sistema informático y ese sistema es muy complejo. No se ponga bravo pero no se lo puedo cobrar, compañero.
–Llámeme al administrador. Hágame el favor.
–Lo siento mucho pero el administrador ahora mismo no está.
–Sabe porque no me lo cobra... porque a usted le da lo mismo venderlo o no. Va a ganar lo mismo –no quiero molestarme, no quiero parecer arrogante, no quiero entender. Me queda un solo día para largarme. «Intenta no cagarla».
Hemos pasado a recoger los cuadros. Al final todos pasaron. Pago los sellos en dólares y me voy con mi rollo bajo el brazo. Mañana regresamos. Mi madre está muy triste, mi hermano nervioso. ¿Quién sabe cuándo será la próxima vez

que nos volvamos a ver? ¿Quién sabe si esta será la última? Hemos cenado en el Castillo de Jagua, en 23 y G. Solo hay dos platos y cerveza pero es demasiado tarde para encontrar algo mejor.

Algunos trenes circulan tan despacio que parece que no avanzan, que nunca han llegado a abandonar la estación, pero se mueven. Con ese ritmo pasan los años oscuros, insensibles fragmentos de un tiempo engañoso, trampas mortales que se camuflan en los espacios que dejan en blanco los inofensivos números de los relojes.

Almudena Grandes

Día 28 y último.

He presentado los correspondientes permisos de patrimonio, debidamente sellados, en el aeropuerto. Sin embargo, no he podido evitar ver como los apartaban del equipaje. –Es el procedimiento normal –me dice el oficial de aduanas. Con tanto nervio no hay tiempo para llantos. Es la última vez que veré a mi padre. En ese momento no lo sé pero lo presiento. Mi tío me da un abrazo como si fuese el último. –Te quiero tanto. –Yo también te quiero tío Palo.
Amanece a medio camino. El resto del viaje, a pleno sol y a más de diez mil metros de altura, solo alcanza para ver algún que otro barco en miniatura y la parda geografía peninsular. Simone está dormida y *morena*. Mañana tiene que incorporarse en la agencia. Se le ve feliz, en paz. Carmen nos recoge en Barajas. Reclamo mis cuadros que, mira por dónde, se han quedado en la Habana. Quiere enterarse la primera de todos los pormenores de la odisea. Comemos en un chino. Madrid huele agradable, con un perfume que no puedo describir. Con el olor que traen los primeros aires del otoño para mitigar la fatiga del verano. Siento que llego a casa.

Conocí al Aceite en la escuela de natación de Guanabo. Cuando solo éramos unos números, sin nombres, nos meábamos en la cama y no podíamos llorar durante la *flexibilidad* si pretendíamos ser nadador alguna vez en la vida. Al Mojón una vez por poco le parten los brazos pero Izaguirre tuvo peor suerte. El Profe intentaba pegarnos los codos detrás de la nuca y él no podía, nunca pudo. Tenía los ligamentos duros como estacas. Iza aguantaba al límite, pero el dolor fue superior a sus fuerzas, los lagrimones se arrastraban por su gesto desencajado. –Vamos, esto parece el equipo de las niñas, ¿tienes la menstruación o qué? –fue entonces cuando le pegó, de un tirón, los huesos. El grito nos congeló el sudor a todos. El brazo izquierdo se soltó cómo si fuese de un muñeco de trapos. Él era zurdo. No pudo seguir en la escuela. Recuperó su brazo, pero jamás le sirvió para competir. Teníamos siete años. Muchos años después, cuando empecé a cantar, cada vez que tenía que dar una nota muy aguda pensaba en los ligamentos de Izaguirre y me asustaba. No he podido olvidar el sonido seco de la fractura y el grito que paró el tiempo en ese instante.

Al Aceite no lo vi hasta que nos pusieron los guantes. Esa noche me había meado en la cama. Casi no dormía para no mearme pero en algún descuido se me escapó. Al otro día me obligaron a sacar el colchón a la terraza para que se secara pasando por delante de toda la escuela en el matutino. Era la primera vez que me pasaba y el 63 estuvo el día entero riéndose de mi hasta que me cansé, en la formación del comedor, y le metí tremendo gaznatón. Me partieron y de castigo me tocó ponerme los guantes con el Aceite, que entonces era el 265. Me dio tremenda zurra. Después, en el comedor, me ofreció su jarro de leche.

Lo de los guantes era el sistema de castigo más empleado en la escuela. Antes de llegar el Aceite nos lo ponían con el Lagarto. Un niño flaquito que no ganaba ni en 25 metros libres pero daba unas palizas de campeonato. Yo creo que lo metieron en natación por error. El Aceite un día adoptó un perrito en la azotea y lo cogieron llevándole su leche. Lo pusieron de pie en una columna un día entero pero al día siguiente el perrito volvió y él se escapó de los límites del colegio para verlo. Entonces le quitaron el pase. Durante el fin de semana se repitió el encuentro. El lunes le tocó ponerse los guantes con el Lagarto. Casi al principio lo tumbó de un derechazo por el mentón. Le costó levantarse pero, cuando lo hizo, fue como una pesadilla para el Lagarto. Al final lo noqueó. Por primera vez, en su relativamente dilatada historia pugilística, el Lagarto era derribado por el castigado. Entonces se invirtieron los papeles y, cuando alguien era castigado, le tocaba ponerse los guantes con el Aceite. Él no podía negarse. Era solo un niño, como yo, en una escuela deportiva que funcionaba como si fuera militar. Pero yo creo que fui el último porque, cuando su madre se enteró, por poco se pone los guantes con el director.

Cuando acabamos el sexto grado el Mojón, el Aceite y yo nos pasamos al *waterpolo* y seguimos juntos en la Escuela de Iniciación Deportiva Escolar, la EIDE. No sé cuando empezó pero todo el mundo hablaba del resbaloso; se creó un mito de un mirahueco que aparecía por los albergues en cueros y con la piel embadurnada de grasa. Nadie lo había visto pero el voyeur misterioso de la beca como poco inspiraba miedo. Unos decían que era un negro grandísimo con el rabo tan largo que se daba con la punta en las rodillas cuando corría. Otros que era blanco y llevaba una cadena que arrastraba como un fantasma.

A veces, cuando todos dormían, algunos nadadores, entre ellos yo, que era tremendo jamaliche, nos metíamos muertos de hambre en el comedor y nos merendábamos, indebidamente, algunos kilos de los cuatro jinetes del Apocalipsis: mazareal, tortica, gaceñiga y marquesita.

La incursión tenía que ser minuciosamente ejecutada porque a cada hora la guardia nocturna, de los propios alumnos, pasaba por allí de recorrido. El Mojón, que era el más pequeño de todos, se colaba por la ventana y nos abría desde dentro, nos metíamos en fila india, sin encender las luces, derechitos al almacén y ya allí, solo era cuestión de encontrar las cajas sin hacer ruido.

Ese día, cuando yo, G, el Mojón, el Pesca'o, el Guajiro y el Búcaro estábamos en la cocina, encendieron las luces cinco minutos antes. Los seis nos miramos sin saber muy bien adónde correr. Estar allí, a esa hora, nos garantizaba una expulsión deshonrosa inapelable, el fin de nuestras respectivas carreras deportivas y una mancha en el expediente más dañina que cualquier catástrofe ecológica. G reaccionó más rápido que el resto. Se quitó la ropa en menos de un segundo, cogió la lata de aceite por la mitad que tenía a mano, se la tiró encima (tremendo asco) y salió corriendo hacia la puerta por donde venía la cuadrilla de guardia. Les entró de frente pero era imposible que lo cogieran porque ellos tenían más miedo que él y resbalaba por todas partes.

Al verle escapar por la puerta empezaron a gritar: –¡Ataja! ¡Ataja! ¡El Resbaloso! ¡Ataja! –y salieron detrás de él más que corriendo haciéndose los que lo perseguían. El bloque contiguo al comedor era un albergue femenino. El pabellón de las hembras se encendía en secuencia con la carrera en pelotas de G por los pasillos. Algunas salían lentas y adormiladas en comparación con los gritos desesperados de las más histéricas. Todo ocurrió muy rápido pero tenía que ser lo suficiente rápido para que no se despertasen los varones. La escuela era demasiado grande y G tuvo tiempo de meterse antes de que lo cogieran en el cuartico de los motores de la piscina y quitarse todo el aceite con detergente y cloro. Allí nadie lo iba a buscar. Era el único lugar donde se podía templar con tranquilidad, aunque hubiera cola.

En el desayuno no apareció y pensábamos que lo habían cogido pero en el matutino, después de que izaran la bandera, nos saludó como si nada.

—Ayer —dijo el director con cara de tomar medidas graves y urgentes—, ayer por la noche se detectó un ladrón en el comedor que huyó cobardemente, no sin antes atentar contra la propiedad colectiva. Aún no se ha identificado al sujeto pero, dada la eficacia de nuestro sistema de vigilancia nocturno, estamos convencidos que no ha podido llegar muy lejos. Hay huellas, hay testigos, así que habrá castigo. No quepa duda. Hoy están aquí los compañeros del Ministerio del Interior para tomar pruebas e investigar, para detener ese contrarrevolucionario, depravado y perverso delincuente. Así que deben prestarle todo el apoye que necesiten para ejercer eficazmente su labor.

Por supuesto, jamás dieron con él. Todo pasó demasiado deprisa y, por suerte, la patrulla era de otro año y de otro deporte y estaban muertos de miedo. Tan pronto G salió por la puerta, los otros intentaron seguirle tímidamente patinando y chocando contra todo. Nosotros salimos detrás con su ropa y llegamos al albergue casi por donde mismo habíamos venido.

A partir de ese momento, la leyenda del *resbaloso* se multiplicó frenéticamente. Estuvimos casi un mes durmiendo con las luces encendidas y G perdió su nombre para convertirse en el Aceite porque, claro, llamarle Resbaloso era demasiado cantoso.

Las cosas no pasan, vuelven.

Elio Rodríguez

En la EIDE había muchos Padilla pero, de las dos Marías, solo uno. Padilla siempre fue muy tímido. Por eso nunca tuvo novia hasta que se le declaró María Margarita en el enorme patio central. –Oye Padilla ¿tú quieres ser mi jebo? –Ante una declaración así cualquiera se queda absolutamente sin palabras y Padilla no iba a ser menos pero María tenía sus recursos–. Bueno, no te asustes, piénsatelo bien y mañana me contestas.

En realidad él se babeaba por ella y ella lo sabía de sobra pero, en ese momento, se puso tan nervioso que la gaguera se le convirtió en mudez. En lugar de Padilla era Mantequilla. La noche que terminaron la piscina de clavado casi se le declara. Al día siguiente venía Fidel a inaugurar la escuela. Había que terminarla pese a todo porque esa era la fecha. Un año antes, la CIA había hecho estallar en el aire un avión de cubana que traía de vuelta al equipo de esgrima desde Barbados. Murieron 73 personas; la mayoría muy jóvenes. La nueva escuela era un homenaje a su memoria. Se llamaría Mártires de Barbados. Así que tenía que estar acabada de todas, todas. El tanque de clavados iba muy atrasado pero Fidel tenía que verlo funcionando. Así que enterraron todas las tuberías en el fondo, lo pintaron y mientras lo llenaban con pipas de agua pintaron las paredes. Padilla y María Margarita compartieron el mismo andamio. Casi les dio tiempo a babear las paredes pero ninguno se atrevió. María Margarita esperaba que Padilla tomase la iniciativa pero nada. Cada vez que empezaba se atragantaba y no había manera. Al día siguiente Fidel y su comitiva vieron a los clavadistas dar los saltos más complicados en el cielo y salir del agua con rayas y manchones azules y aplaudieron y se interesaron por las posibilidades reales de obtener medallas en ese deporte en los próximos juegos centroamericanos.

María Margarita tenía unas tetas que parecían melones. Practicaba tiro deportivo así que podía permitirse unas tetas del tamaño que quisiera. Quizá le daban mejor apoyo porque era la campeona nacional en no se cuantos años seguidos. Desde que llegamos, María Margarita no le quitó los ojos de encima a Padilla y viceversa. En una ocasión las niñas de tiro (el equipo femenino) ganaron una competencia nacional importante. El premio fue un día de recreación en la piscina olímpica, la nuestra. Nosotros ya habíamos terminado el entrenamiento y como no nos daba tiempo a bañarnos con jabón en el albergue, muchas veces nos quitábamos un poco el cloro con unos manguerasos de agua allí mismo. Cuando Padilla cogió la manguera apareció María Margarita con aquellas enormes pelotas duras y adolescentes, prisioneras en un bikini ridículo. –Ay Padi. ¿Me puedes echar un poquito de agua por aquí? –le suplicó con los ojos dados la vuelta y se subió el bikini encajándoselo en la raja del culo, el ahora hilo dental se ahogaba en medio de unas nalgas plenas escasas de sol–. Así Padi, aquí. Ay ahora por acá… no, no, por aquí –y se apretaba las tetas para que el chorro de agua se atragantara como una fuente tupida cerca de la garganta. Padilla se quedó sin habla. A los cuatro manguerasos se vino como un poseso y salió corriendo.

Durante un tiempo le llamamos Padi Manguera pero un día se encabronó tanto que por poco ahorca al Mojón y tuvimos que volverle a llamar, simplemente, Padilla (y a veces, a sus espaldas, *natilla*).

Para no fallar con la palabra hablada, Padilla decidió escribir su respuesta a María Margarita en plan cortejo de antaño. Al día siguiente, después del estudio individual, María Margarita se le acercó con su acostumbrado baño de talco en el buche y él le entregó el papel. –Si –ni siquiera lo leyó. Se le acercó, y como era mucho más bajita que él, lo agarró por la camisa y tiró hacia ella hasta acercar su boca para meterle la lengua dentro.

A partir de ese día parecían una melcocha. Todo el santo día metiéndose mano y dándose la lengua. Padilla le sobaba las tetas y el culo delante de malanga y María Margarita posaba como si estuviese predestinada a ello y ese fuese su estado natural. «Es mi hombre».

Al Búcaro no le hacía ninguna gracia el romance de Padilla. A pesar de la jaiba que tenía y esa cara con forma de jarra sin flores era muy presumido. Así que siempre estaba atrás y pidiendo el último. En todos los pabellones faltaba alguna persiana pero en el de María Margarita había una ventana donde faltaban las cuatro de abajo. Una noche que había Asamblea de Balance del Partido y todos los profesores estaban ocupados en ello, asomaron un par de tetas por el agujero. –¡Atención! A ver si adivinan. ¿De quién son estas? –grito alguien desde adentro con una voz que parecía no corresponder con esas tetas. En el patio estaba, por lo menos, todo el equipo de natación, el de polo acuático, la mitad del de lucha. Se formó tremenda agitación. –Son de Lucy. Son de Lu. –No, no. Esas son de Griselda. –Frío, frío. –De Araceli. –Frío, frío. –De Beatriz, son de Bea. –¡Caliente! –¿Y estas? –y asomaron un par de tetas negras con forma de mameyes. –Esas son de Lázara –Tibio, tibio. –Son de Iluminada. –¡Caliente! ¡Se quema! –¿Y estas? ¿de quién son estas? –esta vez era un par de melones con los pezones pequeñitos. –¡Esas son de María Margarita! –¡Caliente!

Cuando me di la vuelta ya Padilla le había encajado un piñazo al Búcaro en la cara. De los dientes de piano le salía sangre y el Guajiro se había lanzado a separarlos. Ahí mismo se acabó la fiesta. Era imposible desapartarlos. Al final la bulla llegó al edificio central y los militantes pararon la reunión para venir a ver qué pasaba. El director cogió una cadena con un candado en la punta y dio un par de trallazos contra el suelo. Al final se soltaron pero fue imposible sacarles el motivo de aquella bronca. Padilla, desde entonces: el de las dos Marías, enmudeció, el Búcaro parecía un caníbal y al Guajiro no había quien lo moviera. –Me cc..caí –fue todo lo que dijo Padilla. No se cómo, supongo que no se lo creyeron, pero fue al único que botaron. Adiós a la carrera deportiva, adiós a la escuela "especial" y adiós a las dos Marías. «La del medio es la mía».

Un mes después de aquello el Mojón se ahogó en el tanque de clavados. Tardó medio año en secarse por el sol y otro tanto tardaron en romperlo y volverlo a hacer. Casi el mismo tiempo que tardó el Mojón en ponerse de noche a bucear por el fondo para refrescarse, justo cuando vaciaban la piscina. Quedó atrapado en el agujero. Lo succionó con tanta fuerza que no pudo sacar la cabeza. Tenía solo quince años.

Yo estuve allí otro medio año, antes de que me seleccionaran para ir a la ESPA. Cuando se ahogó el Mojón, María Margarita vino a consolarme. Yo ya no vivía en el albergue con los demás. Todas las noches me escapaba al gimnasio a dormir en mi habitación de más de quinientos metros cuadrados de área y casi diez metros de puntal. María protectora apareció por allí consoladora y durmió conmigo. Al día siguiente le di las gracias. Fue muy importante y no precisamente por las almohadas. Después de aquella extraña cita apareció más veces pero ninguna de ellas volví a dormir como un bebé. La primera vez vino sola, con su tanga abusadora. No se anduvo con rodeo. Cuando creía imposible que llegara a ser más lujuriosa, se trajo a Ileana y movió el límite tres pueblos más allá. En todas ellas experimentamos todo lo que se nos antojara lascivo, concupiscente, voluptuoso, sensual, impúdico, obsceno, como si eso fuese lo último que haríamos en aquella escuela especial, como si en ello nos fuera la vida. Como animales salvajes, poseídos, irracionales, amorales, enfermos. Teníamos que agotar la juventud, morir de la mejor manera.

La prensa de *Música para sordomudos* se podría calificar de buena: escasa pero afortunada y un poco enloquecida. La mayoría en inglés aunque alguna en español. Lo más reseñable es que el grueso de la crítica se repitió en uno y otro comentario. Como si alguien hubiese encontrado determinada fórmula y el resto se limitara a pregonarla. He aquí un ejemplo.

> Es un gran esfuerzo donde sabiamente estos músicos colocan en la misma balanza propiedades del R.I.O., los momentos electro-acústicos, solos de guitarra, elementos de jazz-rock, teclados espaciales, dificultosas ejecuciones de violín y por si fuera poco un distinguido aroma crimsoniano.
> En más de una ocasión nos topamos en este disco con ese *mood* opresivo y decididamente contra-natural, y lo mejor de todo: dichas propiedades se manifiestan en las notas de todo instrumento usado para componer *Música para sordomudos*.
> Lo único lamentable con este álbum es llegar al final y saber que no hay más: el trío se desintegró y cada uno de sus miembros dirigió su camino hacia la creación de otros grupos o proyectos individuales.

En realidad sí, es verdad que el trío se desintegró y que cada uno de los miembros re-*dirigió su camino* pero, contado así, parece que se esconde algo amarillo que debe intuir el lector, que los tres andamos por la Habana cada uno por su lado desinteresado por el resto (incluso peleados, mucho mejor) y no en cada esquina del planeta, donde la Ouija de la fortuna nos llevó. También es curioso la distribución de instrumentos que se gasta alguno. A mi me reservan: *bass, drums, keyboards*, al Buda: *guitars, keyboards* y a Perico: violin, cello, *keyboards* cuando en realidad todas las baterías y percusiones las programamos entre los tres, los teclados más o menos lo mismo y Perico nunca, jamás de los jamáses, tocó un chelo. Dicho sea de paso, en el CD no había ni una sola alusión a distribución alguna de instrumentos y roles. En otra crítica se puede leer:

Su propuesta musical está claramente orientada hacia el RIO, logrando sintetizar las facetas oscuras y sombrías del legado del chamber-rock francófono originario y la vitalidad de recientes generaciones de RIO. Algo que ayuda a realzar este último factor es que hay una clara presencia de recursos digitales en la amalgama sonora de la banda: sintetizadores, percusiones electrónicas, producción de sonido ampliamente plástica, todas ellas herramientas prácticas a la hora de realizar las intenciones posmodernas del trío. [...] Hoy por hoy, la banda está disgregada y sus tres ex-miembros han desarrollado carreras musicales fuera de Cuba: pretendemos con esta reseña honrar su aporte a la vitalidad contemporánea del ideal artístico progresivo.
El *track* que da inicio al disco con una dinámica fastuosa cuya magia magnética no logra ser ocultada por los revestimientos obviamente intrincados que la banda utiliza para reelaborar las ideas básicas de la composición. El esquema compositivo es meticulosamente cohesivo, aportando una especie de neurótica alegría. A continuación una pieza de múltiples pianos donde las secuencias de acordes crean ondeantes oleajes ceremoniosos: se trata de un conveniente preludio al siguiente tema que explora valiente y concienzudamente varios registros abstractos que apelan a una masiva demostración de densa oscuridad lánguida bajo mantos minimalistas, un ambiente misterioso que ocasionalmente viene interrumpido por pasajes de descoyuntada tensión explícita. La siguiente

propuesta hace gala de la obvia ironía de su título y se detiene a proyectar un aura alegre dentro de la inapelable estrategia vanguardista de la banda. Coincidencias con Thinking Plague se pueden detectar sin problemas. De hecho, el desarrollo melódico porta una buena dosis de lirismo que se sitúa entre el sinfónico y el jazz-prog, aunque es verdad que los ribetes altamente Frippianos de los guitarreos y los recursos psicodélicos que emergen ocasionalmente nunca permiten que el confort melódico sea totalmente dominante. "Suite #" es toda una declaración de principios del chamber-rock para los últimos tiempos: se notan las herencias de Present y Univers Zero, pero ante todo, se notan las confluencias con (incluso anticipaciones de) Runaway Totem, Miriodor y Far Corner. Los dos temas que siguen completan el espectro sonoro de la banda: el primero de estos elabora todo un ejemplo de imponente fastuosidad disonante, portadora de un magnífico brillo cuyo fulgor extrovertido tiene algo de amenazante; el segundo despliega un ejercicio de auto-observación abstracta que comienza al modo de un monolítico retorcimiento en su grisáceo solipsismo y termina elaborando un ceremonioso ambiente de circo tétrico. Así las cosas, el "Baile de…" se enrumba por el mismo camino que la pieza precedente, haciendo una deconstrucción de clichés circenses y vodevilescos en medio de una parsimonia donde los estándares del chamber-rock y del legendario kraut electrónico se hermanan fluidamente. La pieza homónima, que ni llega al minuto y medio de duración, cierra el repertorio oficial del álbum como un pastiche de pistas inversas y arreglos caóticos de batería. El *bonus track* tiene una estructura melódica más cercana al rock "normal", o en todo caso, con una orientación más próxima al estándar sinfónico, incluyendo algunos interludios instrumentales domesticadamente densos: me suena similar al Témpano de "Atabal-Yemal", y sin duda, se trata de una buena composición, pero hay que reconocer que su posicionamiento no se condice con el espíritu general del disco.

Esta obra es un tremendo testimonio del ingenio creativo que se puede hallar en las orillas de la vanguardia progresiva fuera de las habituales esferas europea y estadounidense. Cuba se revela como una agradable caja de Pandora progresiva.

No debimos de hacerlo muy bien porque ninguna crítica refleja la protesta que pretendíamos: el silencio como arma de reivindicación. Los títulos de las canciones no son más que frases absurdas para canalizar una intención abstracta: *no me puedo quejar*. Pero ninguna crítica repara en ello. Da la impresión de que quienes escriben lo hacen de lo que conocen en lugar de lo que escuchan. Una cosa no es algo sino referencia de otra que, a su vez, es de otra, y así sucesivamente. *Música para sordomudos* no consiguió lo que buscábamos. Por esa y por otras razones a las que luego espero volver. Aún así, ya lo escribió Mafhud Massís para que luego nos lo apropiásemos nosotros: *nadie es profeta en su tierra*.

Los cuadros los recuperé después de varias semanas en Madrid. Los desenrollaron, no sé por cuál motivo, teniendo en cuenta que todos los permisos estaban en regla, y luego los volvieron a empaquetar enrollándolos al revés. Uno de ellos, de David Palacios, vino completamente destrozado. Reclamé pero fue por gusto. Nadie se hizo responsable.

Tuve que encontrar una fuente de ingresos. La beca del master había acabado y el viaje me había dejado pela'o, *sin pluma y cacareando*. Pero había un pequeño problema. Para trabajar tenía que tener permiso de residencia de trabajo. Pero para conseguirlo tenía que trabajar. *La pescadilla que se muerde la cola.* Por suerte conseguí otra beca en el Consejo Superior de Investigaciones Científicas, el CSIC, para investigar (aunque más correcto sería decir: para trabajar), otra vez, en la automatización. El nombre parece inocuo pero tiene su miga porque en Madrid la D al final se suele pronunciar como Z y muchos creían, según mi pronunciación, que trabajaba para el CESID, el Centro Superior de Información de la Defensa. Así que tenía que estar aclarándolo continuamente que no era espía, ni seguroso. El sueldo de un *precario* de la investigación (PBC entre nosotros; siglas de Puto Becario de los Cojones) no es mucho; se gana algo más que de *chacha* limpiando casas.

Pero por lo menos, podía costearme mi doctorado y compartir los gastos de la casa con Simone.

Mientras, intenté conseguir el dichoso permiso. Presenté dos solicitudes de precontrato consecutivas. Ambas fueron denegadas por la misma objeción. Mi solicitud podía dejar en paro a un Español. Al final, hice lo que todo el mundo, y presenté una solicitud de trabajo marginal como empleado de hogar aprovechando un cupo abierto por el gobierno de Aznar. Un amigo se ofreció para hacer el supuesto contrato. Al final coló. De la noche a la mañana me convertí en la única *chacha* investigadora del CSIC que hacía el doctorado en telecomunicaciones en la Universidad Politécnica de Madrid.

Cuando por fin venció el año con mi nuevo estatus y era libre de trabajar donde y en lo que quisiera, solicité la doble nacionalidad. Siendo europeo todo sería más fácil. Entonces solo tenía que pedir visado para viajar a Cuba. Curiosamente mi abuelo paterno vino, con las brigadas internacionales, a luchar contra Franco durante la guerra civil. Eran seis pilotos pero solo uno fue abatido: él. Mi abuela, después de guardar cinco años de luto, sin entender por qué coño mi abuelo insistió en ir a esa guerra, se casó con un canario que llegó a la isla como polizonte. Ninguna de esas casualidades influyó lo más mínimo.

Solo el tiempo hizo que, por fin, yo naciera de nuevo donde murió mi abuelo que, con la pretensión de ayudar, perdió la vida. No era ninguna tontería, ser un españolito de a pie significaba abandonar un estatus de ciudadano de segunda. Tener ese trozo de cartón plastificado permitía moverse sin visado por prácticamente el mundo entero; excepto Cuba, por supuesto. Cuba está fuera del mundo. A Cuba poco le importa poco la nacionalidad que cojas; para ella sigues siendo, en exclusiva, cubano. 100% cubano. Y no te quita la tuya, no; aunque lo ponga en la constitución.

Fue entonces cuando juré fidelidad al Rey, dejé el CSIC y entré en la empresa privada, en el meollo del *capital*: una editorial multimedia pequeña. Empecé con colaboraciones esporádicas hasta que finalmente me contrataron de director técnico. El trabajo me gustaba, tenían un estudio de sonido bastante bien equipado, otros dos de vídeo analógico y digital, buen salario. Parecía un lugar estupendo para jubilarse hasta que llegó un encargo sustancioso: una enciclopedia de la música. Necesitaron un experto y se los llevé. Conseguí a uno de los mejores: a Míster Fro.

Mario Benedetti (fragmento)

Cuando volví a conectar con Padilla nadie podía garantizar que, de nuestra colaboración, pudiera salir algo bueno. Por aquello que dicen: que dos narizones no se pueden besar. Ya tenía mi propio bajo: un flamante Fender Jazz Bass color amarillo tostado del 85 gracias a la intermediación precisa del Abuelo. Nunca le estaré lo suficientemente agradecido. Padilla cantaba, tocaba bajo y guitarra y componía. Resulta que yo también pero, al menos, debíamos intentarlo. El exilio hace ver las cosas de una manera diferente a como se ven desde el inxilio. Crea una especie de confraternidad, sostenida a veces únicamente solo por la necesidad de compartir la insularidad desde lejos, por sobrellevar la soledad que provoca la inserción de una cultura minoritaria dentro de otra tan enraizada, simplemente por el desarraigo. En definitiva, no perdíamos nada.

Oyó lo que había hecho con Cesáreo y en principio, aunque no le cautivó, se ofreció a ayudarnos con los arreglos. −Yo esto n..n..n..no lo..o..o e..e..entiendo. Tengo q.q.q.q..que a..a..acostu..u..umbrarme. Va..amos a..a..hacer u..una co..o..sa. U..u..ustedes m..me van diciendo c..c..c..cómo ven el n..número y yo..o les a..ayudo a..a..a escribir..r los instrume..entos en e..e..el p..p..pentagrama y así m..mmme vo..oy e..e..enterando –probablemente era una forma respetuosa, cuidadosa quizá, de meterse en un proyecto que aún no le *enganchaba*–. No lo e..entiendo –fue su conclusión a primera vista. Pero, apenas sin darnos cuenta, en mitad de la primera pieza, ya proponía ideas y arreglábamos las voces para los dos. Se implicó y lo hizo suyo. Lo entendió. Hubo plena sintonía. Percibía que siempre sería así. Siempre que no habláramos del pasado, claro.

–Bróder ¿t..t..tú no añň..oras aquello?

–Si te digo la verdad. No.

–Yo me mu..uero de ganas por estar allí c..c..consorte. Por ir y v..v..volver claro.

–Como el viejo Wilde, yo soy de donde pueda colgar el sombrero.

–A mí aquello m..m..m..me tira.

–Hay un socio que dice: *nuestro vino es amargo pero hay que cambiarlo*[13] –nos reímos pero él estaba preocupado–. Asere, olvidar es salud mental, desprenderse de lo que ya no está en su vida es quererse. Recuerde que nada, ni nadie, es imprescindible, que cuando usted vino a este mundo llegó sin esa pegatina, por lo tanto solo es "costumbre" vivir pegado a ella y es una pincha seria aprender a vivir sin ella, sin ese pegote que le duele dejar partir. Hay que dejar ir, hay que pasar la hoja, hay que vivir solo lo que tenemos en el presente. El pasado, pasado está. Al menos para mí.

–Sabes lo que s..sueño a c..cada rato. Sueño que e..e..estoy en la Habana, en la Quinta de los Mo..Molinos. Allí, volaí..í..ísimo paseando por entre l..los ár..rboles, cuando de

---

[13] Parafraseando la frase de José Martí: *nuestro vino es amargo, pero es nuestro vino.*

p..pronto, veo que hay una p..p..pila de negros que me p..persiguen. P..Pero no son como los negros de C..Cuba, son como los de aquí, del mmm..metro, a..a..africanos d..de verdad. Y yo me desp..p..prendo a co..orrer y quiero r..r..regresar p..pa'cá p..pero NO PUEDO... no tengo ni..i p..p..pasaporte, ni p..papeles, ni p..permisos, ni..i ná y en eso me despierto em..m..p..papao de sudor.

–Eso no es un sueño Bró. Eso se llama pesadilla. Dígase a usted mismo que no, que no vuelve; pero no por orgullo, ni soberbia, sino porque usted ya no encaja allí, en ese lugar, en ese parque, en esa ciudad, ni siquiera en la que fue su casa. Usted ya no es el mismo que se fue hace dos días, hace tres meses, hace un año, por lo tanto, no hay nada a dónde volver. Es necesario saber cuándo se quema una etapa en la vida. Si insistes en permanecer en ella, más allá del tiempo necesario, puedes llegar a perder la alegría y el sentido del resto. "La manivela o rodando sobre el mismo punto" asere. Cerrando círculos, cerrando puertas, cerrando capítulos. Como quieras llamarlo, lo importante es poder cerrarlos, dejar ir esos momentos de la vida que se van agotando. Y voy a dejar la muela porque me parece estar oyendo al Abuelo en vez de a mí mismo y el Abuelo es el único de todos nosotros que está encajado como una astilla en la Habana.

–¿Eso no es de po..po...po…
–¿Qué?
–¿Lo del po..po...po..?
–Brasileño.
–P...P...Paulo Cohelo.
–Más o menos.
–Ya... Oye con..n...ns..sorte, p..por cierto, hay un olor a hombre aquí d..del ca..carajo. Voy a mirar con d..d..disimulo –pero Cesáreo no podía verle la cara porque estaba demasiado entretenido con la mano metida dentro del pantalón rascándose el culo–. ¡Brró..oder ¿t..t.te pica el dedo?!

A pesar de todo, a Cesáreo no le costó mucho trabajo adaptarse. Pese a que no entendía el por qué de su presencia, poco a poco fue cediendo según Padilla se hacía más útil. Hasta parecía cubano tratándonos de *asere*. A veces discutíamos, es normal, esto no me gusta así, yo creo que debe ir asao, pero ser tres tenía sus beneficios. Permitía distinguir la unanimidad sin demasiado lío, al menos al principio. La fuente mayoritaria de problemas, además de la intransigencia de Cesáreo, era su ritmo. –Br..r..róder, usted t..tiene un ba..ateo con el t..tiempo m..mmuy serio. P..P..Pa' que esto suene bien todo t..tiene que ir como un reloj p..po..porque en este tipo de m...música que ustedes hacen un err..r..rorcito de m...mierda lo descojona to' y p..p...por favor asere... lávese los pies.

Yo sabía que nuestro vínculo sería efímero. Aunque Padilla aceptó el trabajo de secretario y trabajó como bestia y ahorró como hormiga, el dinero que cobraba no era suficiente para plantearse muchos arreglos en su vida. Pero lo peor no era eso. Lo peor era la falta de perspectivas. En el lírico era imposible meter cabeza. No conocía a nadie dentro que pujara por él. Aspirar a otro trabajo, mejor remunerado, fuera de ese ámbito, era imposible. El paro crecía, la vida se encarecía, las cosas se complicaban pero el salario… el salario seguía siendo el mismo. Sabía que eso le haría mirar fuera de España, hacia donde tenía familia, hacia donde el futuro parecía mirarle con mejor cara: Miami.

Su tía estaba bien instalada allí casi desde el principio de la Revolución y él era prácticamente su hijo. Solo era una cuestión de tiempo que moviera ficha y ese momento llegó. Nos abrazamos como cuando nos vimos a la salida de aquel teatro, con el mismo cariño, esta vez con las tripas retorcidas por la incertidumbre de si nos veríamos otra vez algún día. – Bueno, al m..mmenos te..enemos el c..correo elec..trónico.

Te dejé
  con distinto estado civil

con que te conocí

Te debo
        lo que me enseñaste y la falta
                de lo que no aprendí

Te agradezco
        todo lo que en ti fui y
                desafortunadamente
                        no pude ser

Te recuerdo
        con todo lo bueno y lo malo que fuiste
                tal y como son
                        todos los pasados
                        todos los pasados
                        todos los pasados

Victoria Abril

Después de la marcha de Padilla volví a quedarme solo con Cesáreo. El doctorado no me dejaba mucho tiempo, así que, seguimos viéndonos cuando podíamos; al decir "podíamos" me refiero a ambas posibilidades: física y anímica. Por eso, y por el desgaste de grabar una y otra vez lo mismo y editar hasta el infinito a causa de su torpeza rítmica, y por el desgaste de meternos en discusiones filosóficas termocefálicas estériles que por mucho que intentaba eludir siempre me pillaba, avanzamos muy poco. Pero aún había más, lo que más nos perjudicaba era su propia resistencia a reconocer sus límites, su inmodestia. A Cesáreo le gustaba mucho hablar, darle las vueltas a todo hasta el aburrimiento, conceptualizarlo, reducirlo al absurdo, mal interpretarlo, desgastarse en lo superfluo. Por él aprendí el significado de la palabra *plasta*. Se ponía muy pesado, sobre todo a la hora de justificar sus errores.

–Bróder estás fuera de tiempo otra vez.

–Es que esto es así. Así es como lo he concebido. ¿Por qué regirse por la tiranía del ritmo?

–No se trata de ninguna tiranía. ¡No estás solo! Hay una batería y los golpes no coinciden con los tuyos y se nota y suena mal. Veníamos de un 9/8, ahora estamos en un 7/8. Bró, con todos estos cambios de armonía y ritmo continuos, cualquier desliz canta, mucho más que si te equivocas de nota.

–Y no puedes editar esos golpes y sincronizarlos conmigo.

En fin… de no ser por las largas vacaciones que nos tomábamos a causa de mi doctorado, de la imperiosa necesidad de tomar distancia y por consideración con Simone, probablemente hubiéramos tenido que dejarlo. Con nadie había tenido estos problemas nunca. Ni con Bebé que era autodidacta nato. Puede ser que él, a veces, no entendiera por qué algo iba mal, pero no se desgastaba intentando comprenderlo o justificándolo. Simplemente tomaba por otro camino, probaba, experimentaba. Había *feeling*. Ni siquiera con Perico, que era *músico de nacimiento*, que tocaba en la Orquesta Sinfónica Nacional, hubo nunca ninguna historia de estas. Discutíamos para hacer valer alguna idea, para defender algo pero siempre con la predisposición de ceder, sin empecinamientos. Oíamos, escuchábamos. Nos respetábamos, admirábamos y sobre todo, nos aceptábamos. Cesáreo era incapaz de hacerlo. Al principio, cuando intentaba explicarme, notaba en su expresión que simplemente, antes de empezar, había agotado mi turno de palabra. Fijaba la vista en cualquier parte dentro de mí y cuando terminaba, a veces antes, soltaba una frase, un gesto o una palabra desconectada, sin sentido, de otra conversación que no habíamos tenido. Un diálogo de besugos.

Perico tenía email, el Buda y Padilla también. –Bueno, al menos tenemos el c..correo elect..trónico –me había dicho cuando nos despedimos. Quizá podríamos pinchar por Internet. El Buda no controlaba mucho la informática pero podíamos ayudarlo a ponerse al día y él era un luchador. Abrí una cuenta en Hotmail y monté un servidor de archivos en un ordenador de la Universidad. Les mandé un correo con mi propuesta desesperada.

```
familia,
```

les propongo un proyecto para seguir pinchando
qué tal si se llama + para seguir sumando
la idea es utilizar la red
casi todos tenemos correo electrónico así que eso
facilitará las cosas
he montado una lista de correo de manera tal que
cuando cualquiera mande un mensaje a esa
dirección lo recibiremos todos
lo más práctico es trabajar con secuencias MIDI
para cuadrar las ideas y cuando maduren grabar
los instrumentos
esos archivos de audio los podemos intercambiar a
través de un servidor de ficheros (les adjunto
una receta de cómo usarlo)
aunque no es imprescindible sí que es importante
trabajar todos con los mismos programas por lo
que les dejo en el servidor de archivos una
imagen ISO para tostar en CD con todos los
programas que yo uso
si alguien quiere proponer otra cosa, adelante o
calle para siempre
lo mismo con las dudas, las mas peludas
espero que les entusiasme lo mismo que a mí
cualquiera que quiera pinchar será gratamente
bienvenido hasta que se decida lo contrario
un abrazo a todos

el Aceite

La iniciativa tuvo buena acogida. Teníamos un montón de problemas técnicos que resolver pero seguíamos en frecuencia, en la misma onda. Hubo una avalancha de deseo, de nostalgia, de emprendimiento y después… la calma. El proyecto no pasó de las buenas intenciones. El Buda no tenía computadora. Miraba los correos desde la casa de un amigo. Todo le sonaba a chino y el trabajo que había conseguido apenas le daba para llegar a fin de mes. Perico se divorció y le perdí el rastro. Se quedó *In The Air*. Padilla un poco más de lo mismo. El trabajo, los niños, el país, absorbieron su tiempo. A Simone debía de parecerle un *gilipollas*. Tanto bregar para nada.

A pesar de todo seguí con Cesáreo. De una vez a la semana, la frecuencia de quedar disminuyó a una vez al mes, y se fue diluyendo lánguidamente con la mayor naturalidad. Además empecé a escribir la novela más en serio. Organicé los apuntes que había ido tomando y empecé a darles forma. Era difícil. Unas veces sentía que iba bien y otras todo lo contrario. Me perdía. Otras tantas me pregunté a quién podría interesar esa historia. A lo mejor para desanimarme porque yo sabía la respuesta. Me importaba a mí. En primer lugar a mí. En último lugar a mí. Me satisfacía, lo demás era secundario. Lo mismo que la música… de repuesto.

Simone me regaló una guitarra, una Godin electroacústica preciosa. Quizá para variar empecé a componer con ella. Arreglé varias canciones que había hecho antes para el grupo. Hice otras tantas nuevas. Me empezó a rondar la idea de hacer un disco acústico. Hacer algo, por primera vez, solo para mí. Algo que no tuviera, absolutamente nada que ver, con todo lo que había hecho antes, ni con Cesáreo.

Los papeles, el permiso de residencia de trabajo, llegaron cuando menos lo esperaba. El paro había crecido pero Internet y la telefonía móvil estaban arrasando. Las acciones crecían como la espuma a golpe de especulación. La gente se enriquecía de la noche a la mañana. Las compañías recaudaban dinero gratis de los inversores visionarios. Pero el pelotazo duró mucho menos de lo esperado. Los beneficios estimados no llegaron. Los portales proliferaron ofertando multitud de servicios de forma gratuita, confiando tal vez en la rentabilidad de la publicidad. Cualquier intento de cobro a posteriori no fue bienvenido. Los negocios digitales se alejaron del modelo tradicional. Todo el mundo intuía que explotarían en cualquier momento. Al principio los expertos se resistían siquiera a mencionarlo, quizá por temor a pincharla. Pero el globo parecía de hormigón armado. Al final fue noticia de todos los diarios: tradicionales y digitales (una especie de renglón autobiográfico). Los economistas le pusieron nombre: la burbuja de las punto com. Pero eso fue a mucho después. Mientras reventaba o no todo, España era muy optimista y todo el que podía se subía al carro.

Mucha gente creó su empresa para vender *ordenadores*, montar redes, hacer páginas web, grabar CDs, programar aplicaciones multimedia, vender juegos... Con tanto entusiasmo no fue difícil encontrar trabajo. En cuanto me dieron el permiso unos amigos, que habían empezado con un garito pequeño de misceláneas, consiguieron convencer a un importante grupo financiero para que le concediera, a fondo perdido, casi dos millones de dólares al cambio. Tardaron tan solo dos años en dilapidarlos pero me dieron la oportunidad de disfrutar de la mayor estabilidad a la que se puede aspirar, sin ser funcionario del estado, durante todo ese tiempo.

Con el dinero que gané en pocos meses pude montar un estudio digital. Ya no tenía excusa para hacer música en condiciones; solo sacar tiempo libre entre el doctorado y el trabajo. La mayoría de los músicos que conocía, incluido Perico, montaban sus estudios con un montón de aparatos (cacharros en su caso particular). Llenaban *racks* enteros de módulos de síntesis y procesadores de efectos. A veces incluso, ni siquiera grababan en el dominio digital; como mucho en multipistas digitales tipo ADAT. Pero yo estaba convencido que todo eso se podía hacer por software con idéntico o incluso mejor resultado con una inversión mucho más modesta. Tan solo cambiando los procesos de producción y postproducción: desde escribir la partitura o "meter" las ideas con algún dispositivo, como un teclado maestro, hasta la descripción de los instrumentos y su síntesis, la propia grabación, la mezcla y la masterización. Desde la inspiración hasta el CD. Todo, absolutamente todo, era posible de conseguir con muchos menos cacharros, por *software*. Poco a poco los fabricantes de *software* fueron produciendo, mejorando, estabilizando, copiando, las herramientas necesarias. Seguía usando mi micrófono SHURE SM58 pero, a través de un modelador de micrófono software, podía emular cualquier otro de alta gama. No era lo mismo pero *daba el pego*. Tenía unos buenos monitores de referencia de campo cercano y podía simular el amplificador que quisiera con otro *plugin*. Con los efectos igual: vibrato, *phaser*, *phaser shifter*, tremolo, *flanger*, *overdrive*, *distortion*, *fuzz*, *delay*, *equalizer*, *reverb*, *chorus*, vocoder, octaver, *compressor*, *limitter*, *expander*, *sustainer*, *ring modulator*, *exciter*, *enhancer*, *pitch shifter*, *harmonizer*, *noise gate*, *noise supressor* y un largo etcétera que no ocupaban más que un poco de memoria en disco duro y alguna capacidad de proceso.

Otra cosa que pude hacer fue viajar. Antes de venir a España solo había estado en Moscú, en unas competencias. No pudimos salir mucho y mucho menos solos. El equipo entero, todos vestidos iguales, apenas se movió para dar un paseo por la plaza roja y ver la momia de Lenin, con el correspondiente cambio de guardia, después de una cola comparable a la de una bodega en la Habana cuando llega la carne. Mereció la pena. Pude comprobar y sentir en primera persona lo que es el culto a la personalidad en toda su perversión y decadencia. Jamás he podido olvidar la patética y repulsiva imagen que me transmitió el cadáver hinchable del primer y máximo dirigente de la Unión de Repúblicas Socialistas Soviéticas (URSS). Me pregunté si con Fidel harían lo mismo en la raspadura de la Plaza de la Revolución.

Aprovechamos las vacaciones y cualquier día festivo, que en España no es nada trivial, para salir y conocer mundo. Resulta que existen otras capitales, otros idiomas, otras comidas, otros paisajes, otros mundos, otras costumbres, otras culturas; barcos, trenes, aviones, botes, metros; nieve, desierto, lagos, montañas, cuevas, playas; camellos, caballos, cerdos, cabras, jirafas, elefantes. Y descubres que Cuba no es el epicentro del mundo. Tú y el mundo. Simone y yo. Solo los dos. Sin nadie que te cuide, organice, vigile, guíe. Pudiendo elegir, equivocarte, acertar, dudar. Pudiendo salir donde quisieras, cada vez que quisieras, el tiempo que quisieras. Sin embargo siempre, cada vez que regresaba a Madrid, una y otra vez, indefectiblemente sentía lo mismo: otra vez en casa.

Ya no te puedo seguir amor mío
Tú no puedes seguirme a mi
Soy la distancia con la que separas
Todos los momentos que seremos

Tú sabes quien soy
Te has detenido ante el sol
Yo soy el que adora cambiar
De nada a uno

Leonard Cohen, Tú sabes quien soy (fragmento)

Lejos de cualquier pronóstico, el psicólogo empeoró aún más la situación de Carmen. No paraba de llorar. Mucha gente se metió por medio. –Tía, si tú no necesitas eso. –¿Pagar tanta pasta para sentirte peor? Menudo chollo. –Yo ya lo hubiera dejado. –A lo mejor con otro tendrías más suerte. Prueba con una mujer, verás como te sienta –pero, por alguna razón, ella sentía que detrás de ese dolor estaba su cura. Había tragado tanto sola que, poco a poco, sin notarlo, los límites de la realidad y la ficción se habían invadido hasta hacerse más borrosos.

Tuvo que escribir muchos episodios de su vida, buscar todas las fotos que encontró a mano, y quién sabe cuánto esfuerzo para ordenar las cosas. Me enseñó algunas Polaroid. Me hizo mucha gracia verla con el pelo larguísimo, vestida en plan setentero total. Era joven, estaba radiante, con toda una vida por delante. Luego en el Empire State, con las Twin Towers detrás. –Vaya, vaya, la turista de Buenavista – lentamente, minuto a minuto, con mucha paciencia y perseverancia, ambos universos se fueron despejando y Carmen finalmente se reconcilió con la realidad. La "h" desapareció de su firma y con ella esa parte del pasado que la inmovilizaba.

Quería cambiar de vida y, sin pensárselo dos veces, dejó su empleo de funcionaria en la administración del estado y montó un bar-restaurante cubano: *Aché pa' ti*[14]. Se buscó una buena cocinera, le arregló todos sus papeles y la contrató, y otro chico para que preparara cócteles. Ella misma atendería las mesas. Era su verdadera vocación: relaciones públicas. No tardó en llenársele de repitentes. Decoración muy mesurada y moderna, nada de palmeras y chealdadas. Música de fondo impecable: Omara Portuondo, Soledad Delgado, Elena Burke, Las D'Aida, Bola de Nieve, César Portillo de la Luz, Compay

---

[14] La cosmogonía yoruba se basa en la idea de una entidad superior, integrada por tres divinidades, Olofi, Oloddumare y Olorun. La primera de ellas creó el mundo, que inicialmente sólo estaba poblado por orixás o santos. Posteriormente repartió su poder ("Aché") entre los santos ("Orixás"), que en lo adelante son los encargados de intervenir en los asuntos humanos y de abogar por los hombres ante Olofi gracias a la mediación del juez supremo o mensajero principal, Obbatalá.
Como en la mayoría de las lenguas del Africa Negra, "el poder" se expresa entre los yoruba mediante una palabra: Aché, que significa "la fuerza", no en el sentido de violencia, sino en el de energía vital que engendra una polivalencia de fuerzas y determina desde la integridad física y moral hasta la suerte.
Notas. *Los orígenes de la cultura Yoruba. Guía del Mundo. El mundo visto desde el Sur*. 1998.
Carmen no sabía con seguridad su significado pero captó la esencia. Para ella era simplemente un sinónimo de *buen rollito*. –Aché pa' ti – saludaba haciéndose la cubana–. Que la fuerza te acompañe –le devolvía el saludo en boca de George Lucas.

Segundo, Moraima Secada, La Lupe. Mucho *feeling*. La comida exquisita y asequible.

–Aquí lo único que falta es música en directo –me comentó un día mientras sorbía, asombrado de sus capacidades importadoras, café del mismísimo Tope de Collantes.

–¿Dónde piensas meter a los músicos?

–Ahí. Quito esa mesa y pongo una tarima pequeña. Me tendrás que ayudar con los aparatos. Ya sabes que de eso yo ni puta –hablaba sin mirarme, construyendo su escenario, imaginando uno repleto, de pronto se volvió y se detuvo. «¿Qué será lo próximo?»–. Oye, por cierto, si montamos eso… ¿no podríais venir tú y tus compis a cantar? ¡Sería ideal tío, tendríais un lugar fijo para tocar todas las semanas! Podríamos montar un tablao cubano o algo así.

–¿Tú crees? Quizá sí. A lo mejor es buena idea. Pero…

–Pero no esa música que haces con el pequeñito, la que haces tú solo, con la guitarra y el de las trenzas… ¿cómo es que se llama?

–Míster Fro.

–Y los de Habana Oscura.

–Abierta.

–¿Te imaginas?

–La verdad es que no. Pero bueno… todo es cuestión de saber mirar.

Lord Byron

Madrid estaba llena de músicos cubanos pero, en concreto, muy pocos habían tenido fortuna. Aunque Santiago Auserón había publicado el recopilatorio "Semilla del Son", no fue hasta "Buena Vista Social Club" que la música tradicional cubana invadió Europa. Y es que en España no es lo mismo Auserón que Wim Wender y Ry Cooder; por mucho éxito que tuvo Radio Futura o haya estudiado filosofía con el mismísimo Gilles Deleuze. Hasta 1995, en que Santiago después de dedicarle dos o tres años sabáticos de su tiempo a estudiar la música cubana, sacó a través de su sello una recopilación de música de cuatro volúmenes llamada *Semilla del Son*, no había ningún mostrador en ninguna tienda de discos que pusiera "música cubana". En 1999 Rubén González o los cantantes Compay Segundo, Ibrahim Ferrer y Omara Portuondo, entre otros, solo eran un puñado de vejestorios muriéndose del asco en la isla, arrasados por el olvido y la precariedad. Tuvo que venir un yanqui (en realidad dos) para obrar el milagro. El proyecto de Cooder y Wenders puso en su lugar a algunos legendarios maestros a cambio de pingües beneficios. Las cifras de ventas se dispararon. La película ganó un Grammy. Cuba se puso de moda en medio mundo.

Debo reconocer que nunca me interesó mucho esa música que los medios de difusión se empeñaron en considerar, exclusivamente, cubana. Desde que nací era la única que podías sintonizar en la radio y ver en la televisión. El Son, la Guaracha, la Rumba, la Conga, la Canción, el Bolero, el Montuno, el Sucu-suco, el Danzón, el Chachachá, el Mambo, la Guajira, el Guaguancó, los Cantos Afrocubanos, la Salsa y una interminable lista... de variantes, según la evolución de esos ritmos, son solo unos pocos ejemplos de lo que la política cultural oficial potenciaba en defensa de la tradición. Era la música de la corte.

Hubo muchas excepciones. Mi madre me despertó, durante los seis años que duró mi educación primaria, con Carlos Puebla y sus tradicionales. *Si no fuera por Emiliana nos quedaríamos con las ganas / de tomar café*. Una vez vinieron a tocar a la Habana del Este. Los vi desde muy cerca con Pacheco y Joel. Tenían una marímbula (una especie de cajón de madera con flejes de metal para hacer los bajos), guitarra, guitarra-requinto, y maracas. A los Hermanos Bravo los vi alguna vez en la televisión. Tocaban una conga de carnaval; para arrollar: *hasta Santiago a pie*. Me llamó muchísimo la atención, la combinación de un enorme bombo que, según mi padre, lo tocaba un sordo, con instrumentos de percusión menor y guitarra. Formell también me gustaba mucho; ya fuera solo o con los Van Van. El dúo Los Compadres[15] eran otro de mis favoritos.

Con el tiempo creo que me encantaban porque, de alguna manera, eran diferentes. Introdujeron cambios que mi oído agradecía y, no solo en sonoridad; aprovecharon sus influencias para sorprender, para evolucionar. Benny Moré, Pérez Prado o Chico O'Farril, sin ir más lejos, utilizaron la *Big Band* americana en sus temas. En su época esos cambios no

---

[15] Formado por Francisco Repilado "Compay Segundo" y Lorenzo Hierrezuelo. Lorenzo hacía la voz prima y tocaba la guitarra; Francisco la segunda (de ahí le viene el epíteto) y tocaba el *armónico*: un instrumento inventado por él; híbrido entre la guitarra y el tres.

fueron bien recibidos por los más ortodoxos; pero el tiempo les dio la razón y el propio gobierno los muestra como ejemplo de cubanía; excepto a Chico, porque se fue del país.

Simone trabajaba en publicidad; era una melómana empedernida de casi cualquier música ajena a mí. Yo actuaba como una especie de insecticida musical que espantaba cualquier bicho viviente con eficacia a prueba de bomba. En casa, el éxito del *marketing* de Buena Vista... fue total. No faltó ninguno. Yo recordaba que Compay Segundo había sido uno de Los Compadres. Aunque Chan-Chan era otra cosa; sin notarlo, empecé a escucharlos, a vivir esa música desde mi nueva perspectiva y comencé a apreciarla. La distancia fue importante. Y no me refiero a esa física, material, de kilómetros, aduanas y visados. Esa es la de menos. La libertad de oírlos, después de una buena pausa, me devolvió la objetividad cegada por la pasión de la cruzada contra la actitud oficial. Ahora solo dependía de mí meter uno u otro CD en el equipo. Nadie me obligaba a hace una cosa u otra. Solo así abrí mis horizontes hasta el punto de permitirme ciertas influencias en mi nuevo trabajo. Nadie me animó con esta nueva empresa en solitario que me acercó a tantos otros músicos cubanos desperdigados por Madrid. Cesáreo de hecho, pese a su forma extraña de decirlo, dejó claro su punto de vista aún sin venir a cuento.

Conozco tus modos de cantar. He oído cosas de lo que hacías en Cuba en la onda progresiva, que es más o menos lo que ambos empezamos a hacer al principio. Pero esa onda de música (y de cantar también) es la que ya no me cuadra. Y esto lo tienes claro porque es la base del proyecto. Considero que estamos aun en una fase de transición hacia otra cosa, buscando el nuevo estilo. Al menos así es como me lo tomo yo. Y por eso ambos aún tenemos hábitos de lo anterior y es lo que yo trato de cambiar en mi y en los dos. En ese sentido con "trovador" me refiero al modo "lírico", muy melódico y que usa el vibrato. Cuando cantas en ese plan me pasa como con

Padilla, que SI NO SE ADAPTA AL CONTEXTO, o bien
me suena pretencioso (otra forma de decirlo es
eso de que a veces "te gustas demasiado". Es
difícil encontrar el equilibrio entre gustarse y
gustarse demasiado pero para eso somos dos
cabezas, para equilibrar el Ego del otro) o me
suena naïve. Entonces con lo de "cantar de otra
forma" me refería, no a que cantes como no
quieres o sabes, sino a contar con otros modos de
cantar que sí sabes y sí te cuadran y que no son
necesariamente tu onda lírica.
Te lo puedo decir también diciendo que no me
cuadra tu onda acústica (lo que haces con Fro)
para lo que hacemos. En esa onda tu voz lírica
está muy bien porque encaja con su contexto pero
la nuestra es diferente aunque a veces tendamos a
mezclar los dos ámbitos por una cuestión de
hábito. Yo al menos tengo claro que no quiero
mezclar una cosa con la otra. Y es por eso que te
digo de determinadas canciones que no se si me
van a cuadrar en nuestro estilo, porque no es
solo una cuestión de sonoridades y arreglos, mi
criterio lo aplico también a la voz, como no
podía ser de otro modo. Por todo ello elijo solo
aquellas de tus canciones que creo pueden
funcionar en nuestra onda. *Girasoles* me parecía
la más bonita de la onda melódica y por eso la
acepté, pero *Manivela* o *Islas* daban juego para
una onda diferente. El caso de *Si* parece estar a
caballo por eso también me planteo considerarla
como otra canción y hacerle una melodía diferente
que se adapte más al contexto. Y como siempre, si
uno de los dos no está de acuerdo con un
resultado: a) o cede, o b) rechaza el tema.
Salu2

Como se puede apreciar en este fragmento de un *email* suyo en respuesta a este otro fragmento de otro mío, en respuesta a otro suyo, a su vez contestación de otro mío y así sucesivamente hasta un principio que no logro localizar en mi memoria.

lo q' pasa es q' ya lo veremos juntos
no es práctico ni necesario hacerlo via email con
esos párrafos interminables

d hecho fui yo mismo quien t propuso meterle esos
detalles para empastarla + con el resto d la
pincha
toda esa teoría d tecno funk, retrofunk de los
80, etc, la verdad me la trae floja
para mi son detalles q' la empastan mucho + en la
pincha en gral y le aportan; aunq' t repito, hay
cosas q' debemos cambiar o enfocar d otra manera
(como es el caso d ese efecto medio atonal)
yo los problemas q' veo d volúmenes no son de
subir, sino d bajar
pero eso ya lo veremos porq', como ya sabemos, no
tenemos la misma referencia

respecto a la voz
no creo q' esos detalles le den un aspecto tan
diferente a la canción como para asumir una
propuesta tan radical
lo siento, pero discrepo completamente y a mí si
me cuadra
para mí, t repito, esos pequeños cambios la
refuerzan y empastan dentro d todo el contexto
pero en ningún caso la convierten en algo
diferente
he pensado en regrabar la voz para darle otro
tono, más ágil o agresivo (si se quiere) y aunq'
quizá pueda hacer algún giro diferente, en ningún
caso el planteamiento sería tan radical como
propones
t repito, nosotros no somos Talking Heads y yo no
soy David Byrne
tengo mi preferencia y forma d cantar y no quiero
cambiarlas, ni quiero parecerme a nadie
si no t gusta mi forma d cantar o mi voz deberías
plantearte si t interesa q' sigamos en esto
pero no me pidas q' lo haga d una forma o d otra,
es absurdo
tú puedes sugerirme ideas o lo q' t parezca pero
no lo q' estas sugiriendo
no canto "como tengo costumbre"
canto así porq' es la forma q' me cuadra, al
igual q' tu tocas como lo haces
y además, lo tengo muy claro
me gustaría saber a cuántos trovadores has oído
tú para llegar a esa conclusión
sobre todo, a los q' me refiero, al hacer esos
comentarios

ni siquiera has oído todo el trabajo q' he hecho antes en Cuba
lo q' Simone dijo no es que en *Déjame* no le pegaba mi forma de cantar con lo que suena
tú interpretas lo q' quieres
lo q' Simone dijo es q' le parecía q' la melodía iba a una velocidad y la música a otra, y eso es bien diferente
piensa si d verdad t gusta mi forma d cantar y mi timbre porq' eso es lo q' hay
y no estoy dispuesto a parecerme a nadie, ni agradar o molar a nadie y cdo lo hagas recapacita en el mismo concepto desde el punto d vista d como tocas la guitarra
es más, para concluir, t diré q' lo q' me gusta d Byrne no es ni remotamente su voz sino como la usa, la forma q' encontró para insertarla en un nuevo concepto, su expresividad
así q', t repito, analiza cada una d las palabras q' t escribo
es muy importante q' asimiles todo esto, para bien o para mal
al parecer tú estás en una frecuencia y yo en otra, así d simple
a ti t cuadran las cosas d una forma, a mi d otra
y en esto no hay ninguna fórmula objetiva, los dos tenemos y no tenemos razón a la vez (según se vea)
eso es lo q' hay, y además toda esta majomía me agota
así q' t lo pongo mucho + fácil
lo q' nos cuadre a los dos: se queda, lo q' no: a tomar po'l culo
y q' cada cual haga con ese tema (rechazado) lo q' le salga d los cojones
y lo disfrute a plenitud sin toda esta jodedera
si es que pa' colmo la idea es pasarlo bien!
salu2,

Déjame un segundo
olvidar tus encantos
y tenderte en mis sesos
y saciarme en tu beso

Déjame un minuto
quitarte de mi vista
y tirarme los ojos
en tus senos abruptos

Déjame una hora
vestirte de presagios
y decirte palabras
que desnuden tu cuerpo

Déjame una vida
y pensar que un segundo
para desesperado
consumirte en el tiempo

Déjame

Si encuentras dos seres que viven en armonía, ten la seguridad que uno de los dos es bueno.

Proverbio kabila, Argelia

Conocí a Pável Urkiza en los estudios del ICAIC en Prado, mucho antes de sustituir la *qu* por la *k* en el apellido. Una amiga licenciada de sonido en Moscú había empezado a trabajar allí pero, como era recién graduada, no le dejaban meter las manos en los proyectos del día a día. No podían permitirse el lujo de hacer repetir a Gonzalito Rubalcaba una sesión a causa de cualquier torpeza técnica. Ella quería superarse y demostrar sus posibilidades así que me ofreció grabar allí en las madrugadas, cuando no había turnos programados.

La primera vez que fui, con Bebé, Wolf, Perico y el Abuelo, Pável estaba allí con ella. La ayudó a grabarnos incluso y se interesó, más por cómo hacíamos aquello, que por la música en sí. Ese día Wolf tuvo grandes inspiraciones caminando por el estudio, dando portazos, tratando el piano (llenándolo de cuanta porquería encontró a mano) y sintonizando frenéticamente las aburridas emisiones radiales de ese horario. Bebé se durmió. Lo despertamos justo cuando le tocó grabar. Sacó un pomo de yodo, hizo algunos *slides* sobre el mástil y se murió de nuevo, con la boca abierta, sin soltar la guitarra. El Abuelo tocó, por primera vez en su vida, tímpano y pailas, y como había un Roland analógico por allí no quisimos desperdiciar la oportunidad de meterle mano. En un intermedio Pável tocó algunos de sus temas. Su música y la nuestra eran como universos paralelos pero hubo *feeling*. En alguna parte se estableció una conexión, un flujo.

La próxima vez que lo vi fue en Madrid. Tocaba a dúo con Gema Corredera en un club. Eran buenísimos. Prometimos no perdernos el rastro. Conseguí sus discos: *Trampas del tiempo*, *Cosa de broma* y *Síntomas de fé* y otros tres en calidad de productores: *Habana Oculta*, *Habana Abierta* y *24 Horas*. El primero de este último grupo: *Habana Oculta*, se hizo en la Habana, con gente proveniente de la trova, de la peña de 13 y 8, y con muy pocos recursos. Una parte de ellos (Luis Alberto Barbería, Pepe del Valle, Carlos Santos, Boris Larramendi, Andy Villalón, Kelvis Ochoa y José Luis Medina) vino a Madrid; otra, la sección Superávit: Carlos Santos, Raúl Ciro y Alejandro Frómeta, se quedó en la Habana. En Madrid a Barbería, Pepe, Boris, Andy, Kelvis y Medina se le sumaron otros dos integrantes: Alejandro Gutierrez y Ihosvany "Vanito" Caballero, y cambiaron de nombre. De *Oculta* pasaron a *Abierta* y grabaron *Habana Abierta*: dieciséis *tracks*, dos de cada uno, integrados en el mismo proyecto. El proyecto, encargado por la discográfica a Gema y Pável, prometía éxito pero, al final, no supieron vender el producto. Parecía hasta absurdo que en un grupo de ocho integrantes todos fueran solistas. El mercado apenas se enteró aunque si algunos músicos españoles. Andy tuvo éxito con una canción: *Tú me amas*. Ana Belén la incluyó en su disco *Mírame* y Ketama en *Sabor*. Dejó al grupo. Barbería también, para irse con Ketama. Los seis restantes grabaron otro disco, *24 horas*, con idénticos resultados. Curiosamente, a pesar de no estar a la venta en ninguna parte, en Cuba tuvo mayor repercusión. En todas las fiestas que estuve en La Habana era prácticamente lo único que ponían. Al final la discográfica potenció la carrera de uno solo de ellos, la de Kelvis Ochoa: –Este mercado es muy duro, es una locura, no puedes decir lo que va a funcionar, porque lo que funciona es aquello, es un sin sentido –dijo en una ocasión para una entrevista.

Gema y Pável hacían música cubana, sin duda, pero con una visión muy personal. Ambos eran unos virtuosos, lo que les daba el privilegio de enfrentarse a la música con un desparpajo inusual. Aquello nada tenía que ver con la Trova. Era otra onda, muy suya, cercana al *feeling*, al jazz, a la música yoruba. Sus voces y arreglos se mezclaban en una armonía, virtuosismo e intención inédita; sin embargo, ninguno de sus discos tuvo el éxito que merecían.

Después del viaje del Papa a la Habana, Pável me propuso un proyecto: hacer un disco de música concreta utilizando como material las intervenciones de los religiosos cubanos. No precisamente los cantos sino la palabra. Era pura música. El énfasis y la entonación sugerían líneas melódicas impresionantes. Hermeto Pascoal había hecho algo parecido en Brasil. Me pareció genial. Los dos lo habíamos visto por televisión. Había que conseguir las grabaciones aunque fuera dentro de la propia isla. Pero no encontramos nada.

Ser libre es no tener nada que perder.

Janis Joplin

A Míster Fro lo conocí muy cerca del Patio de María, cuando todavía no le habían crecido los grelos y era Alejandro Frómeta: un muy amigo de Perico, del conservatorio. Por aquella época tenía su propio grupo: Superávit. Él estuvo en el concierto del parque Mariana pero no lo supe hasta muchos años después, cuando nos reencontramos en Madrid. Había terminado una maqueta para guitarra y cello demasiado buena y estaba buscando discográfica.

Me enseñó un disco auto-producido en la Habana: *Mi Cantante Favorito*. Era genial, simplemente, de lujo. Un tratamiento de la música "tradicional" completamente diferente. Canciones preciosas, armónicas y rítmicamente entretejidas con la precisión de un relojero. Arreglos impresionantes: cuartetos de cuerdas, trompas, flautas, instrumentos electrónicos, voces y fragmentos apropiados en perfecta convivencia. A una discográfica muy grande le había interesado pero con condiciones. Exigían ciertos cambios para adecuar el producto al mercado. Cuando oí el resultado pensé en los Doors y la versión publicitaria de su *Ligth My Fire*. Una broma ridícula. No funcionó. Fue como poner un corsé de disfraz de payaso para fiesta de cumpleaños a un traje glamuroso diseñado con un gusto exquisito por Dior. La intención era diluirla, hacerla irresistible al gran público. El resultado fue patético. No siempre es así. Feliciano vendió dos millones de copias de la versión comercializada de la misma canción de Doors. La pregunta del millón es ¿cuándo si? ¿cuándo no?

Con un montón de canciones nuevas empezamos a colaborar y a tocar juntos. Hicimos una maqueta de siete temas con la idea de moverla por las discográficas. A continuación produjo mi disco acústico *Fotos d' Parque*, el proyecto más ambicioso que me había propuesto. Fro, Míster Fro para mí, hizo todos los arreglos y entre los dos grabamos todo. El resultado superó todas mis expectativas. Yo quería que fuera sencillo: un álbum acústico, prácticamente guitarra y voz; en definitiva eran canciones. Pero nos dejamos llevar por la imaginación. Los tiempos asimétricos y el tratamiento de los instrumentos en el arreglo, incluidos electrónicos, cambiaron todo. Utilizamos la voz para crear nuevos timbres y procesamos las guitarras hasta hacerla irreconocibles. Por primera vez coqueteé con la tradición. Un *track* a capella, otro con cuarteto de cuerdas, quinteto de vientos, orquesta, guitarras, nos dejamos llevar; con Fro era posible. Lo hicimos todo en la *computer*. Los timbres y programas que necesitábamos los conseguíamos pirateando por Internet con el eDonkey. Sin miseria.

Mientras trabajábamos en su música le propuse un trabajo. En mi empresa habían contratado un proyecto gigantesco: una enciclopedia multimedia de la música y necesitaban de un experto. La verdad que a gusto, lo que se dice a gusto, no estaba. Pero creía solubles la herencia de problemas que, descuidadamente dispuestos, encontré sobre mi escritorio. Fro había sido profesor en el pedagógico y músico como Perico, *de nacimiento*; además necesitaba el dinero. Aceptó el reto.

Trabajó más serio que de costumbre; si es que eso es posible. Una puerta abre otra. Hizo muchas más horas de las que le habían contratado para que aquel producto fuese estelar, pero algo iba mal. Las rastas fueron más poderosas que la calidad de su pincha. Le criticaron su trabajo con criterios a medias que luego, a sus espaldas, utilizaron tal cual. Le embarajaron dinero, le mintieron. Y yo mientras, absorto en mi trabajo, ajeno a todo.

–Bróder… aquí pasa algo raro.

–¿Tú crees?

–Yo no sé explicarte muy bien pero yo noto cierta tibieza. He visto dos o tres pases roñosos… Hay una intriga incómoda en el ambiente. Esto me huele *fula on the gang*.

El toque de atención de Fro me puso en alerta, *pa' las cosas*, y efectivamente, tenía razón. Intenté razonarlo con el director general pero no hubo manera. Los juicios, acerca de su trabajo, no tenían ninguna credibilidad. Pero no parecía dispuesto a enseñar sus cartas, el verdadero motivo de tanta incomodidad. Quizá demasiada exquisitez para una torpe maquinaria de chapuzas, carca y arraigada que, probablemente, hubiera pasado inadvertida si Míster Fro no fuera un inmigrante mestizo y sin papeles. Al final yo mismo le aconsejé que lo dejara y a continuación… dimití.

La ONU acaba de finalizar la encuesta más grande de su historia. La pregunta fue: "Por favor, diga, honestamente, qué opina de la escasez de alimentos en el resto del mundo".

Los resultados no han podido ser más desalentadores, la encuesta ha sido un total fracaso:

1- Los europeos no entendieron qué significaba "escasez".

2- Los africanos no sabían qué eran "alimentos".

3- Los británicos no entendieron qué quería decir "por favor".

4- Los yanquis preguntaban qué significaba "el resto del mundo".

5- Los chinos pedían que se les explicara el significado de "qué opina".

6- Y en el congreso español... hasta hoy se debate qué quiere decir "honestamente".

El tipo del bar no nos pagó. Hacía un frío de cojones, una ola fría siberiana repasaba Europa desde hacía ya varios días, y nosotros estábamos, a las dos de la madrugada, atravesando la plaza de Colón con la guitarra, el bajo y una mochila cada uno con los cables, los micros... sin un triste *duro* en el bolsillo.

–Pero Fro... ¿qué fue lo que cuadraste con el tipo del bar?

–Na', el tipo dice que el pago es según la caja. Que el nada más pone el local. La propaganda y todo eso va por cuenta de los músicos... Y allí solo habían cuatro jebas en una mesa tomándose una cerveza cada una.

–Hoy jugó el Real Madrid así que no me extraña pero por otra parte... tampoco avisamos a nadie.

–Ya asere pero yo no le digo más na' a la gente. Ya me da pena… siempre son los mismos.

–Suelten toda la pasta que lleven encima –un tipo se nos había acercado sin darnos cuenta. Movía nerviosamente la mano–. La sangre de esta jeringuilla tiene SIDA así que, si no quieren que les raje el cuello, suelten la pasta –no nos dio tiempo a petrificarnos.

–Mira consorte –le dije colocando el estuche del bajo en el suelo–, sabes lo que te digo, bórrate antes que coja esa jeringuilla y te la meta por el culo.

–Eh, eh, eh, coleguita, no me se ponga tan agresivo –el tipo temblaba; difícilmente se tenía en pie–. ¿No me pueden dar algo pa' un bocadillo aunque sea? –pero el colega vio que no estábamos por la labor y se largó corriendo arrastrando los pies.

–Asere... ¿Tú estás loco?

No estaba loco, estaba cabrón. No era la primera vez que tocábamos por nada. Teníamos que hacer las cosas de otra manera pero no se nos ocurría nada. Tocar en los bares no valía la pena. La gente no va a escucharte. No es como en la Casa del Joven Creador o en el Café Cantante. El personal va, a lo que va, a beber, quizá liarse unos porros y descargar. Me dio pena con el pobre yonqui. Probablemente tuviera *mono* pero llegó en mal momento. Hoy no era su día.

Más tarde, atravesando Preciados, nos detuvo la policía y requirió la documentación. Afortunadamente los dos teníamos los papeles en regla. Si hubiera sido tan solo un mes atrás Míster Fro se hubiera visto envuelto en un serio problema. En ese momento era un ilegal. –¿Por qué nos pararon? –le pregunté a Fro después. No hizo falta que respondiera. Su cara lo decía todo. A mí nunca me habían pedido la documentación en la calle, pese a tener los pelos por la cintura. A él lo paraban una vez sí y otra también. ¿Por qué? ¿Por su color de piel? ¿Por tener pinta de africano? Nunca se lo dijeron. Me pregunto cuántos habitantes ilegales tiene España y por qué son, simplemente, ilegales. A menudo una oleada de subsaharianos sale corriendo con sus mantas llenas de discos y películas piratas para que no los detenga la policía. Si coincides con el momento de huida puedes acabar derribado en el suelo. Las discográficas empiezan a criminalizar la copia privada. No se dice abiertamente, es incorrecto políticamente, pero se habla de mafias chinas con copiadoras a destajo, de mafias de Europa del Este (donde supongo entren todos los países balcánicos según convenga), de mafias africanas que distribuyen y venden el material en el suelo (los *top manta*), se habla de mafias moras que distribuyen hachís, se habla de mafias rusas y de sus respectivos desmanes, se habla de ilegalidad continuamente y se apunta a los de fuera. Me pregunto cuándo se romperá el frágil equilibrio de la convivencia.

Empiezo a pensar que, tal y como escribió George Orwell en *Rebelión en la Granja*, solo el séptimo y único mandamiento que queda escrito, convenientemente modificado por los cerdos, empieza a regir nuestros designios: *todos somos iguales, pero algunos somos más iguales que otros.*

From: leo <leo@yahoo.com>
To: aceite <G@madrid.es>
Subject: De mami

MI QUERIDOS HIJOS, LLEGUE AQUI DONDE LEO Y ME LA
ENCUENTRO CON ELMOCOCAIDOPEROBUENO ESTOY TRATQANDO
QUE SE ALEGRE UN POCO AUNQUE BUENA ESTOY YO DESDE
HACE UNOS DIAS QUE HE TENIDO MAREOS Y SIN
APETITO PARECESSERLA CERVICAL YY TAMBIEN
ESENEBITABLE LAS TENSIONES YA COMO TE CONTE ESTOY
YA EN EL ULTIMOTRAMITE PARAPONDER TU CASAA
NOMBREA;OSFDP
DOSDISCULPAMESITENGO MUCHOS ERRORES EN
ESCRBIRTEPERO SR ME OLVIDARON LOSESPEJUELOS. NO YR
PTROCUPRD RDTO PASA Y CON EL FAVORDEDIOS TODOSE VA
RESOLVIENDO UN POCOLENTOPEROYACREO QUEPRONTO SERA
TODONOTE HELA LLAMADO PORQUE EN VERDAD NO HE
TENIDO SALUDPARASUBIR ALQUINTO PISO PERO
EN
CUANTOMEJOREENSEGUIDATELLAMOVAMOSA VR VER SI ESTE
FIN   DE SEMANA ENTRE SABADOY DOMINGO AUNQUE
VOY A TRATAR DE HACERLOMANANA ESTOY DESEANDO OIRTE
TE VOY HACER UN CHUSTECITO VIENE UN HOMBRE A UNA
CANTINA Y PIDEUN DOBLE Y EMPIEZA A MOVRERSE COMO
SI ESTUVIERA BOXEANDO DESPUESPIDE OTROY SIGUE
HACIENDO MOVIMIENTODE BOXEO CUANDOLLEVA UN BUEN
RATO   Y CASI TOMADO UNA BOY BOTELLA
DICEELCANTINERO OYE COMPADRE CUANDOVA HACER LAPELEA
A LO   QUE ELXONTESTA DENTRO DE UN RATICO
CUANDOTEDIGAQUE NO TENGO DINERO
PARAPAGARTE. YOSIEMPRE CON LOS CHISTECITOS QUE TE
PARECIOESTE
BUENOHIJITOCUENTAME COMOTEVAY CUIDENSE MUCHO YO
TRATO Y
LEPIDOVIDAY SALUD
A DIOS PARAPODERRESOLVERTODO ESPEROQEU SI LOQUE HAY
QUE TENERESVIDA

Y
SAAOLUD CUIDENSE LOSDOS DILEA SIMNONE QUEESTEMAIL
SIEMPREES PARA LOSDOS OK
RECIBETODOMIAMOR YMI CORAZON BESOS Y B ABRAZOS MUY
FUERTE DEMAMI

Fito Páez, Viejo Mundo, del 63

Cuando Carmen me dio luz verde, para su tablao en el *Aché pa' ti*, pensé en los dos: en Pável y en Fro. Ellos también habían colaborado juntos, pero eso no era lo más importante. Los tres coincidíamos en una cosa: la música que nos rodeaba, que estábamos viviendo, tenía entidad propia para llegar a ser un fenómeno generacional. Cada uno, desde su punto de vista, habíamos pensado en la manera de implementarlo.

La verdad es que el lugar, muy apropiado para tocar no era. La peña iba a comer arroz y frijoles con carne de puerco, tostones y como mucho se tomaban un mojito y se iban pa'l carajo. El lugar para los músicos era muy pequeño, tenían a gran parte del "público" de espaldas, en fin. En realidad todo esas arbitrariedades parecían excusas respecto al motivo principal, al "gran" problema. La música para comidas tiene algo de impersonal como la música para aeropuertos o tiendas de grandes superficies; sin embargo Pável y Fro componían música original. Probablemente se supieran *María Cristina me quiere gobernar* o *Chan Chan* (que, por cierto, en la canción de Compay Segundo es un nombre de un enamorado que va de Cueto a Mayarí sin conocimiento, quizá, que *Chan Chan* también es *Sol resplandeciente*: una ciudad precolombina de adobe, construida en la costa norte del Perú por los chimúes) o *Lagrimas Negras*. Es casi imposible no saberlas, pero no se trata de eso. Se trata de poder cantar esta nueva música y de un público que hasta muy poco ni siquiera conocía la "vieja" y, salvo Carmen, no muestra el menor interés por escucharla. No hacía falta estudiar con Deleuze para darse cuenta que no era un fenómeno local *Aché pa' ti*, sino un fenómeno cultural. Solo había darse un paseo por las tiendas y estar atento al hilo musical para entenderlo. Después de un par de intentos no hizo falta demasiado para convencer a Carmen que había ideas mejores que poner en práctica.

Pável y Fro siguieron componiendo y tocando, casi siempre en lugares alternativos, impropios, de minorías culturales o sociales; la mayoría de las veces frecuentados fundamentalmente por una facción desarraigada como ellos. Siguieron inventando *"con una mano alante y otra en el bosillo de atrás"*, sin saber qué más hacer *"pa' conectar con el baro"*. Un día, uno de esos cualquiera suspendido en ninguna parte por un cielo gris de llovizna fina y fría, se nos ocurrió una idea aún más peregrina, si cabe: el proyecto Malavista Antisocial Club.

La habana es la única ciudad donde los ómnibus se llaman: ruta 190, ruta 200, ruta 404, sin que hayan 190 rutas, y mucho menos 200 guaguas.

From: wolf <wolf@latinmail.com>
To: aceite <G@madrid.es>
Subject: Wolf

Hola Familia,que tal va todo yo aqui en Miami ya,em
casa de la familia de suset,tremendo viaje que nos
pegamos...nada les contare mas o menos..
me piré a Coruña hace un mes, estuve tocando bolero
um tiempo en el Cairo pero ni pinga,es difícil
adaptarse a vivir esa onda,termine de la arena, la
jeva,los camellos,el corán y su puta madre, hasta
el culo. por suerte conocí una gallega, un socito
que parecía miguel ríos, que me ayudó s salir pa
España.Allí me empaté con Suset y nos piramos para
Barcelona con la idea d comprar unos pasaportes
falsos y pirarnos para Miami.
Salimos de Barcelona para Madrid a cojer el avion
hacia
Holanda de donde salia el viaje a Mexico alli
estuvimos unas 4 horas
el aeropuerto muy lindo y preparado salimos por KLM
imaginen pasamos por arriba de Inglaterra seguimos
a Islandia,Groelandia,Canada todo EUA hasta por fin
llegamos a el DF,14 horas continuas,bueno nos
quedamos en un Hotel cerca de aeropuerto al otro
dia teniamos el pasje a Matamoros que al final se
suspendio por mal tiempo y tuvimos que busvar una
pencion donde quedarnos hasta el otro dia ala misma
hora,nada que llegamos a Matamoros donde la policia
Mexicana nos esperaba como cosa buena..no te

alarmes ya lo sabiamos solo querian dinero y nos
sacaron unos 300 dolares y nos quedamos clavados
otros 200 gracias a que ya la madre de Suset habló
con una tía y nos envió los 200 que antes te
dije,bueno para no cansart!
e de el aeropuerto de Matamoros nos llevo el mismo
Poli que nos dejo supuestamente en blanco que
corrupcion no imaginan nada que el mismo nos llevo
hasta el puente Internacional y alli nos entregamos
a la guardia Americana..imagina cientos de
indigenas detenidos mil historias que algun dia les
contare pero sin problemas al final,me metieron en
un calabozo y suset por otro lado con el lio del
embarazo (me olvidaba, suset estaba embaracutei)
que fue lo que nos salvo la llevaron al medico y le
hicieron de todos los analisis sin problem a mi por
otro lado me llevaron a la pricion
de Fresnotexas algo asi donde me pusieron mi ropa
de preso con iniciales(PISPC)no se que sera y nos
interrogaron nada no fue tan malo a los cubanos nos
tratan muy bien y no paso nada malo,al cabo de unas
horas aparecio tambien suset que por ella como les
digo escapamos
le hicieron todos los papeles y despues ami tambien
al final ala tarde nos liberaron con otros cubanos
y nos dejaron en una estacion de guagua por
Brosville o algo asi de alli sa!
limos para Houston capital unas 7 horas de viaje
donde nos qu!
edamos en el aeropuerto a dormir y ala manana
salimos en otro avion para Orlando y otr escala
anterior que no recuerdo nada que el Padrasto de
suset nos recojio en el aeropuerto y aqui estamos
con la comunidad miamense ya te hare el cuento con
muchos mas detalles
quiero llamarlos esta noche para contarles si puedo
estoy sin nada de dinero y la family de suset igual
por los gastos aqui llamare a tía que ya le deje un
recado de que llegue y la llamare a la noche mama
no te preocupes lo peor ya paso ahora espero no
venga una guerra y lo joda todo bueno saludame a
toda la familia y espero llamarlos pronto un beso
muy grande tu calvete espalda mojada...Besos

En las cosas necesarias, la unidad; en las dudosas, la libertad; y en todas, la caridad.

San Agustín

La separación se aproxima un poco más cada día...

Nazim Hikmet

MALAVISTA ANTISOCIAL CLUB
Nacimos con el florecimiento del socialismo en cuba, crecimos en su decadencia. Somos el "hombre nuevo", la generación del "cuba va", el resultado de un experimento social. Nos crearon expectativas, nos dieron las herramientas y nunca hubo madera. La generación boomerang. Hubo que salir a buscar la madera. Desprejuicio, desenfado, libertad, son las claves de nuestra propuesta. No hay negación, sino apertura. Vivimos en la era de la información, del mestizaje, de la integración. Somos el resultado de nuestra tradición (mestiza y abierta por naturaleza) enriquecida con nuestra propia necesidad de evolución y adaptación al mundo. Una nueva tendencia.

Un día cualquier que nos juntamos los tres: Pável, Fro y yo redactamos el manifiesto de Malavista Antisocial Club. Pese a que no es época de manifiestos nos pareció coherente dejar por escrito eso que, pensábamos, nos definía. Algo así como dejar para los arqueólogos del futuro algunas señas de nuestra identidad por si acaso. La idea era juntar lo separado. MAldito Menéndez también se unió al proyecto. AMAR no tuvo manifiesto pero, no se por qué, me recordó aquello de alguna manera y me dio un repelús, aunque esta vez no habría que

negociar con nada "oficial". No tendría porque acabar igual.
Así que lo intentamos. Los problemas son, como puede
imaginar, infinitos (sea lo que sea que signifique *infinito*). Es
imposible cocinar para gusto de todos. Para algunos faltaba,
para otros sobraba. Pese a lo breve del texto fue recibido, en
general, con cierto escepticismo y duda. Mucha lectura entre
líneas.

Había algunos hechos claros, al menos en eso no debíamos
discrepar. Todos habíamos nacido después del triunfo de la
Revolución cubana. Todos fuimos educados por la Revolución,
en la Revolución, con la Revolución. Todos cantamos himnos
hasta en la sopa. Saludamos la bandera a diario en el matutino.
Comimos arroz, chícharo y pesca'o. Juramos que seríamos
como el Ché. Hicimos guardias. Fuimos a trabajar al campo, a
la construcción; en definitiva: donde la Revolución nos
necesitó. Todos éramos artistas. Algunos vivíamos dentro y
otros fuera. Todos teníamos diferentes ideologías o ideas
políticas (como prefiera).

A partir de aquí empiezan los matices y las acusaciones.
Algunos queríamos el acercamiento, otros no. Algunos aún
queríamos cambios, otros no. Algunos estaban a favor del
bloqueo, otros no. Así sucesivamente con diferencias de grado,
algunas de clase, que nos acercaban o alejaban con la misma
intensidad siempre a punto de chocar y explotar. Bueno, esto
último (*siempre a punto de chocar y explotar*) puede ser aplicado
generalmente a todos también. Era imposible que aquello
pudiese llegar a buen puerto. Queríamos unirnos pero había
demasiadas cosas que nos separaban.

Parte de las diferencias empezaban al comparar lo que
esperábamos tener con lo que realmente teníamos; con la
satisfacción de las expectativas y promesas con las que
comenzamos la vida y el desgaste para conseguir lo que sea
entendamos por conseguido. Iraida Concepción Urrutia,
hablando de los cuarentones (es decir: los arriba firmantes),
recuerda:

Nos convencieron de que el futuro sería
indefectiblemente luminoso [esto, créame, no hace
alusión alguna a la red eléctrica]. Las
estrecheces de los hogares cubanos eran
compensadas con la fe en ese futuro mejor. No
importaban los apagones [esto sí que tiene que
ver con el suministro de la red eléctrica], las
movilizaciones cañeras, los zapatos plásticos, el
gofio como sustento infantil, si el país era una
inmensa obra en construcción donde a toda hora
sonaban las concreteras y los martillos [¿el
sonido de las cornetas del Apocalipsis?
cementando el futuro], y que se iba llenando de
escuelas, hospitales y viviendas. Hechos en
serie, es cierto, pero que anticipaban el
supuesto bienestar del futuro [¿el edén?].

Vivimos no en lo real, sino en lo posible. Ahora desde el futuro solo vemos incumplimientos en el pasado. Da igual que estés dentro o fuera. En 1962 Fidel Castro predecía el futuro con optimismo:

En diez años tendremos un nivel superior al de los
Estados Unidos. Nosotros convertiremos a Cuba en
el país más próspero de América. Cuba alcanzará el
nivel de vida más alto que ningún país del mundo,
porque mientras las grandes potencias tienen que
invertir un porcentaje inmenso de sus energías en
fabricar armas, nosotros lo vamos a invertir todo
en producir riquezas, en hacer escuelas, en
establecer industrias, en poner a producir
nuestros campos, en desarrollar las inmensas
riquezas que tenemos en nuestra maravillosa tierra
que además de rica es también la más hermosa.

50 años después podemos decir: Ja, Ja, Ja o Bla, Bla, Bla, como más guste. ¿Optimismo o cinismo? No da risa. No tiene gracia. Al final todo salió al revés. Malavista en lugar de Buenavista, Antisocial en lugar de Social y, bueno, lo único que permanece es la palabra Club. Como diría Les Luthier: *¡Caramba, qué coincidencia!*

No conozco a ninguna mujer a la que le guste King Crimson. Ya se que suena políticamente incorrecto pero créame, no exagero. Nunca he podido llegar al fondo de la cuestión, tampoco es que me haya empleado a fondo, pero ahí están los resultados de mi experiencia. Desconozco si siquiera merece la pena realizar un estudio al respecto. He podido verlos en directo en dos ocasiones: la primera en el Palacio de los Congresos de Madrid (un sonido impecable) y la última en Conde Duque (en uno de esos festivales de verano). Entre una y otra menuda diferencia: la calidad de sonido, la formación, la propuesta. Pero la cantidad de público femenino: invariable. Es más, podría decir incluso, a favor de esta hipótesis, que todas las mujeres que he tenido cerca lo aborrecen directamente, pero esto no sería objetivo.

La primera vez que los oí fue gracias a Bebé. Me trajo un casete de esos que la cara A termina con una canción cortada, pero la cara B empieza varios minutos por delante de donde se cortó, mal grabado y sin pegatina ya pero suficiente para impresionarme. Un disco nervioso, agresivo, transgresor pero de un gusto exquisito, refinado, sublime. Lo oímos en la barbacoa, mientras la Cacatúa calentaba a la mimirrica. –Pues ayer yo estuve hasta la una aquí senta' y este cabrón no había aparecido entodavía... ¿Tú lo sentiste llegar?... ¡Qué desconsideración Dios mío!.... –Cállate ya vieja bruja que no nos dejas oír na' con tanta cantaleta. –A ver si pones eso bajito Bebé que hay vecinos que duermen la siesta –En una grabadora de un vecino, un armatoste ruso que rompía las cintas a cada rato y que Bebé componía delicadamente sin que apenas se notase, oí por primera vez a King Crimson. Muchos años después supe que era *Indoor Games*, del *Lizard*, pero en ese momento apenas imaginaba que se podían hacer estas cosas. –Apaga eso Bebé. Yo no sé como les puede gustar ese anormal riéndose. Claro si tú eres más anormal que él. –Sí señor. –Tú cállate vieja 'e mierda que a ti nadie te ha da'o vela en este entierro. ¡Coño en esta casa no se puede ni oír algo tranquilo! –Váyanse pa'l parque. –¿Pa'l parque? Pa' la pinga me voy a ir. No ves vieja loca que ni tengo pilas. –Loca será tu madre... y sorda.

En mi casa tampoco tuvo muy buena acogida. Ni el *Lizard*, ni el *Red*, ni los discos de colores, ni ninguna cosa que sonase "rara". Mi madre se preguntaba con frecuencia qué había hecho mal. Como si los gustos musicales tuviesen relación directa con lo que para ella significó educar. Como si música y moral estuviesen conectados por algún extraño cordón umbilical. Era cuestión de aceptarlo. Esos gustos "extravagantes" nos convertía en una banda de apestados pretenciosos condenados a escuchar música en el exilio doméstico. Y Cuca por lo menos me cedía involuntariamente sus cintas para que regrabase lo que quisiera porque Nela al Abuelo, nada de nada. De hecho tenía un montón de kcts que traía su padre de los viajes "afuera" pero no cedía fácil. –¿Es para grabar esa cosa? –Deja Nela... «métetelas por tú lindo ojo del culo» Gracias de todas maneras.

A Mayegüe no es que le gustara King Crimson, pero *Elephant Talk...* esa era su canción preferida. Cada vez que aparecía con mi hermano en el internado en el carro de los padres de Cuca me asaltaba. –¡Hermano de Nando!, ¡Hermano de Nando!, pon el elefante. Anda, anda, pa' que Mayegüe baile, anda –y se ponía como una loca a dar vueltas subiendo y bajando la cabeza como si tuviese trompa. Daba gusto verla. Costaba creer que era retrasada mental.

Aquella escuela quedaba en casa del carajo pero era lo mejor que había para gente con problemas parecidos a los que tenía Ferdinando. Había dos pabellones. El más grande y antiguo a la entrada destinado a los retrasados profundos. El otro más moderno y pequeño para los ligeros. Allí vivía Mayegüe. Ferdinando solo estaba internado durante la semana pero Mayegüe no tenía casa donde ir. A pesar de todo, a Ferdinando no le gustaba aquel lugar. Se sentía mal rodeado de niños y adolescentes como él. Parecían indefensos pero podían llegar a ser muy crueles. Una vez Mayegüe no me pidió el Elefante. Ese día cuando llegamos estaban todos en la calzada alborotados y nerviosos. –Hermano de Nando, hermano de Nando, corre, corre que hay un anormal muriéndose –para los retrasados ligeros, los profundos eran anormales pero ese día de verdad había un muchacho en peligro. Estaba deshidratado. Unas diarreas imparables lo habían convertido en un esperpento esquelético con los ojos en blanco. No llegó al hospital. Regresamos a la escuela para dar la noticia y allí estaban todos aún. –¿Qué? –me preguntó Mayegüe–, ¿y el anormal qué?, ¿se murió? –Arriba, entrando –les ordenaron las "seños". Y todos obedecieron a regañadientes, nerviosos, alguno chillando histérico. Mayegüe se fue sin perderme de vista. Segura quizá, que su final sería parecido. Esa semana volví un par de veces y Mayegüe volvió a mover la trompa como si nada.

Si Robert Fripp supiera, imaginara siquiera, lo que hemos tenido que pasar para escuchar su música, quizá sería un poco menos antipático en el escenario. Pero no lo es. En el Palacio no lo noté demasiado, quizá porque eran seis pero lo de Conde Duque fue como para no repetir. Fue casi como ver a un trío. Muy bien, muy potente, pero ahora que tengo sus CDs y DVDs, la verdad: es una molestia que me puedo ahorrar. Lo siento por Belew. Simone no fue y supongo que muchas de las parejas del público tampoco; de no ser por la edad, solo comparable a la mayoría absoluta en los clubs de moda cuando anuncian algún *DJ* famosillo.

Pero *Elephant Talk* no estaba en aquella cinta de Bebé. Apareció mucho después en la trilogía de colores de King Crimson: *Discipline* (rojo), *Beat* (azul) y *Three Of A Perfect Pair* (amarillo). Prácticamente cuando Bebé desaparecía y el resto buscaba cambios desesperadamente. Los discos de colores los trajo David Palacios que, aunque siguió pintando hasta que se fue, era un melómano perdido. Vivíamos muy cerca. A su paso, apenas cinco minutos de una casa a la otra. La mayoría de las veces nos poníamos a improvisar y grabar en plan vanguardia, en la cueva, o a desvariar acerca del arte o simplemente a escuchar. Eran otros tiempos. La plástica estaba dinamitando al arte como institución y nosotros queríamos hacer algo. Luis Gómez, Aldito Menéndez (MAldito) y Abdel Hernández eran también vecinos y cómplices de nuestros progresos musicales. El posmodernismo tenía de cabeza a más de uno. La música llegaba desordenada, entrecortada por aquellas duraciones irracionales de las cintas, pero llegaba. Laurie Anderson era bendecida por el mundo del arte. Pude ver su película *Home of the Brave* en una copia VHS pasada a Beta de mala manera y sentir como una pared delante de mí se derrumbaba. No era más lo que acontecía sino lo que era posible que aconteciera. Había otro mundo donde esas cosas alucinantes eran posibles. Había una sensibilidad en algún lugar remoto que conectaba con la mía. Algo extraterrestre con lo que te identificabas inmediatamente con tal fuerza que inevitablemente te abría caminos intelectuales excluyentes a todo el entorno. Supongo que algo parecido ocurría en la mente de Mayegüe.

Remain in light de Talking Heads, fue otro acontecer en nuestra vida por entonces. Al escuchar los solos de Adrian Belew, la polirritmia percusiva y armónica, la polifonía de los coros, las líneas quebradas y nerviosas de David Byrne y todo un arsenal de ideas organizadas en simples *riffs* por Brian Eno, que apenas transgredían una tonalidad, entendí meridianamente que con Bebé nada de esto sería posible nunca. Para él *eso* simplemente nunca sería *rock*. Nunca entraría en su maleta de viaje. Solo en ese momento me sentí aliviado, liberado, justificado, para emprender esa vida tan lejana hasta entonces.

From: leo <leo@yahoo.com>
To: aceite <G@madrid.es>
Subject: De mami

MI QUERIDA FAMILIA SORPRESA YA QUEEN ESTOS
MOMEMTOS ESTOY DONDE LEO AUE QUE YA HACIA UN LARGO
TIEMPO QUE NO LA VEIA NI HABLABACON ELLA. ESTABIEN
PERO CONB MUCHISIMO TRABAJO. VINE AQUI A LA HABANA
Y DECIDI VENIR A VERLA. AYER RECIBI TU MAIL Y
COMOSIEMPREME DIOALEGIA Y SOBRETODO QUE SUPE DE
UDS QUE BUENOQUE YA SE MUDAN. YO HE TRATADO DE
LLAMARTE PUES SABIA QUEDEBIAS ESTAR PREO-CUPADO
POR NOSOTROS Y EL CICLON, ESTE PASO DE MADRUGADA Y
GRACIAS A DIOS MI CASA ES FUERTE Y SE SINTIOMUCHO
AIRE FUETRE OERIO PASO RAPIDO, POR SUETE ESTABA
BARRBARO, QUE APESAR QUE ESE DIA TRABAJABA LA NOCHE
CERRO BIEN Y VINO A ESTAR CON NOSOTROS.FERDINANDIO
SEALTERO UN PCO, PEROLO QUEMAS NOS HA ALTERADO A
TODOS ESLA FALTA DELUZ Y TENER LACARGAZON DEAGUA
TODAVIA NOS HA ESATADOAFECTANDO PUES TODO ESUNA
COSA TRAS LA OTRA. 9MENTIRAS0 INCLUSIVETOPDAVIA HAY
MUCHOSLUGARES QUE NO TIENEN LUZ
VEDADO,MIRAMAR,ETCFERNAN MEDIOSYME DAUN POCO DELCU
LUCHAPORLAATER ALTERACION PERO YO LE DOY SU
TRANQUILIZANTE Y PASA, PERO ME DEPRIME
MUCHOTECUENTOPERO NO PARAPREOCUPARTE, DENTRODELO
QUECABE ESTAMOSBIEN,COMOTU SDSABES PASE
LAGRIPEMALISIMAQUEAUNQUE NO ME DIO FIEBRE ALTRA
ALTA,MEQUITOEL APETITO EN FIN QUE ESTOY SECA.YA
COMO MEJOR PEROPASEUNOSDIAS PESIMOS.OJALA QUE NO
NOSCOJAMAS CICLONES. CON ELQUE TENEMOS FIJOYA ES
SUFICIENTE. DONDE HIZO TREMENDOI ESTRAGOS FUE EN
UNA PARTEDE ORIENTE EN FIN DEJEMOSEL TEMA. AHORA
HAY UN CALOR QUE POARA QUE Y KME
ENEREQUECOMOSIEMPRE ALLAEN ESPANAAFDECTA MUCHO

ELCALOR. M; JITOCUANDOTU PUEDASY PUEDAS MANDARLE A
TU HERMANO UN SHORT HAZLOPUESAQUIESTAN CAROSY LA
TALLA 38 ES DE MADRE. TU TIOESTA BIEN . PARTECEUN
POCOJDIO PRO ELDICEQUE ESTABIUN. BUENONO TE
PREOCUPES ,AQUITOAVIA NO HAY NADA DE OLLAS ETC NI
CHOCOLATICOJAJAJA. BUENOS TENME ALTQANTOE DECOMO
VATODOSIESPOSIBLE Y EN CUANTO PUEDALLAMARTE OIR POR
FVOR HAZMELOSABER PARA HABLARCONTIGOT LES
QUIEROMUCHO Y LESEXTRANOCANTIDAD,FERDINANDDO
SEPASALAVIDA NOMBRANDOTE CUIDENSE Y RECIBAN TODO
MIAMOR Y MICORTAZON VIEJITO PERO CON MUCHO
SENTIMIENTOS LESADORA MAMI..UN CUENTO UNAMUCHACHA
QUELEID DIE DICEALPAPAQUELEDICEN FEAQUEESO
ESVERDAD,ELPADRE LE DICE QUE VAYA A LA IGLESIA Y
QUE SE LOSPREGUNTEA JESUCRITSO. ASI LO HACE
PEROLEDICE JESUCRISTO SI SOY FEAQUELACRUZ SECAIGA,
LACRUZ SE CAE Y EEN ESEMOEMNTO JESUCRISTOLE DICE
HIJA DE OPUTA ,,,,,

OTRO HAYUN BORRACHO SENTADO EN LA GUGUA Y HAY UNA
MUJER QUE VA DE PIE CON LOS BRAZOS ALZADOS Y
TIENEMUCHA PELABPELAMBRE DEBAJODELOS BRAZOS Y
ELBORRACHODESPIERTA Y VE AQUELLO Y SE
LEQUEDAMIRANDO LA MUJER DICE QUE LE SUCEDE QUEMIRA,
Y EL BORRACHODICE CUIDADONOME VAYA A ORINAR.
OTROAHORALAQUEVA SENTADA ES UNA MUJE MUJER Y UN
HOMBRE FUERTE CON TREMENDA MUSCULATURA Y LA MUJER
SELE QUEDAMIRANDO Y LE DICE EL HOMBRE VISTE
,SENALANS SENALANDOLOSBISETS MACEO ESO ES LO
QUEMIRAS MUCHO MACEO TOCANDOSE Y LEDICE ELLA NO
LOUE ESTOY SINTIENDO SONLOS GRAJALES UQE ESTAN
QUEDESMAYAN.ESPEROTEGUSTES TQUIERO CUIDENSE MUCHO
BESOSTES TY MYUCHO ABRAZOS FUERTES DE MAMI,
FERDINANNDO Y BAABXRO AH YLEO

El Pesca'o muere por la boca. Ya me gustaría a mi saber por dónde me enganchará a mí. Para el resto no lo se pero, al menos para eso, creo estar preparado. El Abuelo estaba convencido que palmaría de un cáncer de pulmón. –Simple estadística –solía decir y quizá tenga razón. En la última radiografía que me enseñó, le faltaba medio pulmón izquierdo y un cuarto del vecino. Bebé, sin embargo, estaba convencido que la guadaña le sorprendería templando, en pelotas, en el estertor del último chorro vital, atragantado con un pezón o asfixiado entre dos tetas. Amenazó a Laurita con irse, con meterse un tiro, con cortarse el cuello después de acabar con ella pero era un buen improvisador, el mejor. Mucha película del sábado pero más rollo que película. Desapareció sin rastro.

Joel se atribuyó poderes de súper héroe en algún cortocircuito cerebral. No fue así. Voló. ¡Con el gusto que le tenía a la altura! Dicen que se lanzó de un *penhouse*. No como Superman, el marido de la peluquera del 5, que saltó cuando su mujer regresó antes de hora y lo cogió en cueros con la vecina de abajo encima. Ese tuvo más suerte. La mata de almendra que estaba empeñado en cortar, en contra de medio vecindario, evitó que sus sesos se desparramaran en la acera. Superman salió corriendo, por patas y se ganó el apodo con creces. Joel voló como un rabo de nube. No era él, cambió, eso seguro, pero no tuvo tiempo de darse cuenta. ¿Cuántos milisegundos tardó en desaparecer? ¿A qué sabe abrazar el vacío? ¿De dónde emergió el impulso que se convirtió en salto sin paracaídas?

Todo son preguntas sin respuestas. No hay que hacer mucho caso a lo que dicen. Todo el mundo siempre tiene algo que decir. No me enteré por la radio, ni leyendo el periódico. Demasiado lejos. Lo sentí. Sentí una profunda tristeza por él, de pronto, tomando leche con cereales una mañana de un sábado cualquiera, y luego una intranquilidad inédita. Oí su risa contagiosa, sentí sus arpegios en la boca del estómago y un golpe seco de silencio.

Hay muchos momentos importantes en la vida. Cualquier momento es un buen candidato. Cualquier segundo puede ser el último. Un rayo, un conductor que se duerme e invade tu carril justo cuando aprietas el botón de *play* en tu reproductor, un simple y rutinario examen médico, una aneurisma. Cualquiera de estos, de estos últimos y definitivos segundos, tienen mayor probabilidad de ocurrencia que ganar la lotería.

El Pesca'o solía darle vueltas y especular con cuál sería su último instante. Se casó con Yuya, la mujer equivocada, aunque claro, en ese momento no lo sabía. En realidad creo que nunca llegó a saberlo. Le costó lo imposible conquistarla, pero lo consiguió. Tuvieron un hermoso niño que sus amigos bautizaron como el Pescaíto. Por aquello que olvidara sus dudas, porque el niño no heredó ni un solo rasgo suyo. Salió a Yuya, su madre, en cuerpo y alma. Lo operaron de urgencia para deshacerle un coágulo de sangre en el cerebro. Los médicos lo tenían localizado, era de fácil acceso, una operación sin riesgos pero el Pesca'o, obsesionado como estaba con su último momento, escribió una carta de despedida, por si las moscas:

Cuando leas esta carta ya me habré ido...

La metió en su gaveta y se olvidó de ella. Incluso después de la operación, cuando despertó de la anestesia, y durante el resto de su vida. Su mujer no. Yuya la encontró hurgando descontrolada por la desconfianza muchos años después. Porque lo celaba con rabia; después de lo difícil que se lo puso. La leyó sin prisa y la escondió mejor. Solo ocho palabras. Cuando el Pesca'o ni se acordaba de que, en algún momento, le abrieron la cabeza como un coco, Yuya, su mujer, en el clímax de un ataque de celos, le pegó candela.

El Pesca'o llegó tarde, medio curda y con una botella de aguardiente a medias. Se tiró en la cama derramándose el alcohol encima, se fumó el que podría ser su último cigarro y se durmió dejándolo caer al suelo. Yuya lo recogió y se lo puso encima. No tardó en arder, ni en despertarse. —¡Coooooño! —se asustó, corrió pesadamente al patio y se metió como pudo en el tanque de fibrocemento donde recogían el agua cuando venía. Se sumergió lo suficiente, probablemente pensando en las veces que tuvo que despertar en la beca con todo ardiendo a su alrededor. Era la gracia preferida del Mojón. Mientras el Pesca'o roncaba, el enano frotaba con desodorante de tubito en las sábanas a su alrededor. Luego la encendía y gritaba como un loco: —¡Fuego! ¡Fuego! ¡Se quema! —y el Pesca'o se despertaba brincando en medio del fuego y desorientado. Esta vez no fue el Mojón pero él, el Pesca'o, era un *comecandela* y salió ileso, apagado. —He estado a punto de matarme Yuya. He sido un irresponsable —le confesó sintiéndose culpable—. Perdóname, mi amol.

Aún con los pelos chamuscados, Yuya siguió en alerta. La desconfianza se había convertido en una obsesión. La planificación de ese último momento la absorbía mientras el Pesca'o se mantenía completamente ajeno, sin pensar en la muerte, a solas con sus estúpidas quinielas y sacando probabilidades.

Lo ideal para Yuya era ahorcarlo; más bien, conseguir que se ahorcase. Es la forma de suicidio típica de los hombres a diferencia de quemarse vivas en las mujeres. Pero eso era más complicado. El final le llegó de la forma más tonta e incomprensible. Se acostó borracho, una noche más, y se ahogó en su propio vómito. Ello lo vio. Pudo darle la vuelta pero no lo hizo. Contempló como se iba de la forma más asquerosa. Una posibilidad que ni Yuya, ni él, tuvieron jamás en cuenta. Yuya entregó la carta a la policía que no encajaba con aquella novedosa forma de despedirse pero encontraron una sustancia tóxica en la sangre: coca. –Claro, esto lo justifica todo. Esta es la pieza que faltaba para armar el rompecabezas –dijo el forense homólogo del Calamar y en el certificado de defunción del Pesca'o declaró como causa de la muerte, con un bolígrafo *Big* azul: suicidio, provocado por ingesta de estupefacientes, combinada con sobredosis de alcohol a punto de provocar un coma etílico; sin sospechar jamás que Yuya estuvo moviendo las fichas de su partida todo el tiempo. Murió como debía, como mueren todos los pesca'os, por la boca.

No puedo evitar pensar que alguien apretó el gatillo que voló en pedazos a Joel, que un dedo movió el resorte de su último salto; pero eso nunca lo sabré con meridiana claridad.

La muerte de un solo día,
la muerte que es muerte y vida,
la muerte que con su forma
se proyecta en espiral,
la muerte que me hace andar.

La muerte que es bienvenida,
la muerte de un gran momento,
la muerte que llevo dentro,
la muerte que llega sólo
como un punto de partida

La muerte entre ochenta y dos,
la muerte de veinte mil,

Grupo de Experimentación Sonora del ICAIC, *La muerte* (segundo movimiento de *Granma*), 1971

From: leo <leo@yahoo.com>
To: aceite <G@madrid.es>
Subject: De mami

MISQUERIDOSHIJOS UNA VEZMAS ALEGRANDOMEDE QUE HAYAN PASADO UN FELIZ ANO EN FAMILIA QUE ASI ES COMOMEJORSE PASA NOSOTROS LAPASAMOSBIEN TANQUILOSYMIRANDOLA TV ALASDOCENOS ABRZAMOS Y NOS ACORDAMOS DE UDS TODOS ASI QUE TEMANDE MUCHOS BESITOS ABRZOS YTODOELAMORQUESABES QUE TENGO PARA UDS DILE A SIMONEQUELA QUIERO MUCHO Y MAS POOR CUIDARTE Y QUERERTE COMO SE QUE LOS HACVE ASI QUE BESOSDOBLES QUE MESALUDE A SUS PADR4ES Y QUE LE DESEO LO MEJOR MEDIJOCUCA QUELA LLAME PARA FELICITARLOS POR EL ANO QUE SU PADRE HABIA PREGUNTADO POR TI Y QUEESTUVO MUY MALITO PUES LE DIO UN INFARTO PERO YA ESTA MEJOR LO QUE TODAVIA NO ESTA TRABAJANDO LA OTRA ES QUE PACHECO TAMBIERN DICE QUE TE DA UN FUERTE QABRAZI ABRAZO QUE ELL ES TU HERMANNO QUE TE MANDA RECUERODOS YOESTOY BASTANTE BIEN ESPERANDO YALOSPAPELESCON LOS NOMBRES DE UDS. BARBARRO VA A DAR LA SANGRE ATUHERMANOPORSU OPERACION DELA VISTA QUE SERA EL PROXIMO 26 DE ENERO.
AHORA QUE ESTOY AQUICON LEO QUE LA ENCUENTROMEJOR PERO ELPAPADE LAS NINAS ESUN HUIJI HIJO DE PUTA Y ELLA ESTA SUPERANDO ESO. DE LO QUE ME ALEGRA.
CUSANDO PUEDASLA LLAMAAELVIRA Y SALUDALA BUENO MIHIJITO TE ADORO CON TO0DAS MIS FUERZAS CUIDWENSE MUCHO LOS DOS QUE AQUI NOS ESTAMOS CUIDANDO Y ROGANDOLEADIOS YMIS AMIGOS QUE TODO SALGA BIEN PARA PODERNOS DAR UN FUERTE APRETON LOS QUIERO MUCHO SI LA GENTE DONDE TE LLAMO NO SE VAN PARA ORIENTE TRATTARE DELLAMARTYE SABADO O DOMINGO PROXIMO SOY FELIZ PORQUE TU LOERES QUE BIEN LO MERECES BUENO UN

FUERTE APRETON Y MUCHO AMPOR Y BENDICIONES PARA LOS
DOS DE MAMI CUALQUIERCOSAQUEME QUIRASDECIR A TRAVES
DE LEO OK

SIENTOMUCHO LO SSE JOIEL. POBTRECITOP ERAT AMBU ENO.
CUIID ATEPO FFAVORTEQUI4 ERO

El disco *Música para sordomudos* no salió como queríamos del todo también por otra causa: el sello Luz Negra. Es curioso que un sello alternativo, cuyo fines no son lucrativos, sino mucho más loables y desinteresados, se comporte con la misma acritud que una multinacional discográfica. Conocía la experiencia de Fro. Sabía de lo que era capaz un imperio para sacar beneficios, pero la experiencia de los pequeños números me la proporcionó Luz Negra.

Les pedí, entre las condiciones que cruzamos desde la buena voluntad (tampoco se puede decir que negociamos), reservar la inclusión del diseño gráfico del disco como parte de la obra. Cesáreo me ayudó a conseguir lo que quería; pese a su resistencia a darla por concluida (aquello solo era una maqueta de baja calidad). Teníamos la sangre con quemaduras por donde se veían pequeños agujeros de cielo con nubes blancas y viceversa. Un cielo con nubecitas y quemaduras por donde fluía sangre coagulada, espesa. Una imagen simétrica de la otra. Una cara y la otra, anverso y envés. Quería que la carátula del disco se integrase miméticamente en este paisaje, con la misma serigrafía. Quería que costase esfuerzo distinguir dónde acababa un objeto y empezaba el otro. Sin embargo Luz Negra, unilateralmente, sin consultar, sin avisar, rompió el trato. Cambió la tipografía por la más ordinaria, cambió los colores por los más irracionales e inarmónicos y, lo peor, cambió el diseño de la carátula por la cosa más inverosímil, estúpida e inconsciente que podía imaginar; algo que se podía ubicar en las antípodas de mi idea: una isla. Una isla con una estrella plateada de fondo y dos puntos señalados en todo el territorio nacional: la Habana y la ¡Base Naval de Guantánamo! No daba crédito. ¿Cómo era posible? Aquello se cargaba TODO el discurso acerca del silencio. Se convertía en un absurdo panfleto. ¿Qué coño tenía que ver esto con la Base Naval de Guantánamo? ¡¿Por qué?!

La Base Naval de la Bahía de Guantánamo, la *Guantanamo Bay Naval Base* o *Gitmo,* es un territorio base militar que, pese a que los Estados Unidos lo arriendan a Cuba, se considera territorio ocupado. ¿Qué tenía que ver este conflicto político-militar con nuestra idea musical? No era un simple error. Era una falta de respeto muy grave. Mucho más cuando venía de un sello ridículo que presumía de progresista. Ayudar a difundir el *rock* en Cuba parecía una acción más que loable; pero ese acto, el hecho de alterar unilateralmente todo lo que quisieron y más, se podía considerar como un ataque imperialista, como tirar un dardo en mitad de la dignidad de los más necesitados.

Protesté, en los términos más respetuosos que encontré pese a mi encabronamiento, pero me quejé y me negué a que el disco se publicase con esa estúpida isla de dos capitales. Finalmente colocaron una base negra, en lugar de transparente, para sostener el CD, que cubría gran parte de aquel desatino. La estrella era imposible de eliminar en la carátula así que debía elegir entre retirar el disco definitivamente o aceptar aquella chapuza absurda. Me decidí por lo último. No era solo cosa mía. También estaba Perico y el Buda. Si por mí fuese aquello nunca hubiera visto la luz.

Esta fue mi primer, y hasta ahora última, bronca internacional. En ese momento vi meridianamente, por no decir que tuve una epifanía, que jamás habría concierto en México. No por esto, sino porque, así de simple, no lo iba a haber y nunca más volveríamos a tocar juntos. Quizá era obvio, pero no fue hasta entonces que lo racionalicé y me entristeció tanto que estuve más de un mes sin volver a ver a Cesáreo. Fui plenamente consciente del significado de la palabra *lejos*. Al menos para mí adquirió un matiz que no pude separar de otras palabras como *tristeza* y *soledad*. Jamás recibimos un solo céntimo por este trabajo. Ninguno de los tres. Ya lo sabíamos. Jamás llegamos a firmar nada. Aquello fue una donación velada. Jamás repetí. Nos habían apaleado muchas veces desde fuera, pero esta era la primera vez que nos daban desde dentro. William Faulkner dijo una vez: *se puede confiar en las malas personas, no cambian jamás*. Es lo que pasa con los de fuera, los conoces, estás prevenido. Pero con los que crees de dentro eres vulnerable. Fue un golpe duro: fuego sorpresa desde el bando aliado.

From: perico <ppp@yahoo.com>
To: aceite <G@madrid.es>
Subject: avalancha!!!

Se acabó el querer
Entre kosas para sakar takikardias y takikardias
para sakar kosas
me he divertido mucho jugando contrarreloj. Te
conté del set que definí al final (teclados que
pudimos haber tenido -el pss y los pedales por los
que paso con él- o emulaciones de piano y órgano,
aunque lo fiero del vermona es bastante
irreemplazable)
subí paquetón de wavs pa' pincharle
Mataría al menos una vez (en otra ocasión) intentar
hacer duetto entre una soprano ácida y tu voz en
bass-o-mátic y armar una miniópera (las secciones
de coro la pudiéramos hacer con samples
procesados..la "orquesta" sería tipo el sonido que
te envié ahora... creo q hay un soft q hace q el
coro te cante con el texto q le das, y un narrador
q pudiera ser el talkany o una voz bien 8bits. Si
pudiera aparecer algún espíritu burlesque de los q
encarna el buda cuando discursa sus cánticos, ya tú
sábe!!! Yo puedo aportar vía vocoder, que tú sabe
que mi antes que yo te olvide puede ser demasiado
friki (friki del público)
 Creo que te comenté de lo de encontrar y exagerar
esta vez los cambios de secciones, como cuando en
la época a cinta de los Yes editaban la cinta
multitrack con tijera y téipe, haciendo así la
forma final de una pieza. Así pudiéramos
administrar mejor en cada sección la atención de la
orejas conectadas. Como zapping de tv, dejando a

veces que se funda por crossfades la sucesión de
canales.
te mando este méil a la s 6am, pero no sé si te
llegará o si te lo he manda'o... estoy yo en modo
zombie!
Eh!Perico, tumba la muela mi cons´rte!
Me voy a dormir otro rato, bróer!!
Abrazote!!
P...

ESTIMADOS COMPAÑEROS: MI NOMBRE ES CLARA ELENA RODRIGUEZ, SOY LA SUBDIRECTORA QUE ATIENDE EL AREA DE ATENCION A ARTISTAS RADICADOS EN EL EXTERIOR, BECARIOS CUBANOS Y EXTRANJEROS QUE SE VINCULAN A NUESTRAS ENTIDADES CULTURALES, AREA EN LA QUE TRABAJA COMO ESPECIALISTA OMAR PALENCIANO.
DESDE QUE CONOCIMOS DE LA REGULACION DEL MES EN LA QUE SE ORIENTABA QUE TODOS NUESTROS BECARIOS QUE CURSABAN DOCTORADOS EN EL EXTERIOR, DEBIAN PRESENTAR SUS EXPEDIENTES AL MES, OMAR SE LOS INFORMO Y LES PIDIO QUE ASI LO HICIERAN, ACABAMOS DE RECIBIR UNA CARTA DEL MINISTRO DE EDUCACION SUPERIOR SEÑALANDO AL MINISTERIO DE CULTURA QUE HA INCUMPLIDO CON ESTA DISPOSICION.
ESPERAMOS QUE AUN EN LOS CASOS QUE YA TIENEN PERMISO DE RESIDENCIA EN EL EXTERIOR, O ESTAN EN TRAMITES PARA ELLO, CONTACTEN DE MANERA INMEDIATA CON SUS FAMILIARES Y ESTOS SE PERSONEN EN EL MES PARA INFORMARSE DE LA DOCUMENTACION QUE DEBEN PRESENTAR Y QUE LA ENVIEN.
ESPERAMOS CUANTO ANTES SU RESPUESTA Y SU COLABORACION.
SALUDOS
CLARA E.

Una pincha está terminada cuando si le agregas o le quitas una nota la jodes.

Pedro Pablo Pedroso

Todo cuanto alguna vez ocurrió está condenado a repetirse. Si todo lo que existe no hubiera ya existido, moriríamos una vez que lo tuviéramos delante. Predecimos lo que ya ha ocurrido.

Agustín Fernández Mallo

El tipo que accede a tocar cualquier cosa pensando que después va a hacer SU música se corrompe.
La música es una gloria, lo que pasa es que no escuchamos música, escuchamos basura.
Como no hay ninguna ley que proteja a la música, pobrecita, se la desvirga todo el tiempo.

Charly García

El arte ya no es arte. Hace tiempo se habla del fin del arte, del arte después del fin del arte, del post arte, del posarte. Lo que se produce hoy, en general, no es arte sino otra cosa que se vende como arte en un mercado del arte, pero no es arte. Las escuelas de Bellas Artes conservan el nombre por tradición, por pereza. Tampoco se enseña a pintar o dibujar como antes. El arte no está de moda. El arte ahora es filosofía. ¿Filosofía del arte? ¿Arte de la filosofía? Es difícil de digerir por qué algún objeto de la vida mundana, sin más valor que el que puramente sentimental y personal pueda tener (incluso ni eso; un urinario, por ejemplo), pase a la "alta cultura" con varias cifras de ceros marcando su precio. Lo que hasta entonces no era más que nada se convierte en algo. Parece más brujería que magia. ¿La *mano invisible del mercado*, como cree Hans Haacke?

La música no es ajena al mercado del arte; en definitiva, también es arte. Pero en la música existe una brecha que, por raro que parezca, sigue funcionando con eficacia: lo clásico y lo popular; a la que se suma otra brecha que condiciona la producción y el consumo: la tecnología.

Así cualquier obra entra en un saco o en otro que equivale más o menos a: "alta cultura" o "cultura popular", elevado o ¿llano?, minoritario o ¿mayoritario?, culto o ¿inculto?, sagrado o ¿pagano? No tan simple. Es difícil ser objetivo. Separar "me gusta" o "no me gusta" de "es bueno" o "no es tan bueno"; es muy conflictivo. Este es un terreno sembrado de hierba mala; sería como definir ¿qué es? y ¿qué no es? arte. Así que supongo que habría una respuesta por cada individuo y es probable que ninguna sea la misma. En definitiva, una constatación de la poca objetividad del asunto.

La otra brecha, la tecnológica, ha creado al *prosumer* (productor-consumidor simultáneo) y cambiado todas las reglas de juego del mercado discográfico. Ya no son necesarios los grandes estudios (lo que antes era *pro*, ahora es baratija doméstica y cualquiera puede tener algo más que *pro* por lo que antes solo podía aspirar a baratija doméstica). Las tornas han cambiado. Internet permite difundir lo que quieras a golpe de clic. Tampoco necesitas los grandes sellos discográficos. Todos son originales y copias a la vez (si, parece una paranoia pero no lo es). Antes tenías un objeto físico (disco de vinilo, cassette, CD, etc.) que comprabas y, excepto el CD, cada copia perdía algo de su autenticidad (lo que se puede traducir en que necesariamente el propio uso le sumaba ruido, en detrimento de su calidad prístina). Ahora tienes un objeto virtual, un fichero, que circula comprimido por las redes o por reproductores acoplados con pequeños audífonos para oírlo. Objeto que, por mucho que lo copies y reproduzcas, siempre será el mismo. ¿La explosión de la burbuja discográfica?

Cambiando de tema, hay cursos que enseñan cómo construir melodías, armonías, ritmos, estructuras, así que, en el fondo, existe al menos una base de conocimiento de lo que es admitido (permisible) y de lo que no; cánones en definitivas relacionados con determinado modelo de sociedad en determinado período de tiempo. Cualquier obra es un mensaje que parte de un emisor y llega, o debe llegar, a un receptor. Existe una motivación, un *por qué* se genera este mensaje, un *telos* (aunque sea la falta de motivación) pero el ruido, el canal, el entorno, el sistema que está en medio y que desconocemos (que incluye al propio receptor), es indeterminado y altera el mensaje. Cada receptor captura un mensaje diferente del mismo mensaje inicial. Aquí es donde está la magia, es imposible activar los mismos interruptores en todos los receptores. Existen tantos mensajes como receptores. Pero esto no funciona del todo así. La industria musical sabe cómo categorizar a determinado conjunto de receptores en uno solo, en una masa (grande o pequeña) y dirigirse a ella; conoce el canal, así que predispone el mensaje para que llegue, simple y claro, al destinatario final. Es un hecho que entendieron y explicaron los griegos desde los tiempos en que tampoco existía el arte (sino la *techné*, lo que Aristóteles describe como una acción a partir de la cual el hombre produce una realidad que antes no existía). Esto era simplemente producción humana, realidades contingentes, aquellas cosas que solo existen en la medida en que alguien las ha decidido crear. Para ellos todo era una cuestión de equilibrio: estable o inestable.

El hombre es una máquina de reconocimiento de patrones. Las ciencias, especialmente las matemáticas, son ciencias de patrones; creadas y sistematizadas para el análisis de patrones abstractos y concretos[16]. Relacionamos lo estable con lo conocido, la permanencia, lo familiar, mientras que conectamos lo inestable con lo desconocido, el cambio, lo extraño. Lo primero nos provoca sosiego, lo segundo desasosiego. Lo estable es deseable pero puede resultar monótono, previsible, aburrido. Lo inestable también es deseable, puede resultar diferente, sorprendente, entretenido y puede generar tensión. En su justa medida la inestabilidad potencia lo que se suele llamar disfrute estético. En exceso, la sorpresa continua es como un camino que no sabemos si, en definitiva, llega a alguna parte; pero en su justa medida, es lo que convierte el recorrido en una aventura. Es la diferencia entre llevar brújula o no. Es un error dar un concierto en directo sin incluir ningún tema conocido. Cualquiera lo sabe, aunque no sepa por qué. Lo mismo podría extrapolarse a cualquier elemento de una composición musical; hacen falta anclas. Las reglas se imponen para garantizar el orden. Para poder inventar libremente, escribió Umberto Eco, hay que ponerse límites. Pero el incumplimiento de ese orden, ese punto de desorden, estimula. Es la novedad lo que establece la diferencia y, probablemente, lo que inclina la balanza hacia lo mundano o lo elevado.

Entre mis canciones preferidas, hay dos brasileñas particularmente favoritas: *Aguas de marzo* (Águas de Março), de Antonio Carlos Jovin y *Construcción* (Construção), de Chico Buarque. De la primera tengo aproximadamente veinte versiones diferentes de las cuales, por supuesto, me gustan y

---

[16] La aritmética y la teoría de los números estudian patrones numéricos y contables, la geometría estudia patrones de forma, el cálculo permite gestionar patrones de movimiento, la lógica estudia patrones de razonamiento, la teoría de la probabilidad trata con patrones de cambio, la topología estudia patrones de cercanía y posición, la geometría fractal estudio la auto-similitud del mundo natural, etc.

valoro más unas que otras. De la segunda solo tengo el original.

Construcción se podría decir que no es una canción, sino una metacanción porque, entre otras cosas, muestra el propio proceso de construcción de la canción. Para Chico las palabras son ladrillos que va colocando en un sitio u otro hasta conseguir un aparentemente galimatías que sugiere nuevos significados, la estructura es sólida pero la orquestación, la selección de los instrumentos en cada parte, los cambios de dinámica, insinúan que el castillo se tambalea, que la propia cotidianidad es un peligro inminente. La canción denuncia el orden de las cosas construyendo una arquitectura musical impecable: seduce, cautiva, arrastra, libera. Lo estable y lo inestable conviven en función del todo.

Amó aquella vez como si fuese última,
besó a su mujer como si fuese última,
y a cada hijo suyo cual si fuese el único,
y atravesó la calle con su paso tímido.
Subió a la construcción como si fuese máquina,
alzó en el balcón cuatro paredes sólidas,
ladrillo con ladrillo en un diseño mágico,
sus ojos embotados de cemento y lágrima.
Sentose a descansar como si fuese sábado,
comió su pan con queso cual si fuese un príncipe,
bebió y sollozó como si fuese un náufrago,
danzó y se rió como si oyese música
y tropezó en el cielo con su paso alcohólico.
Y flotó por el aire cual si fuese un pájaro,
y terminó en el suelo como un bulto fláccido,
y agonizó en el medio del paseo público.
Murió a contramano entorpeciendo el tránsito.

Amó aquella vez como si fuese el último,
besó a su mujer como si fuese única,

y a cada hijo suyo cual si fuese el pródigo,
y atravesó la calle con su paso alcohólico.
Subió a la construcción como si fuese sólida,
alzó en el balcón cuatro paredes mágicas,
ladrillo con ladrillo en un diseño lógico,
sus ojos embotados de cemento y tránsito.
Sentose a descansar como si fuese un príncipe,
comió su pan con queso cual si fuese el máximo,
bebió y sollozó como si fuese máquina,
danzó y se rió como si fuese el próximo
y tropezó en el cielo cual si oyese música.
Y flotó por el aire cual si fuese sábado,
y terminó en el suelo como un bulto tímido,
agonizó en el medio del paseo náufrago.
Murió a contramano entorpeciendo el público.

Amó aquella vez como si fuese máquina,
besó a su mujer como si fuese lógico,
alzó en el balcón cuatro paredes fláccidas,
Sentose a descansar como si fuese un pájaro,
Y flotó en el aire cual si fuese un príncipe,
Y terminó en el suelo como un bulto alcohólico.
Murió a contramano entorpeciendo el sábado.

Construcción fue escrita en 1972. Me pregunto si tuviese alguna posibilidad de éxito de haber sido compuesta en la actualidad. Lo dudo y mucho. ¿Por qué? Porque haciendo un proceso de ingeniería inversa esta obra no contiene ninguno de los ingredientes musicales del éxito. Es una canción protesta, no de verano. No solo por la letra o temática (conozco pocas canciones de éxito que traten de algo tan serio); todo funciona en otra dirección, como si radiara hacia otro tipo de oyente, abierto quizá; sin prejuicios a acordes, secuencias, instrumentos, ritmos, secciones, etc., poco habituales, "raros". Una canción de amor puede emocionar, puede pulsar algún botón en nuestro interior que active la posibilidad, de que otra realidad es viable. *Tu amor*, de Pável Urkiza, es un buen ejemplo de ello.

Tu boca es un oasis que aparece en el desierto
Tu sexo es una fruta que se acaba de caer
Tu amor es como un río que atraviesa una montaña
Yo soy como esa hoja navegando a su merced

Tus ojos son ventanas que despiertan la memoria
Tu pecho es el hogar donde yo vuelvo a nacer
La seda de tu espalda, los rincones de tu alma
Motivos suficientes pa' rendirme ante tus pies

Un día tras de otro puede ser como una trampa
El tiempo y los fantasmas nunca dejan de roer
De pronto nos miramos y un latido acelerado
Al amor nos devuelve

Te acuestas a mi lado en un ritual desesperado
Hay un fuego entre tus piernas que no puedes deshacer
Tu cuerpo se desarma, mi ternura se derrama
Mi sexo se revela y todo vuelve a suceder.

Sin embargo ni esta canción, ni ninguna otra de sus tantísimas joyas, pese a su universalidad, tuvieron en España pena o gloria. Pasaron por pasar sin dejar rastro; quizá lo mínimo para garantizar su integridad física, pero poco más. No se radiaron en "Lo 40 principales", ni se publicitó, ni se comercializó y esto lanza un mensaje muy dañino: si quieres que te pasen en la radio haz algo comercial (*canta bonito*, como dice Adrián Morales), si quieres vender haz algo muy comercial (*sube las manos arriba*), si quieres ser un súper ventas, copia lo que ya funciona (haz algo infumable, *aaaaaaaah*). Míster Fro desoyó esa voz, yo también (afortunadamente soy amateur, puedo vivir de la ingeniería) pero muchos músicos cubanos no. Captaron el mensaje a la primera. ¿Les funcionó? Salvo alguna excepción, NO. ¿Por qué? Porque *si hay que ir se va pero ir pa ná es tontería*. Hay que llegar hasta el fondo, hasta las últimas consecuencias y eso, eso es demasiado duro.

La "música de éxito", por simple que parezca, tiene su miga: hay que conocer sus reglas y NO se pueden alterar. Este es el quid de la cuestión; aunque esto de ninguna manera garantiza cien por cien el éxito (también es importante contar con buenos padrinos, *marketing*, carisma, etc.). Todo el mundo sabe que ningún éxito tiene más de cuatro acordes. Esta es una buena primera regla. Más es menos. Menos es más. Entiéndase bien: con esto no quiero decir que toda música que tenga menos de cuatro acordes sea mala. *Tomorow never knows* es para muchos, entre los que me incluyo, una de las mejores canciones de The Beatles y apenas tiene un acorde: DO (Gm7 es anecdótico). *Remain in Light*, de Talking Heads, (uno de mis discos imprescindibles) fue aún más allá: todos los *tracks* solo tienen una tonalidad. Una limitación autoimpuesta para imprimir más énfasis a la cadencia y texturas. Los temas suenan, en palabras de Byrne: hipnóticos, trascendentes, incluso extáticos.

La segunda regla debe determinar cómo debe ser la secuencia. Muy importante: existen secuencias favoritas, innovar es arriesgado. Por ejemplo: seleccione una nota cualquiera y forme su acorde mayor, elija el segundo acorde a una distancia de quinta del primero (también mayor), luego sexta (esta vez menor) y por último cuarta (mayor). Por ejemplo la secuencia: Sol mayor, Re mayor, Mi menor, Do mayor, cumple las reglas y además tiene la gracia que todos los acordes que la forman son naturales o abiertos en guitarra (los primeros acordes que aprende cualquier principiante porque no tienen cejilla). Si te parece muy simple y en lugar de un acorde mayor o menor introduces un acorde de sexta, novena, etc., para hacer algo más creativo, sé consciente que acabas de estropearlo. NO se pueden romper las reglas. Esta, creo yo, es la principal violación de todo intento de éxito en los músicos cubanos que "luchan" en España por sobrevivir. No se han resistido la tentación de meter alguna variación o moña. NO, no está permitido.

Respecto a otros aspectos algunos hallazgos; que no consejos:

Letras: El tarareo es muy importante; mejor cuanto más simple y fácil de recordar. Se recomienda empezar con un buen tarareo, facilita la interactividad con el público, y su uso en los estribillos. Si con el tarareo no es suficiente procura frases vacías, cuanto más mejor.

Temática: Da lo mismo pero hay algunos temas preferentes. El desamor sobre todo funciona muy bien: abandono, infidelidad, no puedo vivir sin ti (aunque contigo tampoco), ¿qué será de mi? Cuanto más desgraciado, apaleado y vulnerable parezcas mayor probabilidad de éxito tendrás. Otra temática que también funciona muy bien es la picante (cuidado no pasarte y con quien colocas arriba o abajo).

Duración: Respeta el tiempo, entre 2 y 3 minutos es más que suficiente.

Ritmo: 4/4. Si puedes sincronizar tu éxito con una coreografía mejor.

Estructura: La ternaria ABA es suficiente, teniendo en cuenta que B es estribillo: estrofa-estribillo-estrofa. Si cada parte es de cuatro versos mejor pero, muy importante, que todas tengan la misma cantidad de versos. Recuerda que la repetición es la base de la forma musical. Repetir ayuda a recordar. Si no llegas a los 3 minutos puedes usar la variante AABAB, pero no te pases. Los estribillos deben ser pegadizos y bailables (véase letra y ritmo).

Si aún está interesado en intentar alguna canción del verano no es necesario reinventar la rueda, escuche con atención los éxitos de Georgie Dann o King África. Ahí está todo lo que hay que saber: la *Biblia del éxito*.

Palabra derivada de luz: Bombilla

La estupidez tiene un cierto encanto del que la ignorancia carece.

Frank Zappa

–Bró, échate esto, no doy crédito. ¿Qué hago? –cogí el papel que extendía Fro y le eché un vistazo.

Pregunta: La orquesta: Definición, esquema de distribución de los instrumentos y criterio de colocación de estos instrumentos.
Respuesta: La orquesta es cuando se guntan mucha gente que toca, y toca la musica. Los instrumentos se colocan unos delante yotros detras y eso depende del tamano por ejemplo la gaita se colocasiempre delante.

Pregunta: Características generales de la música barroca.
Respuesta: Creo que ay un despiste la pregunta me parece que es la musica marroca. Voy a contestar esto. La musica marroca es la de los moros de Marruecos que es muy importante porque la tocaban los moros cuando ivan a las batallas de conquista.

Pregunta: Beethoven.
Respuesta: Este era un señor sordo que compuso la letra de Miguel Rios o sea el hino de la alegria. Pero cuando lo izo no era de rocks. Daba muchos conciertos de la época de Franco hizo también "Para Luisa" que no tiene paranjon en la historia de la musica.

Pregunta: Vocabulario musical. Define:

Barítono: es el que lleba la varita osea el que dirige a los otros.

Tenor: es un cantante como Placido Domingo.

Soprano: esto no lo se.

Villancico: es lo que se canta en Navidad cerca del arbol.

Sinfonía: es lo que tocan las orquetas.

Movimiento adagio: eso no lo trae mi libro.

Movimiento allegro: que lo cantan los músicos cuando o sea estan contentos.

Pregunta: Brevemente comenta las características musicales de tu grupo/cantante/compositor favorito.

Respuesta: a mi me gusta mucho toda la musica tanto asi la vieja y la de haora. Ejemplo de la vieja Carminha Furada Maller y Faya que era espanol, de los nuevos me gusta Mecano, Siniestro Total, Los Burros, Allatola nome toques la pirola (con perdon) y otros muchos en jeneral.

–¿Qué es esto? –le pregunté.

–Lo imprimí de Internet, es la transcripción literal de un examen de música; ortografía original incluida.

–Es gracioso.

–¿Gracioso? ¡Es demencial!

–Pero ¿esto qué tiene que ver contigo? –en realidad la pregunta estaba mal hecha. Evidentemente "eso" tiene que ver con todos, pero él me entendió.

–Voy a empezar a dar clases en una academia.

–Coño, me alegro.

–¿Te alegras? ¿Qué bolá con eso bró? ¿Sabes qué es lo peor del caso? Que fue el mismo secretario de la academia el que me dio este *link* para que me hiciera una idea.

–Lo tienes crudo. Ya sabes: *A alfabetizar, a alfabetizar, ra, ra, ra.*

Amar no es mirarse el uno al otro; es mirar juntos en la misma dirección.

Antoine de Saint-Exupery

miro a tus ojos y me abren
y hay un paisaje de la calma
y los colores de estar vivo
y lo profundo de un gran río
de amor
de luz

miro el paisaje de estar vivo
y lo profundo de tus ojos
y los colores que me abren
y este gran río de la calma
y te amo
y sueño

y soy un pez en tu cielo
y soy reptil en tu cuerpo
y soy un labio y te beso
y soy esponja y te sueño

y soy un pez y te beso
y soy reptil y te sueño
y soy un labio en tu cielo

y soy esponja en tu cuerpo

Miro

Todo funcionaba "normal". Todo lo normal que deseaba. Quería a Simone, disfrutaba de su compañía, nos llevábamos bien de un modo muy difícil de explicar: sin celos, sin egoísmos, sin posesiones, sin sobresaltos. No era como una catarata, sino más bien como un río que fluye sin demasiados aspavientos regando todo el campo que encuentra en su camino y fulgurando a la luz del sol. Suponía que aquello que disfrutaba sin proponérmelo, desde la más absoluta quietud, es eso a lo que la gente llama felicidad. Si tuviera que elegir una sola palabra para expresarlo sin duda sería *paz*. Eso es. No aburrimiento, ni desidia, sino paz en el más amplio sentido de la palabra. Conservábamos nuestros espacios y compartíamos sus intersecciones cuando deseábamos. No necesitaba más.

Ahora componía, grababa y arreglaba, por primera vez en la vida, completamente solo. No era simple. Hasta entonces solo tocaba el bajo y cantaba. Pero la necesidad es la madre de la creación y me atreví con la guitarra y con el piano. De Mr Fro aprendí un truco que me salvó la vida. La cosa consistía en tocar en el piano lo que quisiera sin preocuparme de las teclas. La idea era no grabar las notas sino la intención y luego llevarlas una a una con un programa de ordenador a su lugar correspondiente, para conformar las melodías y armonías. Es como grabar marcas en el tiempo, con silencios, y luego proporcionarle voz y textura. Con esa ingeniosa trampa podía generar auténticas virguerías de cualquier instrumento; incluso de guitarras porque tenía *samples* buenos (incluidos los de la Epiphone de Cesáreo). Así que incluso podía tocar con él, sin él; con una simulación de él porque, evidentemente, no podía hacer sus *riffs* pero si recrearlos, incluso trocearlos y hacer nuevos *riffs* con esas microunidades. Todo sin broncas obtusas. ¡Qué invento! Ahora todas "sus" notas podían encajar perfectamente en el tempo si quisiera; al menos todo lo perfectamente que deseaba. Con las baterías, que en principio parecía lo más difícil, resultó lo más fácil. Había miles, por no decir millones, de *loops* grabados por profesionales en súper estudios, con la máxima calidad, disponibles a través de Internet. Tuve que cambiar el sistema de composición para adaptarme, pero tampoco me importó experimentar nuevas formas de componer. De hecho, tampoco fue tan grave, porque, pese a que la mayoría de los *loops* estaban grabados a un tempo y métrica determinado, siempre podías modificarlos muestra a muestra (en término de microunidades), cambiarlos, acortarlos o alargarlos; así que pude seguir cambiando de tempo y métrica continuamente. Si quería que la base rítmica sonara más natural u orgánica; siempre podía distorsionarla o superponerle ruidos encima ya fueran grabados por mí o en el quinto pino por algún desconocido. En definitiva que, con "el instrumento" que más cómodo me sentía, pude seguir haciendo lo que más me gustaba.

Un día releí los libros del Wichy, el rojo, que traje de Cuba; obsequios de mi tío y Humberto. Me atrapó su música y otro detalle del que me enteré mientras tanto: su única hija se llamaba Ámbar. ¿Sería aquella Ámbar de ojos violetas? Elegí veinte de todos aquellos poemas y compuse, arreglé, canté, mezclé y dejé listos para distribuir. Fue fácil y difícil a la vez. Todo fluía pero sentía, a diferencia de todo lo que había hecho antes, una especie de carga o responsabilidad. Ya había musicalizado antes poemas de otros: Mafhud Massís, Paul Eluard, Andrés Eloy Blanco, y alguno de él mismo. Fue el mecanismo que usé para expresarme "libremente" en La Habana. Pero nunca había producido un disco entero con letra de un único otro autor. Al final estuvo mucho tiempo metido en un cajón hasta que un amigo que pasó por casa y se llevó una copia en un CD. Me sorprendió porque se sabía de memoria *Defensa de la metáfora*, uno de los poemas elegido y me pareció lo más natural ofrecerle mi modesto tributo.

El revés de la muerte (no la vida)
el que clama por agua (no el sediento)
el sustento vital (no el alimento)
la huella del puñal (nunca la herida)
Muchacha antidesnuda (no vestida)
el pórtico del beso (no el aliento)
el que llega después (jamás el lento)
la vuelta del adiós (no la partida)
La ausencia del recuerdo (no el olvido)
lo que puede ocurrir (jamás la suerte)
la sombra del silencio (nunca el ruido)
Donde acaba el más débil (no el más fuerte)
el que sueña que sueña (no el dormido)
el revés de la vida (no la muerte)

Un día, un día cualquiera después de desayunar hablamos de casarnos, no de boda, sino simplemente de casarnos y tener un hijo. No recuerdo cómo empezó la conversación, ni cómo terminó. Probablemente emergió de nuestro río y siguió como si tal cosa. En definitiva, era lo más "natural" que podíamos esperar. Solo una semana atrás Simone me había dejado una hoja impresa con el Capítulo 7 de Rayuela, de Julio Cortázar, encima de mi mesa, como si fuese otro papel más de los tantos que tenía desordenados por allí pero no era otro papel más, era un puerto.

Toco tu boca, con un dedo toco el borde de tu boca, voy dibujándola como si saliera de mi mano, como si por primera vez tu boca se entreabriera, y me basta cerrar los ojos para deshacerlo todo y recomenzar, hago nacer cada vez la boca que deseo, la boca que mi mano elige y te dibuja en la cara, una boca elegida entre todas, con soberana libertad, elegida por mí para dibujarla con mi mano en tu cara, y que por un azar que no busco comprender coincide exactamente con tu boca que sonríe por debajo de la que mi mano te dibuja.

Me miras, de cerca me miras, cada vez más cerca y entonces jugamos al cíclope, nos miramos cada vez más de cerca y los ojos se agrandan, se acercan entre sí, se superponen y los cíclopes se miran, respirando confundidos, las bocas se encuentran y luchan tibiamente, mordiéndose los labios, apoyando apenas la lengua en los dientes, jugando en sus recintos donde el aire pesado va y viene con un perfume viejo y un silencio. Entonces, mis manos buscan hundirse en tu pelo, acariciar lentamente la profundidad de tu pelo mientras nos besamos como si tuviéramos la boca llenas de flores o de peces, de movimientos vivos, de fragancia oscura. Y si nos mordemos el dolor es dulce, y si nos ahogamos en un breve y terrible absorber simultáneo del aliento, esa instantánea muerte es bella. Y hay una sola saliva y un solo sabor a fruta madura, y yo te siento temblar contra mí como una luna en el agua.

No era ni mucho menos la primera vez que Simone tenía un detalle como este; sin embargo, aquel gesto hincaba un puerto en nuestro mapa. ¿Se equivocaban la Abuela y Domingo? ¿o interpretaba mal las señales? ¿Hincaba bandera? Seguiríamos navegando pero eso que sentía mi casa se asentaba definitivamente. Esa noche cenamos en Donzoko, nuestro restaurante japonés preferido de Madrid. Nadie dijo nada porque no hacía falta. Todo estaba dicho de antemano. Esa misma noche *follamos* como locos sin preservativo.

Posiblemente los peores errores de nuestra vida, son los que no cometemos.

Siendo objetivo tenía un problema que solucionar con bastante urgencia: terminar el doctorado. Hice un plan de lo que tenía hecho y de lo que faltaba por hacer y la lista era bastante desigual. Parecía que no acabaría nunca. Regresé de la Universidad y recogí todos los instrumentos y todo cuanto tuviera que ver con la música. «Ya vendrán tiempos mejores». –¿Y eso? –me preguntó Simone intrigada. –Voy a terminar la tesis –le respondí y empecé con ello.

Lo más difícil de una tesis, probablemente, es acabar. Siempre queda algo por hacer, un camino sin explorar, un resultado que comprobar. Si no hubiera un diploma por medio, con todo lo que ello signifique o no, creo que las tesis serían para siempre y las memorias, si las hubiera, estarían formadas por muchos tomos gruesos de innumerables capítulos. Por fortuna con un solo tomo es suficiente y todo el mundo académico entiende que la verdadera vida científica no es la tesis, sino lo que se supone que viene después. Es como una especie de trámite o ritual que marca el límite de la excelencia científica. No como el rito Abakwetha, en el que el aspirante a convertirse en hombre, después de afeitado y agasajado con una fiesta en su honor es conducido a una choza aislada en las montañas, previamente construida por su familia, para que el chamán circuncide al muchacho, cortándole el prepucio con una navaja ritual. Ahí se quedará completamente solo sin comer, ni beber, ni abandonar la choza hasta que la herida haya cicatrizado. Probablemente rezando porque no se le infecte o contraiga alguna enfermedad de transmisión sexual; teniendo en cuenta que la hoja que corta el pene es la misma para todos los chicos de la aldea. No tan bárbaro. Aquí el ritual es mucho más sofisticado, psicológico. El candidato debe demostrar que su tesis es innovadora con al menos cinco publicaciones científicas en revistas extranjeras (mucho mejor cuanto más impacto tengan; cuanto más te lean), debe verificar con rigurosidad y precisión todo el proceso de investigación, escribir un buen tocho repleto de demostraciones matemáticas dolorosas y rezar igualmente porque nadie haga lo mismo que tú, antes que tú. Si eso ocurre tu trabajo perdería completamente su valor y el contador volvería a ponerse en cero. Se podría decir que la cuchilla infectada es abstracta en lugar de concreta. Una amiga de Carmen terminó en una manicomio cuando, después de 10 años de trabajo y más de 700 folios escritos, solo a falta de rematar las conclusiones y entregar el proyecto, le informaron que una tesis exactamente del mismo tema, casi con el mismo nombre, había sido escrita en Reino Unido y, por lo tanto, la suya no cumplía los requisitos de originalidad exigidos. Supongo que el manicomio es para este mundo equivalente a la choza aislada, con la herida infectada, y una sífilis galopante por el resto de los tiempos en ese otro mundo.

No obstante, en cuanto me puse, pude comprobar que tenía suficientes resultados para "cerrar" y me animé y escribí como un loco y programé como un energúmeno y simulé y modelé y me encerré en mi choza digital y anduve como un zombi entre libro y libro y en aproximadamente tres meses imprimí el tocho y salí al fin para poder comer y beber y hablar de otra cosa que no fuera una *señal*. La herida no llegó a cicatrizar del todo pero tampoco se infectó. Ahí está, como una prueba de que para acabar lo único que necesitaba era hacerlo.

Aunque no tengo bosque, sueño con árboles.

Carlos Varela

Una vez liberada la puerta, no recuperé los instrumentos de debajo de la cama. Fue algo instintivo. Era lo que más deseaba hacer, volver a tocar; sin embargo no fue lo que hice. En su lugar me propuse cerrar mi novela, *Islas*. Llegar a puerto significa varar. Borrón y cuenta nueva. Incluso antes de defender la tesis, un compañero de los cursos de doctorado me avisó para un puesto en una "punto com" (.com) y me presenté y me entrevistaron y me cogieron. Mi función era "desarrollo de bajo nivel". Esto puede parecer *desarrollo de cosas sin importancia* pero realmente significa todo lo contrario; según se baja de nivel, en el mundo *hardware-software*, las cosas se complican. Es como bajar a las profundidades. Arriba tienes luz solar, agua potable, puedes nadar, correr, bailar. Abajo, en el más bajo nivel, debes usar linternas y espejuelos especiales, no hay sino ácido, vapores y no puedes sino arrastrarte por entre paredes que pueden aplastarte en cualquier momento. No obstante, acepté el puesto encantado y pensé que sería una buena oportunidad (disponer de una fuente de ingresos era más que conveniente imprescindible) para terminar de escribir *Islas*. No había tenido ninguna prisa nunca. Sin embargo ahora intuía que el tiempo jugaba en mi contra; que debía retener todo el aire que pudiera antes de sumergirme, que debía acumular todo el sueño que pudiese (dormir quiero decir) antes del insomnio porque, cuando Simone diera a luz, mi mundo me diría adiós para dejar paso a ese otro mundo desconocido de tres.

Teniendo en cuenta que con la tesis funcionó, me propuse un límite: una fecha. Lloviera, tronara o relampagueara, debía acabar ese día. ¿Qué día? Buscando en Internet pistas para elegir "el día" me enteré de un concurso de una editorial importante. Eso facilitó las cosas. Lo importante no sería ganar, tampoco competir, sino acabar. Tres meses serían suficientes. Como un concurso de cocina que veíamos de vez en cuando por televisión. Una vez acabado el tiempo los aprendices debían levantar las manos del plato y dejarlo tal y como estuviera en ese momento. La presión sería más alta que en una olla *express* pero me pareció buena idea. Terminar una novela no exige publicaciones con reconocimiento internacional, ni tribunal evaluador antes de llegar al público así que un concurso valdría. Ese límite artificial ayudaría, también funcionaba con las canciones. Para Cesáreo eran siempre interminables. –*Lo perfecto es enemigo de lo bueno* –solía decirle citando a Voltaire pero él se pasaba de perfeccionista y caía en la falacia del Nirvana. –Hay que conseguir el equilibrio –solía responder sin saber cuál era exactamente el significado de la palabra equilibrio, ¿cómo iba a distinguirlo con ese tempo ondulante?

No tenía ninguna expectativa de mí mismo. Era la primera vez que escribía y lo hacía sin ninguna pretensión, más bien por necesidad y satisfacción intelectual. Así que me esforcé y conseguí acabar a tiempo. A diferencia de la música, en *Islas* podría seguir metiendo y quitando palabras, frases, párrafos, capítulos, pero a semejanza estaba satisfecho con el resultado. No sé si esa es la forma de hacerlo, mucho menos si es la mejor. Siempre fui un buen lector. Devoro todo lo que me cae en las manos, casi de forma compulsiva. Leo muchos libros simultáneamente. Me gustan los cruces inesperados que se producen en mi cerebro. Es algo extraño de explicar, parece contra natura, *el que mucho abarca poco aprieta*, pero no es eso; es como si leyeras un libro enorme escrito por varias personas, con muchas voces, con muchas historias en paralelo, es un reflejo de la vida misma. La literatura no copia la vida. Mas bien ocurre lo contrario: la vida sigue la literatura, actúa sobre el guión de lo posible. La vida es mucho más aburrida sin ese guión donde cualquier cosa puede pasar en cualquier momento, donde todo es coherente y hay crimen y castigo.

ESTIMADO COMPAÑERO: MI NOMBRE ES CLARA ELENA RODRIGUEZ, SOY LA SUBDIRECTORA QUE ATIENDE EL AREA DE ATENCION A ARTISTAS RADICADOS EN EL EXTERIOR, BECARIOS CUBANOS Y EXTRANJEROS QUE SE VINCULAN A NUESTRAS ENTIDADES CULTURALES, AREA EN LA QUE TRABAJA COMO ESPECIALISTA OMAR PALENCIANO.
LE INFORMO QUE UNA VEZ CURSADOS LOS CURSOS DE DOCTORADO EN EL EXTERIOR, EL BECARIO DEBE REGRESAR A SU PAÍS DE ORÍGEN. EL MINISTERIO DE CULTURA NO PROCEDERÁ A EXTENDERLE SU VISADO EN CUANTO SU MISIÓN EN EL EXTERIOR HA TERMINADO. EL ESPECIALISTA OMAR PALENCIANO LE PUEDE FACILITAR INFORMACIÓN ACERCA DE LOS MECANISMOS HABILITADOS PARA QUE LOS ARTISTAS PUEDAN RESIDIR EN EL EXTRANJERO PERO ESAS GESTIONES LAS DEBERÁ HACER DESDE EL TERRITORIO NACIONAL Y NO DESDE NINGÚN CONSULADO EN EL EXTERIOR DE LA REPÚBLICA DE CUBA.
ESPERAMOS CUANTO ANTES SU RESPUESTA Y SU COLABORACION.
SALUDOS
CLARA E.

Ya no existen lazos, alguien hizo crack, crack, crack

Fito Páez, Track, Track

–Que vivas y te vuelvas a morir.
–Que te mueras y creas que estás vivo.
–Que vivas y creas que estás muerto.
–Que estés muerto y sepas que estás muerto porque vivas.
–Que vivas muerto.

Reinaldo Arenas

Hay una ley de vida, cruel y exacta, que afirma que uno debe crecer o, en caso contrario, pagar más por seguir siendo el mismo.

Norman Mailer

Tenemos que ir tan lejos para estar acá, para estar acá.

Charly García. Plateado sobre plateado (Huellas en el mar)

Si algo puede salir mal saldrá mal, es la Ley de Murphy; aunque puede salir peor. Una constante a la que se puede sumar: si varias cosas pueden salir mal, sin duda saldrán muy mal. Dicho de otra manera: las malas noticias siempre llegan juntas. Las desgracias se juntan, se atraen, se conectan, se gustan. Al llegar a la empresa había montado un gran revuelo. –Expediente de regulación –me informaron. Suena como si fuera un instrumento burocrático para arreglar algo pero, en realidad, es todo lo contrario. Significa destrucción, que un montón de gente se tiene que ir a la puta calle (así es como se suele expresar de manera informal). Aquí también habían construido castillos en el aire y la explosión puso cada nube donde le correspondía en medio de un gran aguacero. Así empezó la interminable expulsión. Uno a uno, todos los trabajadores eran llamados por el Director de Recursos Humanos a su despacho y uno a uno salía con su carta de despido improcedente en mano.

```
La empresa SATMAP, S.A, al amparo de los
establecido en el artículo 54, número 2, apartado
e), del Real Decreto Legislativo 1/1995 de 24 de
marzo, del Texto Refundido de la Ley del Estatuto
de los Trabajadores, ha decidido proceder a su
despido.
El motivo del despido es debido a que la empresa
se declara incompetente al cumplimiento de los
términos contractuales.
El presente despido tendrá efectos a partir del
vencimiento del mes en curso.
La empresa pone a su disposición la oportuna
liquidación de sus haberes, el día de la fecha de
efectos del despido.
Asimismo, la empresa le comunica que reconoce la
improcedencia de este despido y le ofrece la
cantidad de 45/33 días por año trabajado en
concepto de indemnización legal por el despido
efectuado. Si usted como trabajador se encontrara
disconforme con la mencionada cantidad, ponemos en
su conocimiento que la compañía procederá a
consignarla en la Cuenta de Depósitos y
Consignaciones de los Juzgados de lo Social.
Sírvase firmar el duplicado de la presente en
prueba exclusiva de haber recibido el original.
Atentamente.
```

Bla, bla, bla, bla… El despido improcedente no tiene causa. Se produce simplemente cuando la administración de la empresa la caga, como ocurrió en este caso descaradamente, y el trabajador la paga. Todo el dinero que pusieron los inversores fue dilapidado sin beneficios, una vez más. Parece que fuera un tipo de negocio. Monto una empresa con una idea potente (que no hace falta siquiera que se me ocurra, la puedo robar de una extranjera, por ejemplo; no solo nadie lo va a notar sino que puede que, si te *pillan*, incluso *mole*), busco inversores, les vendo la moto, juego a hacer como si funcionara, vacío las arcas y a otra cosa mariposa. Conozco más de un caso que ni siquiera llegaron a jugar a que funcionaba. No hay más que ver las noticias de vez en cuando para hacerse con una idea del *choriceo*. Solo hace falta un requisito: ausencia de escrúpulos. La extinción fue lenta y dolorosa. La gente tiene hijos, deudas, hipotecas, necesita el trabajo. Fui testigo de todas las despedidas, lloros, mazazos, humillaciones, etc. Llegó el momento en que casi pensé que me quedaba sin finiquito. Cuando me llamó el susodicho de R.R.H.H., ¡solo quedábamos tres!

El correo de Clara E. llegó también como un mazazo. Pero era una muerte anunciada. Solo era cuestión de tiempo. Un *crack* entre lo que fue y lo que será, delimitado por un breve *email* escrito en mayúsculas. Podía prolongarlo posponiendo la defensa de la tesis doctoral pero, una vez cambiase la estructura de nuestro núcleo familiar, correría el riesgo de no acabar nunca. Podía aplazarlo, atrasarlo, diferirlo, retrasarlo, retardarlo, rezagarlo, prorrogarlo, suspenderlo, demorarlo, dilatarlo pero llegaría. En un momento u otro vendría y… aquí está, delante de mis narices. Llegó.

A pesar del tono del *email* puedo leer entre líneas que un retorno así sería para siempre, sin retorno. Ya sé lo que significa hacer unas gestiones desde el territorio nacional; es como tirar un dado al aire con una sola cara de salirte con la tuya y cinco en contra; un dado trucado, contrapesado, impune. Si regreso no salgo. Si salgo no regreso. Solo paso al otro lado. El lado oscuro de la República de Cuba: el exilio. Recuerda: o estás conmigo o estás contra mi. No hay medias tintas. O regresas para siempre o te que quedas para siempre, con todas sus consecuencias. En realidad era como tirar una moneda de una sola cara.

Estar *contra mí* significa ser un disidente pese a disfrutar de un *status* autorizado por el Estado (AO) justo hasta que se consume el segundo de *lo que será*, la frontera. Ser un disidente significa ser *nada*. Estar *conmigo* (con Él) es un suicidio en toda regla. No hay opciones. No quiero elegir pero no me dejan alternativa. Me asfixio de cualquier manera.

Mi trabajo con poemas del Wichy se ha divulgado. El "amigo" difundió su copia en muchos originales y alguno de los receptores tuvo a bien "colgarlas" en Internet. Curiosamente todos tuvieron la decencia de reconocer la autoría y algunos tuvieron aún más curiosidad y me localizaron y publicaron cómo localizarme. Fue algo viral que se tradujo en un aluvión de insultos de medio mundo. No hubo ni una sola alusión a la música. Todo el agravio se podía resumir en una sola palabra: *comunista*. No era cabrón o hijo de puta sino, simplemente, era comunista. Me recordó un estúpido chiste de Bebé en el que un tipo despechado insulta a una mujer con todo el repertorio machista disponible (le llama puta, jinetera, tortillera, etc.) y cuando ya parece agotado le propina la estocada final: *enfermera*. Es como si media humanidad, porque aunque no son muchos parecen muchos más de los que son, se confabulara para darme el gran insulto. ¿Qué relación tiene el comunismo con la enfermería? *No es lo mismo pero es igual.* Recordé un poema que escribí justamente en aquellos días de persecución,

Yo soy revolucionario
Tú eres revolucionario
Él es revolucionario
Nosotros somos revolucionarios
Ustedes son revolucionarios
Ellos son revolucionarios
El pueblo es revolucionario

Revolucionario es dar el paso al frente
Revolucionario es ir al África
Revolucionario es creer en Dios
Revolucionario es un blúmer doblado en el toallero
Revolucionario es triunfar
¿Revolucionario es revolucionario?

y también este otro:

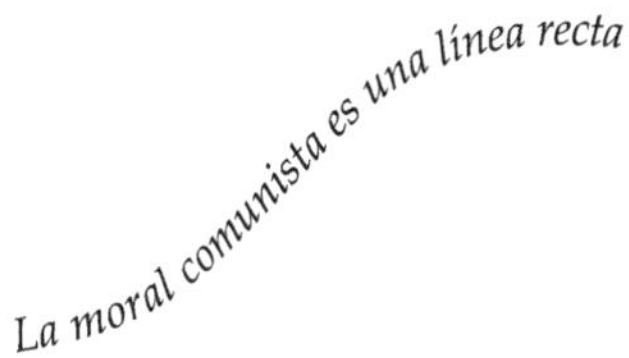

Definitivamente no es cuestión de aplazar o adelantar, no es cuestión de irse o quedarse, no es cuestión de si o no. Es mucho más grave. Se trata de intolerancia. No existe el medio, sino una línea divisoria que coloca víctimas en ambos lados: los de fuera, los de dentro; los de arriba, los de abajo; los unos y los otros; los que creen y los que no creen; los que si y los que no; los que Dios, los que el Diablo. Hasta el mismísimo Aristóteles intentó advertirnos en vano: *Se piensa que lo justo es lo igual, y así es; pero no para todos, sino para los iguales. Se piensa por el contrario que lo justo es lo desigual, y así es, pero no para todos, sino para los desiguales.*

No se trataba de las canciones en sí. Se trataba de la propia figura del Wichy, el Rojo (el mote se debe al color del pelo), gran amigo de Silvio Rodríguez, su *muerto de la salud perfecta.* Para la oficialidad cubana:

Además de su revolución poética nos dejó su revolución ideológica. Fue un revolucionario estético y social. También aquí estampó su sello y supo cantar a la Revolución cubana y otras causas nobles, sin adhesiones oportunistas ni loas

fáciles. Fue un hombre de su tiempo e interpretó
su realidad con honestidad y valor.

Se trataba de la inspiración, se podría decir incluso, de la colaboración, pese a que el Wichy no se enteró jamás ni dio su consentimiento a este homenaje de su poesía. Murió mucho antes, en 1985. Mi desterritorialización no es solo física, es también lógica: real y virtual. No pertenezco ya a ningún sitio, tampoco a ningún pensamiento. Usos de imagen aparte, solo conozco al Wichy que leí y me conmovió y me hizo pensar y soñar en un lugar donde la convivencia es posible. Un lugar con colores y matices. Un sin lugar de todos y de nadie.

Nacer en un lugar es simplemente un accidente geográfico, o histórico. No significa nada, al menos para mí. No puedo negar lo que soy, pero todo lo que soy va conmigo adonde vaya. *Mi casa soy yo*. Mi patria soy yo. Para Francisco de Quevedo *nada daña tanto a las personas como el amor a su patria*; pero, en palabras de Guillermo Sheridan, *el amor a otra patria daña aún más*. Así somos. No tengo bandera, no tengo escudo, no tengo himno. No hinco bandera, ahora lo entiendo. Cada día soy alguien distinto. Soy una isla flotante. Soy un continente a la deriva. Nada me ata a la tierra. Soy un pájaro, soy un pez, soy un concepto. Ni siquiera se si vivo o muerto, o en parte. Soy nada y todo. Una parte de mi jamás se fue. Una parte de mi jamás estuvo.